I0597721

LA FORZA DI EMBER

Team Delta Due, Libro 7

SUSAN STOKER

Titolo originale: *Shielding Ember*

Traduzione dall'inglese di Patrizia Zecchin per One More Chapter Translations

Editing di Mimma Maio

Trovare Lexie
Trovare Kenna
Trovare Monica
Trovare Carly
Trovare Ashlyn
Trovare Jodelle (22 Luglio)

Armi & Amori: verso il futuro

Soccorrere Caite
Soccorrere Brenae
Soccorrere Sidney
Soccorrere Piper
Soccorrere Zoey (15 Luglio)
Soccorrere Avery (1 Settembre)
Soccorrere Kalee (1 Octobre)
Soccorrere Jane (1 Novembre)

Delta Force Heroes

Salvare Rayne
Salvare Emily
Salvare Harley
Il Matrimonio di Emily
Salvare Kassie
Salvare Bryn
Salvare Casey
Salvare Sadie
Salvare Wendy
Salvare Mary
Salvare Macie
Salvare Annie

Armi e Amori

Proteggere Caroline

Proteggere Alabama
Proteggere Fiona
Il Matrimonio di Caroline
Proteggere Summer
Proteggere Cheyenne
Proteggere Jessyka
Proteggere Julie
Proteggere Melody
Proteggere il Futuro
Proteggere Kiera
Proteggere i figli di Alabama
Proteggere Dakota

Mercenari di Montagna

Difendere Allye
Difendere Chloe
Difendere Morgan
Difendere Harlow
Difendere Everly
Difendere Zara
Difendere Raven

Ace Security

Il riscatto di Grace
Il riscatto di Alexis
Il riscatto di Bailey
Il riscatto di Felicity
Il riscatto di Sarah

Una raccolta di storie brevi

Un momento nel tempo

CAPITOLO UNO

Craig "Doc" Wagner era seduto al tavolo della mensa nel dormitorio a cui erano stati assegnati nel villaggio olimpico. I ragazzi del team avevano aspettato con impazienza quell'incarico per mesi. Le squadre della Delta Force erano state convocate per integrare le forze di sicurezza delle Olimpiadi. Il loro compito era quello di proteggere non solo gli atleti statunitensi, ma tutti coloro che avrebbero vissuto e lavorato nella sede per l'intera durata dell'evento.

Quell'anno i Giochi estivi si svolgevano a Seoul, in Corea del Sud, e i Delta erano in allerta a causa della vicinanza con la Corea del Nord. I rapporti dell'intelligence indicavano che il leader del Paese comunista desiderava disperatamente mostrare al mondo di essere una forza da non sottovalutare. E quale modo migliore per farlo se non provarci alle Olimpiadi? Gli occhi di tutti erano puntati su Seoul e un attacco terroristico sarebbe stato una grande notizia.

«Sembri teso» gli disse Trigger, mentre pranzavano.

Doc scrollò le spalle. «Non ci sono le condizioni ideali per tenere tutti al sicuro» replicò al leader del suo team.

«Il villaggio degli atleti ha i livelli di sicurezza più alti del complesso» ribatté Lefty. «Nessuno può entrare negli edifici senza le credenziali adeguate. Nemmeno un genitore o un giornalista. Sono ammessi solo gli atleti e gli allenatori.»

«Certo, come se nessuno avesse mai falsificato le credenziali» aggiunse Doc in tono sarcastico.

Il dormitorio a cui erano stati assegnati era sostanzialmente un grande hotel di lusso. Ce n'erano diversi nel villaggio olimpico, costruiti per ospitare le migliaia di atleti che si erano riuniti in città per competere. Il governo sudcoreano si era superato nella costruzione degli alloggi. Ogni edificio comprendeva trenta piani, ognuno dei quali ospitava atleti suddivisi per sport e paesi specifici. Non sarebbe stata una cosa positiva sistemare vicine due squadre altamente competitive, quindi le collocazioni erano state ben ponderate in anticipo.

Al suo team erano state assegnate le camere al ventesimo piano, dove alloggiavano anche la squadra di pallanuoto e quella di pentathlon moderno degli Stati Uniti. Oltre ai Delta, c'erano circa ventisei persone, la maggior parte delle quali aveva già fatto il check-in.

Trigger era andato in giro per ogni stanza, presentandosi e informando gli atleti che il team era lì per la loro sicurezza, chiedendo di segnalare immediatamente se avessero visto qualcosa di sospetto. Non avevano pubblicizzato di essere Delta, avevano solo detto che facevano parte dell'esercito degli Stati Uniti e che erano stati chiamati per aiutare con la sorveglianza.

«Qualcuno ha già visto Ember Maxwell?» chiese Lucky.

«No. Ma almeno sta qui?» domandò Grover. «Pensavo che lei e il suo entourage avrebbero dormito in uno degli hotel a cinque stelle della città.»

«È elencata tra quelli che alloggiano qui nei documenti che mi sono stati consegnati» affermò Trigger.

«È difficile credere che sarà *qui*, nel nostro piano» disse Lefty, con evidente eccitazione nella voce.

«Chi è Ember Maxwell?» chiese Doc.

Cinque paia di occhi, scioccati e sorpresi, si girarono verso di lui.

«Sul serio non lo sai?» domandò il suo leader.

Lui scosse la testa. «Non l'avrei chiesto se così non fosse.»

«È solo la più popolare influencer dei social. Dicono che se riesci a farle pubblicizzare sul suo account Instagram il prodotto che vendi, il tuo profitto aumenterà subito di circa il quattrocento per cento. È davvero potente» disse Brain.

«Come diavolo fai a sapere come funzionano le cose sui social? Non ci è nemmeno permesso avere un account.»

«Come diavolo fai *tu* a non avere la più pallida idea di chi sia Ember Maxwell» ribatté Lucky ironicamente.

«Perché non me ne frega un cazzo di questo genere di cose. Non cazzeggio su Instagram o qualsiasi altro social. Sono una perdita di tempo. Preferisco *parlare* direttamente con i miei amici per scoprire come stanno, non vedere cos'hanno pubblicato» borbottò.

«Hai degli amici? Voglio dire, oltre a noi?» lo stuzzicò Lefty.

«Vaffanculo» rispose Doc, appallottolando un tovagliolo e lanciandolo al suo compagno di squadra.

La verità era che *non* aveva molta vita al di fuori del suo team della Delta Force, ma gli andava bene così. Amava quegli uomini come fratelli, e ora che la maggior parte di loro si erano sposati e avevano una famiglia, era contento di aver ampliato la sua cerchia con le loro compagne.

«Sul serio, Ember Maxwell è come una regina» spiegò Trigger. «Tutti vogliono essere notati e menzionati da lei, per giunta è bellissima. Inoltre, è un'atleta straordinaria. La squadra olimpica di pentathlon moderno ha solo due donne e due uomini, e lei è riuscita a entrarci.»

«C'è chi dice che abbia comprato il posto in squadra» aggiunse Brain.

Doc non percepì alcuna condanna nel suo tono. «È così?» chiese incuriosito.

«Non credo» intervenne Lucky. «L'ho vista competere. La scherma non è la disciplina in cui è più forte, ma è una discreta nuotatrice ed è brava nell'equitazione, e nella corsa e il tiro a segno è quasi sempre eccellente. Il pentathlon moderno è interessante perché un atleta può essere debole in un'area, ma comunque arrivare in cima alla classifica, perché tutto si basa su un sistema a punti.»

Non aveva mai prestato molta attenzione agli sport olimpici meno conosciuti, era più un tipo da baseball, basket e football.

«Comunque, dovrebbe alloggiare qui» disse Trigger. «Dato che la squadra ha solo quattro membri, ognuno ha la propria stanza. È l'unica tra loro che non ha partecipato alla cerimonia di apertura dell'altro giorno e che non è ancora arrivata.»

Doc annuì distrattamente. Non gli importava dove alloggiassero gli atleti viziati. Era lì per assicurarsi che nessun terrorista pazzo si infiltrasse nel villaggio e causasse il caos.

«Riuscite a credere a quanto sia assurdo questo posto?» chiese Grover, cambiando argomento e scuotendo la testa. «È tipo "sesso libero per tutti".»

«Vero? Ci sono ciotole piene di preservativi ovunque.

In ogni stanza comune, appena dentro l'ingresso dell'edificio, e ho persino visto un sacchetto attaccato alla ringhiera all'interno dell'ascensore» aggiunse Lefty.

«È piuttosto folle. Voglio dire, avrei pensato che sarebbero stati tutti più preoccupati di dormire bene e di prepararsi a competere, non di spassarsela» commentò Brain.

«Alcune persone usano il sesso come strategia» sostenne Trigger con una scrollata di spalle. «Aiuta a sfogare lo stress e l'energia nervosa.»

«E finite le competizioni, finisce tutto» aggiunse Lefty.

Doc ignorò i suoi amici, in tutta onestà non gli importava se gli atleti facevano sesso o meno, e si concentrò sul suo pranzo. Una cosa positiva che doveva dire su quella missione riguardava il cibo: era molto meglio di quello a cui erano abituati. Niente razioni MRE per loro a Seoul, potevano scegliere qualsiasi tipo di pasto desiderassero; ad alto contenuto di carboidrati o proteico, senza glutine, e tra una vasta gamma di specialità regionali, inclusa ovviamente la cucina asiatica. Avevano allestito anche un McDonald's in un angolo della mensa, che apriva di sera.

L'edificio a cui erano stati assegnati ospitava americani, canadesi e britannici, quindi era abbastanza omogeneo. Gli atleti andavano e venivano costantemente in base al loro programma di gare. Dal punto di vista della sicurezza, il villaggio avrebbe dovuto essere un incubo, ma la polizia e l'esercito sudcoreano avevano fatto un buon lavoro, assicurandosi che nessuno entrasse nei dormitori a cui non appartenevano. C'erano diversi posti di blocco dove confermavano e riconfermavano le credenziali.

L'indomani, Doc e il resto della squadra avrebbero visitato gli impianti sportivi a cui erano stati assegnati e sperava che la sicurezza sarebbe stata altrettanto rigida.

Sapeva che c'era sempre la possibilità che qualcuno potesse infiltrarsi nelle aree off-limits o introdurre esplosivi o armi, nonostante i controlli di sicurezza nei luoghi in cui erano ammessi gli spettatori, ma sperava che quell'anno non avrebbero avuto quel tipo di problemi.

«Qualcuno ha idea di come troveremo Shin-Soo Choo per Logan?» chiese Lucky.

Tutti scossero la testa.

«I giocatori di baseball hanno le stanze in questo dormitorio, ma nessuno di loro starà qui» lo informò Trigger. «Alloggiano tutti in un hotel vicino.»

«Merda» imprecò Grover. «Sarà quasi impossibile ottenere un autografo.»

«Ci riusciremo» disse Brain. «Abbiamo promesso a Oz e Logan che non avremmo lasciato la Corea fino a quando non l'avessimo avuto.»

Oz, il settimo membro della squadra, aveva avuto il permesso di rimanere negli Stati Uniti con la moglie incinta, che avrebbe dovuto partorire da un giorno all'altro. Logan era suo nipote e Shin-Soo Choo il suo idolo. Quando il ragazzo aveva saputo che Choo avrebbe fatto parte della squadra olimpica di baseball degli Stati Uniti, li aveva implorati di trovarlo e ottenere un autografo, ma anche se i Delta facevano parte delle forze di sicurezza, non avevano carta bianca per andare dove volevano all'interno del villaggio. Ci sarebbe voluta un po' di creatività per capire come avvicinarsi a quei giocatori di baseball molto popolari.

Proprio in quel momento, si sentì del trambusto nella mensa. Doc si girò verso la porta e vide che era entrata una donna e che *tutti* la stavano fissando. Sembrava che lei non se ne fosse nemmeno accorta; andò all'inizio del buffet, prese un vassoio e cominciò a farsi strada lungo la fila.

Doc si agitò sulla sedia. Non aveva idea di chi fosse, ma solo guardarla lo metteva a disagio.

Prima di tutto era bellissima. La sua pelle scura con calde sfumature rosso arancio gli ricordava la collezione di monete che aveva da bambino. Aveva adorato passare le mani su tutto quel rame... ed era sorprendente che sentisse il bisogno di fare lo stesso con lei. I riccioli neri e crespi erano tirati indietro in una crocchia bassa, esponendo i muscoli delle spalle e della schiena, ulteriormente evidenziati dalla canotta che indossava. I suoi jeans le fasciavano le cosce muscolose e il sedere sinuoso.

A Doc piaceva tutto del suo aspetto.

Nonostante ciò, l'attenzione che stava ricevendo senza nemmeno provarci lo fece accigliare.

Fin da piccolo aveva cercato di passare inosservato. Mentre cresceva, era stato oggetto degli sguardi curiosi e decisamente offensivi di troppe persone. Dava nell'occhio in mezzo alla sua famiglia, e anche ora preferiva svanire sullo sfondo. Essere un soldato delle forze speciali soddisfaceva il suo bisogno di passare inosservato. *Entra, fai il tuo lavoro, esci.* Quello era ciò che viveva e respirava.

Ma lei non avrebbe mai potuto passare inosservata; sembrava illuminare una stanza semplicemente entrando. Attirava lo sguardo di tutti senza accorgersene. Il solo fatto di immaginare di aver quel tipo di attenzione lo metteva molto a disagio.

Grover fischiò sottovoce. «Se possibile, è ancora più bella di persona che in foto.»

«Per la cronaca, Doc, *quella* è Ember Maxwell» disse Lucky con un sorriso, dandogli una gomitata.

La studiò, incuriosito da quella donna che tutti, tranne lui, sembravano conoscere. Si era aspettato che fosse bella, e lo era. Si era aspettato che fosse in forma, e la sua forza era evidente. E di certo si era aspettato che godesse di essere sotto i riflettori guadagnati con la sua fama sui social.

Notò invece che non sembrava entusiasta di essere al centro dell'attenzione: teneva gli occhi fermamente incollati al pavimento... come se ciò potesse aiutarla a fingere che la gente non la stesse fissando.

Più la guardava, più si incuriosiva. Riconobbe in Ember Maxwell alcuni degli atteggiamenti che lui stesso aveva adottato quando era più giovane per evitare di essere notato. Non aveva stabilito un contatto visivo con *nessuno*, nemmeno con i camerieri. Quando qualcuno nella fila le parlava, chinava di più la testa e si limitava a scrollare le spalle. Non si stava comportando come si sarebbe aspettato e ciò lo sorprese.

Un uomo al tavolo accanto al loro tirò fuori il cellulare, la chiamò per nome e scattò una foto quando lei si girò. Doc la vide curvare le spalle e distogliere rapidamente lo sguardo.

Quella non era una donna che amava stare sotto i riflettori.

Una volta finito di prendere il cibo, si voltò mordendosi il labbro e sembrando molto a disagio mentre studiava la stanza. Prima ancora di rendersene conto, Doc fece scivolare indietro la sedia e si alzò di scatto.

Era estremamente insolito per lui, ma non ci pensò due volte. Si avvicinò a Ember e, senza dire una parola, le prese il vassoio dalle mani mentre lei lo guardava sorpresa.

«Puoi sederti con noi» le disse sommessamente, prima di indicare il suo tavolo con la testa.

«Ehm... ok» replicò.

La sua voce dolce come il miele caldo non aiutò a farlo

sentire più a suo agio in sua presenza. Lo turbava tutto di quella donna, ma ormai era troppo tardi per voltarsi e fingere di non averla intercettata. Si voltò senza dire altro e le fece strada fino al tavolo dove sedevano i suoi amici.

Amici che al momento lo fissavano scioccati, probabilmente chiedendosi cosa diavolo gli fosse preso.

Non solo, ma anche gli occhi di tutti gli altri erano puntati su di loro.

Imbarazzato, si rimproverò per aver fatto esattamente ciò che odiava di più, cioè attirare l'attenzione, e fu ancora più brusco del solito quando si rivolse a lei.

«Puoi sederti qui» le disse, posando il vassoio tra Trigger e Brain.

«Ehm, ok, grazie» mormorò.

Doc si voltò e vide che *tutti* gli uomini del tavolo accanto ora avevano i telefoni sollevati. Si avvicinò a loro a grandi passi, si chinò sul tavolo e parlò con tono basso e minaccioso. «Se non mettete giù quei cazzo di cellulari ve ne pentirete.»

Era una minaccia un po' debole, ma non avrebbe comunque fatto loro del male, anche se avrebbe voluto.

Abbassarono subito i telefoni.

«Grazie» mormorò. «Sembra che abbiate finito di mangiare, quindi vi suggerisco di andarvene.»

Senza dire una parola, gli uomini raccolsero i loro vassoi e andarono a depositarli prima di uscire.

Doc avrebbe dovuto sentirsi meglio, ma la maggior parte delle persone nella mensa lo stava guardando. Si voltò verso il tavolo dove l'aveva fatta accomodare e vide che lo stava fissando con gli occhi castani spalancati. Sembrava nervosa e confusa.

Sapeva che non sarebbe riuscito a sedersi con lei e

avere una conversazione normale. Non mentre tutti li osservavano. Gli si contorse lo stomaco anche solo al pensiero di finire il pranzo.

Così, senza dire nulla, si avvicinò al suo posto, prese il vassoio e si diresse verso l'uscita.

CAPITOLO DUE

EMBER FISSÒ la schiena dello sconosciuto che usciva dalla mensa con la stessa rapidità con cui l'aveva fatta sedere al suo tavolo. Non era stupida, sapeva che l'aspetto non era tutto, ma era passato molto tempo da quando era stata liquidata così su due piedi, e non poté fare a meno di sentirsi un po' offesa. E confusa.

Uno degli uomini al tavolo si schiarì la voce ed Ember si voltò verso di lui, distogliendo l'attenzione dal tizio burbero che era appena andato via.

«Sono Trigger» si presentò, porgendole la mano.

Gliela strinse. «Ember.»

«Lo so» replicò con un piccolo sorriso. Non era condiscendente o malizioso, era... gentile. Se un sorriso si poteva definire così.

«E io sono Brain» disse l'uomo dall'altra parte del tavolo. «Loro sono Lefty, Lucky e Grover» proseguì, indicandoli.

«E lo stronzo scontroso che se n'è appena andato era Doc» la informò Trigger.

«Wow, e io che pensavo che il *mio* nome fosse insolito» mormorò.

Tutti ridacchiarono.

«Sono soprannomi» ribatté Lucky. «Facciamo parte delle forze di sicurezza assunte per proteggere gli atleti.»

Lei annuì. Aveva senso. «Immagino che siate nell'esercito.»

«Perché dici così?» chiese Grover.

Era un uomo grosso, molto alto e muscoloso. Avrebbe potuto esserne intimidita, ma i suoi genitori avevano assunto molte guardie del corpo per lei nel corso degli anni, quindi era abituata a uomini di quella stazza. «Per i vostri soprannomi, il vostro portamento. Un po'... tutto.»

Risero di nuovo.

«Alla faccia del tenere un profilo basso. Potremmo essere lottatori» suggerì, inarcando un sopracciglio.

Non sapeva perché quei ragazzi non la mettessero a disagio come succedeva con quasi tutte le altre persone, ma era così. Forse era per via della fede che la maggior parte di loro portava sulla mano sinistra e che indicava che erano sposati. Forse perché non sembravano essere colpiti dalle celebrità o forse era il modo in cui la guardavano negli occhi mentre le parlavano. Qualunque cosa fosse, si sentiva rilassata.

Aveva puntato i piedi con i suoi genitori e insistito per rimanere nel villaggio degli atleti invece che nella suite che avevano preso in un hotel lì vicino. Aveva bisogno di un po' di spazio, di stare lontana da loro. Non lo facevano con cattiveria, ma nel corso degli anni si erano completamente impadroniti della sua vita. Le avevano tolto la possibilità di prendere decisioni da sola e non le chiedevano *mai* cosa volesse fare, presumendo di saperlo meglio di lei.

Erano persone intelligenti, avevano costruito la sua immagine online dal nulla, assunto i migliori allenatori per aiutarla a diventare un'atleta olimpionica e guadagnato così tanti soldi a suo nome, che era quasi osceno. Ma niente di tutto ciò era stata una sua scelta. Aveva solo assecondato le loro decisioni.

Fino a quel momento.

Si erano infuriati e l'avevano minacciata, ma nulla le aveva fatto cambiare idea. Voleva sentirsi normale per una volta, essere solo un'atleta come tutti gli altri.

Avrebbe dovuto immaginare che in realtà non sarebbe successo.

Era stato bello fare il check-in per entrare nel dormitorio. Era andata nella sua stanza e aveva riposto alcune delle sue cose, prima di prendersi una pausa per mangiare. Nell'istante in cui era entrata nella mensa, le avevano fatto subito ricordare chi era. Non Ember Maxwell la pentatleta, ma Ember Maxwell star dei social. Qualcuno da guardare con stupore. Da osservare.

Viveva in un acquario e per un secondo se n'era dimenticata.

L'uomo che si era avvicinato a lei mentre cercava di capire dove sedersi per pranzare, l'aveva colta alla sprovvista. Era stata pronta a respingerlo, ma non aveva avuto l'aria di essere infatuato di lei, non era stato elettrizzato di incontrare *Ember Maxwell*. Era sembrato quasi... irritato. Non con lei, ma in generale.

Non le era sfuggito che aveva minacciato gli uomini seduti al tavolo accanto al loro.

Avrebbe voluto dirgli che ormai non ci faceva più caso quando le persone la filmavano. Che faceva parte della sua vita. Non le piaceva, ma aveva imparato a conviverci quando usciva in pubblico. Però non aveva nemmeno avuto la possibilità di ringraziarlo; se n'era andato non appena gli altri uomini erano usciti.

«Ember, stai bene?» le chiese Lucky

Sospirò. Si era distratta, perdendosi nella sua testa, cosa che sapeva di fare fin troppo spesso. Era piuttosto sorprendente, visto che era sempre circondata da persone, ma a nessuna di loro importava davvero di conoscerla. «Sì, grazie.»

Tutti annuirono, poi cominciarono a parlare tra di loro come se lei non ci fosse.

No, non era vero, la stavano coinvolgendo nella conversazione, solo che non era al centro della loro attenzione. Era... stupendo.

«Come sta Chance?» chiese Lucky a Brain.

L'altro si raddrizzò. «Alla grande. Ho parlato con Aspen ieri sera, era felice perché aveva dormito per cinque ore di fila. A quanto pare non è normale per un neonato, ma non ci lamentiamo.»

«È fantastico. Qualcuno ha notizie di Oz?» domandò Lefty.

«Mi ha mandato un messaggio la scorsa notte» rispose Grover. «Ha detto che Riley sta andando benone. Pensa che il bambino nascerà prima del nostro ritorno, quindi è un bene che non sia venuto con noi.»

La conversazione continuò ed Ember ascoltò mentre mangiava, godendosi il modo in cui parlavano apertamente delle loro compagne. Aveva cercato di conoscere alcune delle guardie del corpo incaricate di sorvegliarla quando usciva di casa, ma nessuno di loro era mai stato interessato a chiacchierare. Il fatto che quei soldati sembrassero completamente devoti alle loro donne, dando comunque l'impressione di essere in grado di distruggere chiunque con una sola mossa, era una dicotomia intrigante. Non era intimidita da loro. Al contrario, era sempre stata attratta dagli uomini dall'aspetto rude. Forse perché i ragazzi con cui era cresciuta a Beverly Hills si erano solo preoccupati di apparire carini piuttosto che sporcarsi le mani.

«Allora, qual è la tua storia?» chiese Lucky.

Ember deglutì il boccone di cibo e si asciugò le labbra con un tovagliolo prima di chiedere: «Cosa intendi?»

«Da dove vieni, come sei arrivata a competere nel pentathlon moderno, quanti anni hai, cosa preferisci fare nel tuo tempo libero, come affronti il fatto che ogni persona nel mondo sa chi sei... sai, quel genere di cose» chiarì con un gran sorriso.

Sapeva che avrebbe dovuto innalzare le sue barriere, come faceva di solito quando le persone ponevano domande che i suoi genitori consideravano troppo personali. Avrebbe dovuto ridacchiare e glissare, ma si sentiva a suo agio con quei ragazzi e i suoi non erano lì a controllare ogni suo movimento. «Vengo da Beverly Hills. Me la cavavo decentemente con il nuoto e la corsa, ma non avrei mai potuto arrivare alla medaglia d'oro, così i miei genitori hanno deciso che il pentathlon era perfetto, dato che potevo essere nella media in uno sport individuale, ma comunque arrivare in alto. Ho venticinque anni. Non *so* cosa sia il tempo libero e sinceramente cerco di non pensare al fatto che la gente sa tutto di me.»

«Non credo che ci sia qualcosa nella media in te» ribatté Grover.

Ember si voltò a guardarlo. Non aveva uno sguardo malizioso o un sorriso compiaciuto, sembrava che avesse fatto solo un'osservazione generale.

«Grazie, ma fidati, sono piuttosto noiosa. I social possono far sembrare chiunque la persona più affascinante del mondo.»

Grover non rise e nemmeno gli altri. Invece la fissò intensamente. Alla fine, disse: «Hai delle barriere piuttosto spesse intorno a te, che tengono tutti fuori. Non mi sorprende, dati i venticinque milioni di follower su Instagram e la tua vita riprodotta su immagini perché tutti possano vederla. Mi ricordi Doc.»

Si sorprese del suo intuito, ma era più incuriosita riguardo al loro amico. «Qual è il suo problema? Non gli piacciono i neri o cosa?»

La sua domanda fu accolta dal silenzio e per la prima volta si sentì a disagio.

Sapeva che nel mondo c'era ancora tanta gente razzista, che giudicava in base al colore della pelle. Sì, era cresciuta a Beverly Hills con genitori benestanti che potevano offrirle tutto quello che desiderava, ma ciò non cancellava l'odio e il disgusto negli occhi e nei cuori di alcune persone quando la guardavano. A loro non importava se era una brava ragazza, un'atleta affermata. Un'olimpionica. Avrebbero comunque attraversato la strada per non passarle vicino, come se avessero paura che le avrebbe derubate se si fossero avvicinate troppo. Poi c'erano quelle che pensavano che fosse troppo bianca per appartenere alla comunità nera, o troppo nera per appartenere a quella bianca.

Trigger spinse da parte il vassoio e appoggiò i gomiti sul tavolo. La studiò con uno sguardo che non riuscì a decifrare, poi disse: «Doc è l'ultima persona in assoluto che ti giudicherebbe per il colore della tua pelle. Voi due avete più cose in comune di quanto pensiate.»

Ember sbuffò. «Certo. Cos'ha, dieci anni più di me? È bianco ed è nell'esercito, cosa mai potremmo avere in comune?»

Quando nessuno rispose subito, ebbe la sensazione che avrebbe dovuto tenere la bocca chiusa.

Era diventata compiacente perché si era sentita a suo agio con loro. Aveva dimenticato che tutti volevano qualcosa da lei. Un autografo. Una menzione sui social. Una foto. Un pompino. Volevano sempre *qualcosa*.

Ora si chiedeva cosa volessero *quegli* uomini. Era stato Doc a condurla al tavolo, ma forse era una cosa organizzata. Forse avevano mentito su mogli e figli.

Come se si fossero resi conto che si stava innervosendo, si appoggiarono con nonchalance allo schienale delle loro sedie, come per darle spazio.

«Non avere paura di noi» disse Grover in tono pacato. «Tra tutte le persone presenti in questo dannato posto, noi siamo quelli con cui sei più al sicuro, sia fisicamente sia a mostrare la vera te. Per rispondere alla tua domanda, Doc ha trentaquattro anni. È il più vecchio della nostra squadra. Ha avuto una vita difficile. Sì, è bianco e tu sei nera, ma questo non significa nulla per lui.»

Ember non ne era così sicura. La gente diceva di non far caso al colore della pelle quando guardava gli altri, ma lei sapeva per esperienza che non era sempre vero.

«Lo vedrai» affermò Brain.

Sembrava così sicuro di sé che si incuriosì ancora di più riguardo a Doc, ma non ebbe la possibilità di chiedere nulla perché Lucky iniziò a parlare.

«Hai la stanza al nostro stesso piano. Ci sei già stata?»

Annuì. «Ho lasciato giù la mia roba e sono venuta direttamente qui.»

«Leila, Nick e Aiden sono andati a visitare la città questa mattina, hanno detto che sarebbero tornati dopo pranzo» disse Lucky.

Leila Mason era l'altra donna che faceva parte della squadra di pentathlon moderno. La conosceva abbastanza bene perché avevano partecipato ad alcune gare insieme.

Aiden Covington e Nick Hodge formavano la squadra maschile.

«La squadra di pallanuoto è qui da prima della cerimonia di apertura e, da quanto ho capito, le loro competizioni non iniziano prima di un'altra settimana» aggiunse Lefty. «Tu quando gareggi?»

«Il pentathlon è un evento che dura due giorni. Il primo giorno c'è il primo girone di scherma. Prevede trentacinque round, ogni atleta deve sfidare ogni concorrente, l'assalto è a una sola stoccata. I punti in classifica vanno in base al numero di vittorie.»

«Porca puttana, sono un sacco di incontri!» esclamò Trigger.

«Sì. Prendono la maggior parte della giornata. Il secondo giorno passiamo al secondo girone di scherma. Partono per primi i due concorrenti con il punteggio più basso. Chi vince affronta il terzo schermitore con meno punti. E così via fino a quando non avranno gareggiato tutti di nuovo.»

«Come funziona la parte del nuoto? Si prendono punti in base a chi fa il miglior tempo?» chiese Grover.

Ember era contenta che sembrassero sinceramente interessati. «No. Non è come le normali gare di nuoto. Non abbiamo una finale e tecnicamente non gareggiamo l'uno contro l'altro. Nuotiamo i duecento metri e otteniamo un punteggio basato sul tempo. Un tempo di due minuti e quaranta secondi fa guadagnare duecentocinquanta punti. Ogni decimo di secondo sopra o sotto quel parametro è uguale a un punto in più o in meno. Quindi, ovviamente, più veloce nuoti più punti ottieni, che è quello che vogliamo.»

«Interessante. Non avevo mai pensato a come funziona.

Avevo solo supposto che chiunque vincesse quella parte avrebbe ottenuto più punti» disse Brain.

«Be', è vero, perché più punti guadagniamo nella scherma, nel nuoto e nel salto ostacoli, maggiore sarà il vantaggio che otteniamo per la gara finale combinata di tiro e corsa. Una volta iniziata la corsa, il vincitore è colui che taglia per primo il traguardo, quindi è davvero importante ottenere il maggior vantaggio possibile.»

«Quindi potresti essere all'ultimo posto, ma riuscire a vincere comunque.»

«Tecnicamente sì, ma parlando per esperienza, è molto difficile riuscirci. Dovresti fare sempre centro nella gara di tiro per avere una possibilità» spiegò.

«In quale specialità riesci meglio?» le chiese Grover.

Ember adorava educare le persone sul pentathlon. Le piaceva non parlare di influencer, di brand o di tutta quella roba che i suoi genitori amavano e di cui a lei non poteva importare di meno. «Tiro a segno» disse senza esitazione.

Sorrisero tutti.

«Che c'è?» domandò.

«Peccato che non abbiamo un poligono di tiro qui, mi sarebbe piaciuto chiederti di unirti a noi» rispose Trigger.

«Non vorrei mettervi in imbarazzo» scherzò.

Ridacchiarono, ed ebbe la sensazione che la stessero assecondando.

«Usare una pistola laser come fai nella gara non è assolutamente come sparare con proiettili veri» affermò Lefty.

«Lo so» concordò. «Ma me la cavo.»

«Ho la sensazione che sia così» sostenne Trigger. «Hai dei programmi per cena?»

Ember lo fissò. Ci stava provando?

«Non sto cercando di portarti a letto. Amo mia moglie più

della vita e non la tradirei mai» spiegò, leggendole nella mente. «Pensavo solo che se fossi interessata a mangiare in un posto diverso dalla mensa, abbiamo la serata libera – è l'unica che abbiamo *tutti* libera – e magari ti farebbe piacere unirti a noi.»

«Oh, è davvero carino da parte vostra, ma non voglio lasciare il villaggio olimpico. Inoltre, domani devo alzarmi presto per allenarmi. Però grazie, davvero.» Diceva sul serio. Le piacevano quei ragazzi. Erano alla mano e divertenti, e la facevano sentire... normale. Era sicura di non essere Ember Maxwell beniamina dei social per loro, ma Ember l'atleta... e la cosa le piaceva.

«Va bene, ma se cambi idea faccelo sapere. Le nostre camere sono nel piano in cui alloggi. Forse prima hai visto che c'è una S sulle nostre porte, che sta per "sicurezza". Basta che bussi a una qualunque o infili un biglietto sotto e passiamo a prenderti prima di uscire.»

«Lo farò. Grazie.»

«Figurati.»

«E... Trigger?»

«Sì?»

«Puoi ringraziare Doc per me?»

«Per cosa?»

«Per avermi portata al vostro tavolo. Non sapevo dove sedermi, e per quanto possa essere sembrato un atteggiamento un po' prepotente, è stato un sollievo che mi abbia evitato di dover decidere.»

«Certo. E per la cronaca, sei totalmente l'opposto della sua comfort zone» le disse Trigger.

«Cosa intendi?»

«Solo quello. Doc *odia* essere al centro dell'attenzione. Marciare verso di te, *Ember Maxwell,* in una stanza affollata per portarti al nostro tavolo, non è proprio da lui.»

«Oh, be'... l'ho apprezzato. Anche per aver costretto

quei ragazzi a smettere di filmarmi o qualunque cosa stessero facendo.»

«Succede spesso?» le chiese Brain.

Scrollò le spalle cercando di minimizzare. «Piuttosto spesso.»

«Ok, quindi succede sempre» borbottò.

«Ho praticamente rinunciato al mio diritto alla privacy dopo aver raggiunto tutti quei follower» spiegò.

«Ti sbagli» le disse Grover. «Non dovresti avere la preoccupazione che qualcuno ti riprenda mentre stai mangiando o fai qualcosa in privato. Sei alle Olimpiadi, gli altri atleti dovrebbero coprirti le spalle, non aggiungere stress.»

Le sue parole le diedero una bella sensazione.

«Per quel che vale... Doc è un brav'uomo» continuò Trigger. «Può essere piuttosto cupo, ma è anche una delle persone più fedeli che abbia mai incontrato. Può anche essere difficile familiarizzare con lui, ma quando decide che sei degno della sua amicizia, non c'è niente che non farebbe per te.»

«Ehm... ok» disse, dopo una lunga pausa.

Ember apprezzò la sua rassicurazione, ma non capiva perché glielo stesse dicendo. Era ovvio che Doc non fosse rimasto molto colpito da lei, basandosi sulla sua uscita frettolosa. I suoi amici potevano anche dire che non era disgustato dal colore della sua pelle, ma la sua reazione le era fin troppo familiare. L'aveva vista di continuo nel mondo dei bianchi di Beverly Hills in cui era cresciuta. I suoi genitori erano diventati molto bravi a ignorare il razzismo, ma lei non riusciva a essere così indifferente al riguardo.

Quei ragazzi le piacevano e apprezzava la loro offerta di amicizia, ma sarebbe rimasta poco in Corea, quindi era meglio non legare troppo. Entro pochi giorni sarebbe tornata alla sua vita negli Stati Uniti. Non era sicura che allenarsi quattordici ore al giorno *fosse* vita, ma conosceva solo quella. I suoi genitori le avevano fatto lasciare il liceo in favore di una scuola online, così avrebbe avuto più tempo per allenarsi. Il college era stato fuori questione, perché avrebbe distolto troppa attenzione dalla preparazione. A quel tempo aveva appena perso la qualificazione per i Giochi Olimpici, quindi il loro sogno era stato che riuscisse a entrare in quelli successivi.

«Abbiamo imparato nel modo peggiore a non giudicare mai qualcuno dal loro aspetto» insistette Trigger. «Un bambino simpatico potrebbe essere un'esca in modo che suo padre possa far esplodere una mina vicino a dove stiamo pattugliando. La donna più bella in una stanza potrebbe essere l'individuo più letale. Il colore della pelle non significa nulla per noi. Valutiamo le persone in modo più profondo. È chiaro che Doc ha visto il tuo disagio e ha voluto aiutarti, nonostante il suo bisogno di evitare attenzioni. Non è qualcosa che lo vediamo fare spesso.»

«Che importanza ha?» chiese. «Voi siete qui per la sicurezza e io per competere. Quando avrò finito tornerò in California, alla mia vita, e voi tornerete a... qualunque posto da cui siete venuti.»

«Texas» chiarì Lucky. «Fort Hood, per l'esattezza. Vicino a Killeen.»

«Ok, voi tornerete in Texas e io alla mia vita.»

Trigger la fissò per un momento ed Ember non riuscì a interpretare la sua espressione.

Alla fine, disse: «Sto solo cercando di dire che anche se a Doc non piace essere al centro dell'attenzione, non lascerà che la tua fama gli impedisca di proteggere te... o chiunque altro qui ai Giochi. Vale lo stesso per tutti noi.»

Le sue parole la rassicurarono.

Trigger si alzò, non dandole la possibilità di commentare, e gli altri lo imitarono. Lo fece anche Ember, non volendo essere lasciata da sola al tavolo. «Dai, ti accompagniamo al nostro piano, così ti mostriamo dove sono le nostre stanze. Poi ti lasceremo a disfare le valigie e fare qualsiasi cosa facciano gli atleti d'élite prima di competere alle Olimpiadi.»

Seguì il gruppo fino ai contenitori per depositare i vassoi e poi salirono insieme nel grande ascensore fino al loro piano. Gli uomini si salutarono, le dissero che era stato bello conoscerla e andarono nelle loro stanze.

Trigger rimase indietro. «Abbiamo il resto della giornata libera. Probabilmente chiameremo le nostre mogli; la differenza di fuso orario è una rottura, quindi approfittiamo di ogni possibilità che abbiamo per parlare con loro. Come ho detto, più tardi andremo tutti a cena insieme.»

«Sembrate molto legati.»

«Lo siamo. Non c'è niente che non farei per quei ragazzi o per le loro famiglie.»

Ember non capiva quel tipo di amicizia, semplicemente perché non l'aveva mai sperimentata.

«Questa è la mia stanza» le fece notare, mentre passavano davanti alla porta e proseguivano verso la sua. «Se cambi idea per stasera, fammelo sapere.»

«Magari potessi.» Lo pensava davvero. Uscire con quegli uomini sembrava molto più allettante che stare nella sua camera, a nascondersi dal pubblico... e dalla sua famiglia.

«Se non dovessi vederti prima della tua gara, ti auguro buona fortuna.»

«Grazie.»

Trigger la salutò con un cenno della testa prima di

tornare alla sua stanza. Ember si chiuse la porta alle spalle e si appoggiò contro il legno pesante, chiudendo gli occhi esausta.

Avrebbe dovuto fare i salti di gioia, essere eccitata di competere e magari vincere una medaglia. Tutti stavano aspettando di vedere se ce l'avrebbe fatta, se sarebbe riuscita a diventare una campionessa olimpica, e lei desiderava fare bene, perché aveva un innato spirito agonistico. Inoltre, aveva molti fan che volevano sinceramente il meglio per lei.

C'erano anche quelli che speravano di vederla fallire.

I suoi genitori avevano assunto delle persone per gestire i suoi account social, quindi non controllava spesso i commenti che la gente lasciava sotto le foto, ma non sempre riusciva a reprimere la curiosità e a volte andava a vedere ciò che scrivevano.

Se ne pentiva quasi sempre. Le persone potevano essere incredibilmente crudeli. La denigravano perché era bella, per via dei legami che aveva con altre celebrità e atleti molto noti o perché era ricca. Capiva che molti di quei commenti meschini erano il risultato della gelosia per ciò che percepivano avesse e che desideravano per loro stesse, ma le parole che le facevano più male erano quelle sul colore della sua pelle.

C'era chi diceva che stava facendo un torto alla comunità nera comportandosi troppo da bianca e non riconoscendo le sue origini. Altri la minacciavano di morte, ribadendo che tutti i neri avrebbero dovuto morire. Molti pensavano che non avrebbe dovuto essere presente alle Olimpiadi, che era impossibile che una persona di colore sarebbe riuscita a entrare nella squadra di pentathlon moderno senza aver corrotto qualcuno. Blateravano stronzate sul fatto che i neri non sapessero nuotare, anche se non erano sorpresi che sapesse sparare così bene. Come se il colore della pelle avesse qualcosa a che fare con una di quelle cose.

C'erano anche dei fan che la supportavano, ovviamente. Quelli che sembravano volere davvero che avesse successo, e postavano sempre messaggi positivi. Quando erano arrivati a Seul, sua madre le aveva dato alcune lettere di quei fan che le auguravano il meglio. Una certa Beth le aveva detto che era la donna più bella delle Olimpiadi e Thomas che stava pregando perché facesse bene. Christine le aveva scritto una poesia molto dolce sulla fiducia nelle sue capacità. Alex aveva inviato una lettera di due pagine scritta a mano, spiegando in dettaglio perché la ammirava e credeva che avrebbe vinto la medaglia d'oro.

L'ultima era stata la più carina. Una bambina aveva disegnato Ember in cima al podio con un sorriso enorme.

Si avvicinò al letto e si sedette, fissando le valige sul pavimento. Doveva finire di disfarle, ma la sua mente era un vortice di pensieri.

Si trovava a un bivio. La scelta di rimanere nel villaggio degli atleti aveva fatto incazzare i suoi genitori, ma aveva bisogno di quella pausa. L'amavano, ma la stavano soffocando. Gestivano ogni aspetto della sua vita, avevano addirittura lasciato il lavoro per farlo. Gli allenamenti, le apparizioni pubbliche, i servizi fotografici, il marketing e quant'altro, avevano preso il sopravvento. Non avrebbe voluto fare quello stupido reality show anni prima, ma a malincuore si era lasciata convincere. Era stata una sofferenza, aveva odiato avere sempre le telecamere in faccia, ma lo spettacolo aveva fatto salire alle stelle la sua popolarità e aumentato la sua ricchezza complessiva di otto zeri.

Per lei erano tutte stronzate. Nel profondo, voleva

qualcosa di più. O meglio... di *diverso*. Ma non aveva idea di cosa.

Nel frattempo, i suoi genitori stavano già parlando delle future Olimpiadi.

Ember non voleva passare altri quattro anni ad allenarsi tutto il giorno, tutti i giorni. Voleva vivere. Viaggiare. Innamorarsi. Avere una famiglia.

Non voleva essere sotto i riflettori. Se avesse potuto cancellare il suo account Instagram, insieme a tutti i venticinque milioni di follower, lo avrebbe fatto subito. Ai suoi genitori sarebbe venuto un infarto, era la piattaforma in cui aveva più successo, ma stava rapidamente arrivando al punto che non le importava più.

Aveva venticinque anni e viveva ancora a casa. Non faceva la spesa per se stessa, non cucinava, non doveva muovere un dito per pulire. La sua stanza era grande quanto l'appartamento di alcune persone. Sapeva che non era normale ed Ember voleva disperatamente la normalità.

Finché sarebbe vissuta sotto il loro tetto e avrebbe permesso loro di gestire la sua vita, non l'avrebbe mai avuta.

Non aveva mai vissuto da nessuna parte se non in California. Aveva viaggiato per le competizioni, ma raramente si spostava dagli hotel e dalle sedi di gara. Desiderava l'avventura, ma in cambio avrebbe dovuto deludere i suoi genitori e sopportare tutti i sensi di colpa che le avrebbe inflitto la madre.

Inoltre, non avrebbe deluso solo i suoi genitori, ma anche gli allenatori. Sergei, Helen e Lonnie erano meravigliosi. Duri quando dovevano esserlo, ma anche incoraggianti. E poi c'erano gli atleti con cui si allenava, i fan e i follower.

All'improvviso, le sembrò di avere il peso del mondo

sulle spalle. Tutti volevano che vincesse più di quanto lo desiderasse lei stessa. Era assurdo. Folle.

Cosa stava facendo? Come avrebbe potuto liberarsi?

Non le venne in mente nessuna risposta mentre era seduta nel mezzo della stanza spoglia. Sentì diverse persone parlare nel corridoio e pensò che fossero gli atleti della squadra di pallanuoto di ritorno dagli allenamenti. Sembravano felici ed eccitati. E perché non avrebbero dovuto esserlo? Erano alle *Olimpiadi*.

Ember sospirò e si alzò per continuare a mettere via le sue cose. Nel seminterrato dell'edificio c'era una palestra all'avanguardia. Sarebbe andata lì ad allenarsi sul tapis roulant. Ciò l'avrebbe aiutata a schiarirsi le idee e a tornare nello stato d'animo giusto per competere. Amava correre, si sarebbe messa le cuffie, perdendosi nella musica.

CAPITOLO TRE

Doc guardò l'orologio: le undici e dieci. Lui e il resto della squadra erano tornati al dormitorio circa un'ora prima, dopo essere andati a cena in un ristorante lontano dal villaggio olimpico. Erano rimasti fuori più del solito, dato che era l'unica serata libera che avrebbero potuto trascorrere tutti insieme. Poi avrebbero passato il tempo a sorvegliare la folla, a pattugliare l'area e ad assicurarsi che gli atleti che si erano recati nella Corea del Sud fossero al sicuro mentre gareggiavano, puntando a essere i migliori nei rispettivi sport.

Per gran parte della cena, Trigger e gli altri avevano parlato di Ember Maxwell, riferendogli ciò che aveva raccontato di se stessa e del suo sport, e tormentandolo per essersela filata via a pranzo.

Doc non riusciva a spiegare perché lei lo turbasse così tanto. Non era solo perché era carina e ovviamente sempre al centro dell'attenzione, c'era... qualcos'altro. Qualcosa di più profondo.

Sembrava che avesse bisogno di un amico. Quando l'aveva notata esitare dopo aver preso il cibo, guardandosi intorno in cerca di un posto dove sedersi, aveva riconosciuto l'atteggiamento di una persona che si sentiva a disagio. Non sapeva *perché* lo fosse, pensava che fosse circondata dalla gente per la maggior parte del tempo, ma la sua espressione e il linguaggio del corpo erano stati un chiaro segnale, quindi era andato subito ad aiutarla.

Si era trovato anche lui nei suoi panni: sentirsi fuori posto, un pesce fuor d'acqua. A prescindere da quanto fosse famosa o popolare, il suo senso di disagio lo aveva colpito profondamente, facendolo agire di conseguenza.

In seguito, si era irritato con se stesso per essersi preoccupato di quegli stronzi che la stavano filmando, sentendosi anche confuso sul motivo per cui gli fosse importato di una donna che aveva tutto ciò che desiderava e anche di più.

Dato che dopo cena era ancora inquieto e non volendo stare nella sua stanza, con il rischio di ossessionarsi per ciò che era successo a pranzo, aveva deciso di fare una passeggiata nel dormitorio, solo per assicurarsi che fosse tutto a posto. Aveva controllato ogni piano senza trovare nulla di strano e ora stava tornando in camera. Durante il suo giro, aveva sentito la confusione di una festa in corso in più di una stanza, il che gli aveva fatto scuotere la testa per lo stupore. Le cose lì sembravano molto più folli rispetto alle precedenti Olimpiadi in cui lui e la squadra avevano lavorato. Gli era impossibile capire come qualcuno potesse prepararsi per fare la gara della vita mentre festeggiava.

Arrivato al suo piano, il ventesimo, Doc fu felice di vedere che lì gli atleti sembravano addormentati, o almeno che non stavano facendo baldoria. Oltrepassò la sala comune mentre si dirigeva verso la sua porta, e si fermò di colpo.

Fece un passo indietro e guardò dentro.

Ember Maxwell era seduta su una poltrona che aveva avvicinato il più possibile alla minuscola finestra nell'angolo. Non era altro che una lunga feritoia ed era impossibile che potesse davvero vedere qualcosa, ma non stava osservando ciò che succedeva fuori, stava guardando in alto.

«Ember?» Il suo nome gli sfuggì prima che potesse ripensarci. Avrebbe dovuto lasciarla in pace, ma odiava vederla così... solitaria. Aveva i piedi sul cuscino e le braccia intorno alle ginocchia, le spalle erano leggermente curvate, anche se il mento era allungato verso l'alto.

Dopo aver sentito il suo nome, girò la testa e lo fissò per un attimo prima di dire: «Mi dispiace. Ti ho disturbato?»

Per qualche ragione, quella domanda lo irritò. «Certo che no. Sei silenziosissima, cosa che non posso dire di molte persone in questo dormitorio. Tutto bene?»

Sbatté le palpebre, annuì e poi disse: «No.»

Doc non poté fare a meno di ridacchiare. «Quindi? Sì o no?»

Ember sospirò, appoggiò la guancia sul ginocchio e guardò fuori dalla finestra, escludendolo. «Sto bene» disse sommessamente.

Avrebbe dovuto lasciarla sola, andare in camera e dormire un po' prima dell'inizio del suo turno mattutino, ma ciò che gli avevano raccontato a cena i suoi amici continuava a ripetersi nella sua testa.

Avevano effettivamente accennato che Ember dava l'impressione di essere persa, che avrebbe dovuto essere elettrizzata di partecipare alle Olimpiadi, invece sembrava che stesse andando avanti solo per inerzia.

Brain gli aveva anche mostrato alcune foto dal suo account Instagram. Nella maggior parte, lei rideva e sembrava che si stesse divertendo un mondo. C'erano frasi motivazionali sulle immagini dei suoi allenamenti, foto di lei in posa con vari prodotti – chiaramente scatti promozionali a pagamento – e in ognuna sembrava che fosse appena uscita dal salone di bellezza. I capelli perfetti, i denti bianchi e splendenti, gli orecchini pendenti e brillanti, la pelle e il trucco impeccabili.

Ma la Ember che aveva davanti era molto più attraente per lui. Era reale. Non una caricatura sui social. Aveva i capelli arruffati, i pantaloni della tuta che indossava erano chiaramente vecchi e la sua maglietta aveva uno strappo nella manica. Era alla mano, e non quella che il mondo era solito vedere.

Doc guardò entrambi i lati del corridoio e vide che era vuoto. Poteva ancora sentire vagamente i rumori di una festa al piano di sopra, ma al momento erano solo loro due.

«Mi dispiace di essere andato via così bruscamente prima» le disse.

«Nessun problema» replicò, senza alzare lo sguardo.

«È stato maleducato» insistette.

«Tranquillo, sul serio» lo rassicurò, continuando a guardare fuori dalla finestra. «Non sei il primo a cui non sono piaciuta a prima vista, e non sarai l'ultimo.»

Si accigliò. «Non è che non mi piaci. Non ti *conosco* neppure, come potrei dire se mi piaci o meno?»

Ember sollevò la testa e lo inchiodò con uno sguardo così intenso che Doc dovette sforzarsi per non distogliere il suo. «Ci sono molte persone a cui non piaccio in base a ciò che vedono e leggono online.»

Lui non batté ciglio. «Allora sono degli stronzi ignoranti.»

Lo fissò per un altro istante. «Dici sul serio, vero?»

«Sì. Ascolta, so di non aver fatto una buona impressione prima, ma se non mi piace qualcuno non è per quello che ho letto su di loro online. Magari è perché sono maleducati, discriminatori o perché fanno rumore con la bocca quando mangiano.»

Gli fece un piccolo sorriso. «Allora perché te ne sei andato?»

Doc pensò di mentirle, di dirle che non aveva fame o che doveva fare una telefonata, ma non poteva farlo. La tristezza nei suoi occhi era come un richiamo, lo attirava come una falena a una fiamma. Sapeva che lei avrebbe potuto penetrare le barriere che teneva sempre innalzate intorno a lui, ma non poteva resisterle. «Perché mi metti a disagio.»

Ember aggrottò la fronte. «Davvero?»

«Sì.»

«Mi dispiace.»

Scrollò le spalle. «Non preoccuparti, davvero. Sono io, non tu.»

Gli fece un altro piccolo sorriso. «Suona come una frase di circostanza» lo informò.

«Non lo è. Mi fai... provare cose che non voglio. Sono a disagio per l'attenzione che attiri. Sono abituato a restare nell'ombra e tu sei come una luce luminosa e brillante, e chiunque si avvicini a te ne viene avvolto.»

Le sue parole sembrarono renderla ancora più triste, e non era stata quella la sua intenzione.

«Sì, è vero. Dato che vogliamo essere onesti, darei qualsiasi cosa per spegnere quella luce, almeno una volta, per nascondermi in quelle ombre con te.»

Si scambiarono un lungo sguardo intimo e capì che era sincera.

Dopo aver visto il suo profilo Instagram, non avrebbe mai immaginato che Ember Maxwell si sentisse a disagio sotto i riflettori, ma avrebbe dovuto saperlo. I social erano una stronzata, le persone dicevano cose per cercare di integrarsi, per sembrare più popolari e interessanti di quanto non fossero in realtà. Affermavano di essere in un certo modo, ma nella vita reale erano completamente diverse, ed Ember ne era la prova vivente... ma non come si era aspettato.

«Cosa stai facendo qui?» le chiese.

Lei scrollò le spalle. «Stavo cercando di vedere le stelle.»

Non si era aspettato neanche quella risposta. «Come, scusa?»

«Le stelle. Ogni sera, prima di andare a dormire, mi siedo alla finestra e osservo il cielo. Il mondo è un posto così grande, e guardare le stelle scintillare mi ricorda che c'è molto di più là fuori della mia piccola vita limitata, ma non riesco a vederle dalla mia camera. Al di là della mia finestra c'è un altro dormitorio e le luci rendono impossibile scorgere qualsiasi cosa. Così sono venuta qui, ma la vista non è molto migliore.»

«Dalla mia stanza si vedono» si lasciò sfuggire Doc.

Lo fissò di nuovo.

«Ascolta, so che non mi conosci, ma giuro sul mio onore di soldato dell'esercito americano che sei al sicuro con me. Se vuoi venire per un po' in camera mia a guardare le stelle, per me va bene.» Doc sapeva che sembrava la frase per rimorchiare peggiore di sempre, ma non si pentì di quell'offerta.

«La mia stanza è dall'altra parte del corridoio rispetto alla tua» proseguì. «Si affaccia allo stadio e alla pista. Quando c'è una partita o una gara, non puoi vedere nulla per via dei riflettori, ma stasera è tutto tranquillo e non ci sono nuvole, quindi dovresti riuscire a vedere le stelle.»

«Perché?»

Non fu sorpreso che fosse scettica. «Perché a prescindere dalle mie azioni precedenti, di solito non mi allontano da ciò che mi mette a disagio. Accidenti, tutta la mia vita è stata un disagio. Lasciarti sedere nella mia camera per un po' non è chissà quale problema e se ti aiuterà a dormire così da poter essere al top quando gareggerai, tanto meglio. Io posso rimanere qui se vuoi, così ti sentirai più a tuo agio.»

Ember arricciò il naso e lui non poté fare a meno di pensare che fosse adorabile.

«Non ho intenzione di cacciarti dalla tua stanza. La gente può anche pensare che io sia una diva, ma non è così.»

Doc fece un respiro profondo e si avvicinò a lei, tendendole la mano come in un invito. «Allora facciamolo, così poi potrai dormire. Non mi perdonerei mai se perdessi una medaglia perché eri esausta per essere rimasta sveglia fino a tardi.»

Gli rivolse un timido sorriso. «Credimi, ho passato molte notti insonni, soprattutto prima di una gara. Non è questo il motivo per cui non vinco medaglie.»

Doc rimase lì, con il braccio teso, praticamente trattenendo il respiro mentre lei si avvicinava. Ebbe l'improvvisa sensazione che nel momento in cui lo avesse sfiorato, la sua vita sarebbe cambiata per sempre.

La domanda era: nel bene o nel male?

Le loro dita si toccarono, poi gliele strinse saldamente.

Quando Doc si voltò per andare verso la sua camera, tenendola per mano, capì di avere ragione. Sapeva che la sua esistenza aveva appena preso una svolta.

Era ridicolo. Non si conoscevano nemmeno. La vita di Ember era tutto ciò che lui non voleva: fama, fortuna e luci della ribalta. Ma in quel momento, non poteva allontanarsi da lei più di quanto non avrebbe potuto voltare le spalle alla sua famiglia.

Aveva intravisto la vera Ember Maxwell nascosta sotto lo sfarzo e il glamour che mostrava al mondo, ed era incuriosito. Voleva saperne di più. Voleva sapere *tutto* di lei.

Non aveva senso... ma d'altronde, stare con lei in quel momento aveva più senso di qualsiasi altra cosa avesse fatto nella vita.

Tenendola per mano la condusse dentro la sua camera, e la lasciò andare con riluttanza solo per spingere verso la finestra l'unica sedia che c'era. Andò in bagno e accese la luce, poi spense la lampada sul comodino. Sarebbe stato più facile vedere le stelle completamente al buio, ma pensava che si sarebbe sentita più a suo agio da sola con lui se ci fosse stato almeno un leggero bagliore. Alla fine tornò alla finestra, tirò su le persiane e fece un passo indietro indicando la sedia. «Il tuo trono, mia signora.»

Ember alzò gli occhi al cielo, ma si avvicinò e si sedette. Sollevò lo sguardo e Doc la sentì sospirare di apprezzamento. «Oh, sì. È proprio ciò di cui avevo bisogno.» Si sporse in avanti, come se ciò l'avrebbe avvicinata alle stelle che stava ammirando.

Doc indietreggiò ancora, poi rimasero in silenzio, Ember immersa in ciò che quei corpi celesti le facevano provare, e lui a godersi la vista di quella bellissima donna seduta nella sua stanza.

Oggettivamente, apprezzava il suo aspetto. Aveva un corpo atletico, forte e in ottima forma, ma non era quello che lo attraeva. Erano quelle piccole cose che dubitava qualcun altro avesse notato. Il modo in cui si mordicchiava il labbro inferiore mentre fissava il cielo. Il modo in cui alcune parti del suo corpo erano in costante movimento, come se avesse così tanta energia accumulata da doversi muovere per evitare di esplodere; batteva un piede sul pavimento, poi tamburellava le dita sulla coscia, poi spostava la gamba da un lato all'altro.

Guardandola in quel momento, Doc non avrebbe mai pensato che fosse una celebrità mondiale. Poteva sembrare una delle amiche di sua sorella, e da un momento all'altro Mamma Luisa avrebbe aperto la porta dicendo loro che era tardi e che dovevano dormire.

Ma non erano in Georgia, e di sicuro lei non era qualcuno che sua sorella avrebbe portato a casa.

Doc non sapeva quanto sarebbe rimasta seduta lì a guardare le stelle, e non gli importava; le avrebbe concesso tutto il tempo che le serviva. A un certo punto si voltò a guardarlo. Data l'oscurità, non pensava che potesse vederlo bene, anche perché era appoggiato al muro dall'altra parte della stanza.

«I tuoi amici hanno detto una cosa che mi ha incuriosita» iniziò Ember.

Si irrigidì. Merda. Chissà *cosa* avevano blaterato. Li amava, ma ora che erano quasi tutti sposati ed estremamente felici, era diventato piuttosto ovvio che volessero vedere sistemati anche lui e Grover. «Ah sì?»

«Sì. Hanno detto che avevamo molto più in comune di quanto pensassi. In quel momento mi è sembrato ridicolo, ora non ne sono più così sicura. So che ti senti a disagio con me, ma io mi sento a mio agio con *te* e non so perché. Normalmente non accetterei mai e poi mai l'invito di andare nella camera di un uomo che ho appena incontrato, ma c'è qualcosa in te che mi porta a fidarmi. È strano.»

«Non è strano. Non farei mai del male a te o a *qualunque* altra donna.»

«Lo so... ma *come* faccio a saperlo? Ti ho appena incontrato.»

Doc scrollò le spalle, anche se probabilmente lei non riuscì a vederlo. «Forse dovremmo ricominciare da capo, senza le nostre idee preconcette riguardo all'altro.»

«Buona idea.»

«Ciao, sono Craig Wagner, ma tutti mi chiamano Doc.»

«Sono Ember Maxwell. Tutti mi chiamano Ember» disse con un piccolo sorriso. «Perché Doc? Sei un medico?»

«No, anche se a Mamma Luisa sarebbe piaciuto. Quando ero all'addestramento di base, mentre ci stavamo esercitando nel combattimento corpo a corpo, uno dei soldati semplici è diventato un po' troppo entusiasta e ha colpito il suo partner in faccia. Lo ha messo fuori combattimento. Ero il più vicino e ho preso il controllo della situazione, assicurandomi che il ragazzo fosse a posto fino all'arrivo dell'ambulanza. In realtà non ho fatto molto, ma uno dei sergenti istruttori ha iniziato a chiamarmi Doc... e mi è rimasto.»

«Avresti potuto avere un soprannome peggiore» disse Ember.

«Verissimo.»

«Ho un'altra domanda.»

«Spara.»

«Mamma Luisa?»

Doc annuì. «Già. Mia madre. Non è quella biologica, ma la amo più di quanto potrei mai spiegare.» Si chiese se raccontarle la sua storia e decise di farlo. I suoi amici avevano ragione, *avevano* più cose in comune di quanto sembrava a prima vista.

«Quando avevo cinque anni, i miei genitori sono rimasti uccisi nell'incendio della nostra casa. Io ero a dormire dal mio amico Deiondre. Viveva a un isolato di distanza e i nostri genitori erano migliori amici. L'incendio è stato giudicato accidentale. La stufa aveva un interruttore difettoso o qualcosa del genere. Comunque, ovviamente ero devastato, ma Mamma Luisa e suo marito non hanno esitato a candidarsi per prendermi in affidamento. Hanno passato le pene dell'inferno per ottenere il diritto di tenermi, e cinque anni più tardi, dopo innumerevoli udienze in tribunale e una ridicola e ardua battaglia, sono riusciti finalmente ad adottarmi.»

«Non capisco. Perché ci sono stati tanti problemi? Se erano i migliori amici dei tuoi genitori e tu volevi stare con loro, perché è stato così difficile?»

In risposta, Doc prese il portafoglio dalla tasca posteriore e tirò fuori una foto. Per un momento, sorrise guardandola, ricordando quanto sua sorella Nichelle avesse lavorato duramente per organizzarla. Indossavano tutti vestiti dello stesso colore, e anche se suo padre e Deiondre si erano lamentati dell'intera faccenda, i loro sorrisi li smentivano. Doc in Texas aveva una versione più grande di quella foto, incorniciata e appesa alla parete.

La famiglia significava tutto per lui. Jaime e Luisa non erano stati obbligati ad accoglierlo e la loro vita sarebbe stata più facile se non l'avessero fatto.

Si staccò dal muro, andò da Ember e le porse la foto, dicendo: «Questa è la mia famiglia.» E indietreggiò di nuovo.

Lei fissò a lungo l'immagine, poi incontrò il suo sguardo. «Sono neri.»

«Sì.»

«Presumo che quello fosse un problema.»

«Non per me, ma evidentemente per gli altri sì. L'America a prima vista sembra che si sia data una regolata riguardo al razzismo, ma spesso non è così. Quando ero piccolo, Mamma Luisa e Jaime hanno passato davvero tanti brutti momenti. Non riesco nemmeno a ricordare quante volte la gente ha chiamato la polizia quando eravamo fuori insieme perché pensava che fossi stato rapito. Non potevano concepire che un ragazzo bianco venisse cresciuto da una coppia nera. Una volta, eravamo a Disney World a farci gli affari nostri e a goderci la giornata, e siamo stati *tutti* trattenuti. Mi hanno separato dalle persone che amavo e di cui mi fidavo di più al mondo per interrogarmi.

Ricordo ancora quanto ero spaventato, pensavo che li avrebbero portati via e rinchiusi in prigione anche se non avevano fatto nulla di male. Gli agenti della sicurezza pensavano che mi avessero fatto il lavaggio del cervello, e quando finalmente ci hanno lasciati andare per la nostra strada ero fuori di testa. Inutile dire che in seguito le vacanze in famiglia si sono limitate a cose come il campeggio, e comunque vicino a casa.»

«È una stronzata» disse Ember sommessamente.

«Esatto. È stato così per tutta la mia infanzia. Ogni volta che uscivo con Deiondre e Nichelle, mio fratello e mia sorella, qualcuno mi diceva di stare attento perché mi avrebbero portato guai o fatto arrestare. Una sera eravamo a una festa che è stata interrotta dalla polizia. Il cortile era pieno di studenti del liceo ubriachi e io e Deiondre abbiamo cercato di fare la cosa giusta, cioè non scappare. Un agente è passato davanti ad almeno una dozzina di ragazzi ma si è concentrato su mio fratello che non stava facendo niente, era solo lì nel cortile, e quello stronzo lo ha scaraventato a terra urlandogli di smettere di resistere. Ovviamente non potevo star lì a guardare senza fare nulla, così ho spinto via il poliziotto, e sai cos'è successo?»

«Cosa?» gli chiese.

«*Deiondre* ha passato una notte in prigione e io sono stato rimandato a casa con un severo monito.» Doc scosse la testa, indignato dal ricordo. Fece un respiro profondo, sapendo che si stava innervosendo solo al pensiero del razzismo contro cui il fratello, la sorella e i suoi genitori combattevano ancora. «Quelli che dicono di non vedere il colore della pelle quando guardano le persone sono degli illusi. Fa parte della natura umana, è inevitabile. Ma ciò che si *può* evitare è la reazione che hanno in certe situazioni. Attraversano la strada temendo per la loro vita quando vedono un uomo di colore camminare verso di loro? Rifiutano di dare un lavoro a una donna asiatica o mediorientale perché pensano che non sia intelligente come una bianca? Ecco, queste sono le cose che devono finire.»

Ember fissò a lungo la foto che teneva ancora in mano, poi disse: «Quando ero un'adolescente, una volta sono andata a correre nel mio quartiere a Beverly Hills. Sapevo che avrei dovuto andare in palestra, ma ero arrabbiata con i miei genitori e avevo bisogno di spazio. Stavo correndo da nemmeno quindici minuti quando si è fermata accanto a me un'auto della polizia. L'agente ha voluto sapere cosa stessi facendo in quel quartiere. Non avevo la carta d'identità con me ed era evidente che non mi avesse creduto quando ho detto che *vivevo* lì. Mi ha accompagnata a casa e mi ha lasciata in pace solo quando ha visto i miei genitori. Ho imparato la lezione. So di essere cresciuta con molti più privilegi rispetto a tanti altri neri, ma vengo comunque sempre giudicata a causa del colore della mia pelle.»

«Ho letto alcuni commenti sul tuo account Instagram. Sei molto amata in tutto il mondo, eppure ci sono sempre quegli stronzi ignoranti che sentono il bisogno di dire cose cattive e incivili.»

Ember annuì.

Si fissarono e Doc poté percepire che la loro connessione stava crescendo. «Il colore della tua pelle non ha importanza per me. A pranzo me ne sono andato a causa della tua fama. Però questo è un mio problema, non tuo» affermò con sincerità.

«Per quel che vale... non ho mai voluto essere *quella* Ember Maxwell. Quando mia madre ha assunto qualcuno perché si occupasse dei miei account, non mi è importato. Ero troppo occupata a cercare di accontentare i miei allenatori, fare i compiti e rendere felici i miei genitori. Ho sempre fatto ciò che mi dicevano di fare, non volendo creare scompiglio. Posavo per le foto quando me lo ordinavano, andavo a farmi sistemare le unghie e i capelli dove e come volevano. Sorridevo secondo le indicazioni che ricevevo. Non mi sono nemmeno fatta valere né ho lottato per ciò che volevo quando ho firmato quel maledetto contratto per il reality show. Ho lavorato sodo per essere qui oggi. Sono orgogliosa di me per essere un'atleta olimpica, ma non è mai stato il *mio* sogno. È quello dei miei genitori. E dei miei fan.

Non fraintendermi, voglio vincere una medaglia, sono competitiva e ho lavorato molto duramente negli ultimi anni. Sarebbe stupido partecipare alle Olimpiadi e non voler fare il meglio possibile per me e per il mio Paese, ma se potessi fare a modo mio, vincerei una medaglia e poi scomparirei per sempre dai social. Non farei più l'influencer, niente più servizi fotografici. I miei genitori mi hanno fatto guadagnare più soldi di quanti ne potrei mai spendere in due vite. So che è sciocco, perché avrei potuto smettere molto prima, ma penso che per me fosse più facile assecondarli, fare ciò che mi chiedevano perché non sapevo cosa volevo fare della mia vita.»

«E ora lo sai?» le chiese.

«So che voglio *vivere*, non passare ogni secondo del mio tempo ad allenarmi. Voglio trasferirmi in un posto dove non mi conosce nessuno e stare in pace. Magari diventerò un'assemblatrice di puzzle professionista o un'eremita che esce di casa solo per sgridare i ragazzi che osano mettere piede nel mio giardino.»

Doc sorrise. Cristo, era adorabile. «Perché non lo fai?»

«Cosa?» chiese, inclinando la testa.

«Disabilitare i tuoi account. Trasferirti. Fare ciò che vuoi della tua vita.»

Lo fissò in silenzio.

«Sei un'adulta, Ember. Capisco che non vuoi deludere i tuoi genitori, ma devi anche fare ciò che desideri *tu*.»

«Non credo sia così facile» sussurrò.

«Oh, ci saranno dolori e lacrime» concordò. «Ma niente che valga la pena di fare è facile.»

«*Conosco* le password di Instagram e Facebook» rifletté.

Il sorriso di Doc si fece più ampio.

«Porca puttana. Lo sto davvero considerando? Mia madre andrebbe fuori di testa. Per non parlare dei quattro ragazzi che ha assunto per gestire i social. Mio padre capirebbe... forse. Sa quanto può diventare prepotente sua moglie.»

«Prima di tutto, campionessa, hai due giorni intensi di gare davanti a te. Perché non superi quelli prima di prendere decisioni così importanti?»

Ember si alzò e si avvicinò a lui.

Doc si irrigidì. Per qualche assurda ragione, avrebbe voluto attirarla a sé. Abbracciarla e vedere se si adattavano bene come immaginava. Non era molto più bassa del suo metro e ottantacinque, ed era forte. Non avrebbe dovuto temere di soffocarla.

Aveva anche la sensazione che una volta che fosse diventata sua, non avrebbe mai più permesso a nessuno di comandare la sua vita.

Trattenne il respiro mentre lei entrava nel suo spazio vitale. Non lo toccò, ma era decisamente più vicina di quanto avrebbero fatto normalmente due persone che si erano incontrate da poche ore.

«Hai una bella famiglia» disse, porgendogli la foto che le aveva mostrato.

Doc la prese. «Grazie.»

«Mi dispiace di averti messo a disagio.»

«È un problema mio, non tuo» ripeté.

«Mi dispiace comunque. Grazie per avermi permesso di usare la tua finestra.»

«Quando vuoi. Dico sul serio, se domani vuoi tornare a vedere le stelle, non è un problema.»

«Non ti darò fastidio?» gli chiese.

«No.»

«A che ora stacchi domani?»

«Alle cinque.»

«Ti va di cenare insieme? Qui alla mensa» chiarì. «Non sono pronta a sguinzagliare Ember Maxwell in Corea del Sud. Mi hanno detto che ho un bel po' di follower qui e mi dispiacerebbe ostacolare gli altri atleti.»

«Non credo che ad altri influencer importerebbe una cosa del genere, per loro si tratterebbe solo di pubblicità gratuita.»

Ember arricciò il naso. «Penso che abbiamo stabilito che non sono come loro.»

«È vero. In tal caso, mi farebbe piacere cenare con te. Quando torno dovrò fare una doccia, quindi che ne dici se vengo a bussare alla tua porta appena sono pronto? In questo modo non dovrai aspettarmi di sotto e rischiare di ritrovarti coinvolta in situazioni imbarazzanti con qualcuno che potrebbe riconoscerti.»

Lo fissò a lungo.

«Che c'è?» chiese.

«Per essere uno che non è a suo agio con la mia fama, sembra che tu sappia come affrontarla.»

«Non so un cazzo» ammise in tono ironico, «ma so come tenere un basso profilo.»

Lei inclinò la testa. «Non sei un normale soldato, vero?»

«No» si limitò a rispondere. Era troppo presto per approfondire. Inoltre, entro una o due settimane avrebbero preso strade diverse. Non aveva motivo di sapere che era un Delta.

«Va bene.» Fece un respiro profondo e si allontanò da lui.

Doc non poté fare a meno di provare un senso di delusione, ma fece del suo meglio per tenerlo a freno. «Cos'hai in programma domani?»

«Allenamenti. Dovrei incontrarmi con Leila, Nick e Aiden per esercitarmi e fare alcune interviste con la stampa. Dobbiamo anche fare delle foto. Samer, uno dei responsabili dei social, è venuto con noi e ha pianificato un sacco di cose. È super eccitato di avere nuove immagini e video dal vivo per i miei account. Per quanto riguarda il pomeriggio, credo che anche mia madre abbia organizzato alcune interviste e sono sicura che dovrò fare altre foto.»

Doc fece una smorfia.

Ember sospirò. «Già. Penso che dovrò leggere in diretta alcune delle lettere di incoraggiamento che ho ricevuto e rispondere ad alcuni dei commenti su Instagram. I follower adorano questo genere di cose.»

Lui scrollò le spalle. «Non saprei.»

«Non hai un account Facebook o Instagram?» gli chiese.

«Cazzo, no. Non uso e non ho tempo per quella roba. A pranzo hai incontrato i miei amici, le persone a cui tengo, li vedo quasi tutti i giorni e ci troviamo a casa dell'uno o dell'altro almeno una volta alla settimana. Non me ne frega un cazzo di ciò che sta facendo oggi qualcuno con cui sono andato al liceo. Se non si sono presi la briga di tenersi in contatto con me dopo che ci siamo diplomati – e credimi, non lo ha fatto nessuno – allora non mi interessa vedere le foto delle loro famiglie felici, delle vacanze o qualsiasi altra stronzata che vogliono che gli altri sappiano.»

«Wow, non girarci intorno, ti prego, dimmi cosa pensi veramente» disse Ember ridendo.

Doc si passò una mano tra i capelli. «Scusa.»

«No, non scusarti. In realtà è stimolante. La maggior parte delle persone mi bacia il culo tutto il tempo e mi dice solo ciò che pensa io voglia sentire.»

«Io non dico mai stronzate.»

«Buono a sapersi.»

Doc guardò l'orologio e rimase sorpreso di scoprire quanto tempo erano rimasti a parlare. «È tardi. Hai bisogno di dormire un po'. Verrò a bussare alla tua porta verso le cinque e un quarto. Questo mi darà il tempo di darmi una ripulita prima di andare alla mensa.»

«D'accordo. Ci vediamo domani.»

«Stai attenta là fuori.»

«Certo. Anche tu.»

Gli lanciò un'ultima lunga occhiata prima di dirigersi verso la porta. Doc la seguì a rispettosa distanza e si fermò sulla soglia, guardandola camminare lungo il corridoio e verso la sua stanza. Aspettò che fosse dentro al sicuro prima di chiudere a chiave la propria porta.

Rimase lì al buio per diversi minuti, ripensando alla loro conversazione.

Ember gli piaceva davvero e non era ciò che inizialmente aveva voluto, pensando che fosse solo un'altra insopportabile star dei social. Del resto, non si sarebbe mai aspettato che quel viaggio fosse qualcosa di più di una semplice missione.

Il fatto di non riuscire a togliersela dalla testa per la maggior parte della notte, gli fece capire che poteva già essere troppo coinvolto. Forse avrebbe dovuto dirle che doveva lavorare e non poteva andare a cena. Perché iniziare un qualsiasi tipo di relazione quando lei viveva in California e lui in Texas? C'erano troppi ostacoli.

Allora perché non vedeva l'ora che arrivasse l'indomani per scoprire com'era andata la sua giornata? Perché moriva dalla voglia di tirare fuori il telefono e creare un account Instagram, in modo da poterla seguire e vedere tutti i video che aveva pianificato di fare?

Doc scosse la testa, disgustato da se stesso. Tirò fuori dalle tasche il portafoglio e il telefono e li gettò sul tavolino. Si spogliò rimanendo in boxer e si infilò sotto il lenzuolo del letto troppo stretto e corto. Chiuse gli occhi e cercò di convincersi che era gentile con Ember solo perché sembrava davvero che avesse bisogno di un amico.

Se Mamma Luisa fosse stata lì, gli avrebbe dato uno schiaffo in testa e detto di smetterla di mentire a se stesso. Era gentile con Ember perché lei lo affascinava. Lo incuriosiva. E perché voleva disperatamente saperne di più su di lei.

Merda. Era fregato.

Aveva visto i suoi amici innamorarsi delle loro donne e

ne riconobbe i segni. La differenza era che lui era destinato ad avere il cuore infranto. Ember era una cazzo di icona conosciuta in tutto il mondo. Probabilmente con più connessioni di quante ne aveva anche il famosissimo Tex. Una donna come lei non avrebbe mai voluto legarsi a un semplice soldato, nemmeno in un milione di anni.

CAPITOLO QUATTRO

EMBER NON ERA COSÌ ECCITATA da tantissimo tempo. Non di competere alle Olimpiadi, ma perché presto avrebbe rivisto Craig. Non poteva chiamarlo Doc, le faceva troppo strano.

La giornata era stata lunga. Avrebbe dovuto meditare o visualizzare le tecniche di scherma per il girone all'italiana che si sarebbe svolto da lì a diciassette ore circa. Invece, non riusciva a pensare a nient'altro che a stare di nuovo con lui.

Voleva vedere se ci sarebbe stato ancora quel feeling che aveva avvertito la notte precedente.

Forse era attratta da lui perché non usciva con qualcuno da... non riusciva a ricordare quanto. Forse aver sentito che era stato cresciuto da una famiglia nera, l'aveva incuriosita abbastanza da volerne sapere di più. O forse era solo perché quando gli parlava rimaneva concentrato su di lei. Non su qualcun altro che avrebbe potuto essere lì a guardarli. Non sulle sue tette. La guardava negli occhi, come se quello che stava dicendo fosse la cosa più importante che avesse mai sentito.

L'istinto le diceva che non voleva niente da lei. Che non voleva che vendesse qualcosa per lui. Non voleva apparire nel suo profilo Instagram. In effetti, sospettava che sarebbe rimasto inorridito se avesse trovato una sua foto pubblicata. Con Craig, poteva essere se stessa. Essere solo Ember.

Forse era la ragione sbagliata per infatuarsi di qualcuno, ma desiderava provare ancora quella sensazione. Voleva godere di ogni secondo che avrebbe potuto passare con lui, impacchettare e mettere via il modo in cui la faceva sentire, come una donna normale, per poterlo tirare fuori in futuro e crogiolarsi nel ricordo della sua presenza confortante.

L'allenamento di quel giorno era andato bene. Si sentiva in forma. In ottima forma. Leila era stata felice di vederla e avevano riso e chiacchierato, cariche di energia nervosa. Avrebbero gareggiato l'una contro l'altra, ma rappresentavano entrambe gli Stati Uniti e volevano dare il meglio. Anche Nick e Aiden erano stati di buon umore quel giorno. Avevano scherzato tutti insieme mentre posavano per le foto per la stampa. Il pentathlon moderno non era esattamente lo sport più atteso alle Olimpiadi, ma la presenza di Ember nella squadra aveva decuplicato la popolarità degli atleti.

Anche avere a che fare con i suoi genitori non l'aveva abbattuta. Samer aveva scattato un sacco di foto e chiacchierato allegramente di ciò che aveva intenzione di pubblicare. Aveva scelto alcuni commenti da farle leggere ad alta voce, e sebbene si fosse sentita sciocca a farlo, non si era lamentata. Aveva l'impressione che tutto il Paese avesse gli occhi puntati su di lei ed Ember era determinata a fare del suo meglio. Quello poteva anche non essere stato il suo sogno, ma più si avvicinava alla competizione, più ne era elettrizzata.

Forse perché, per la prima volta nella sua vita, poteva vedere il traguardo.

Sapeva che i suoi genitori non sarebbero stati contenti della sua decisione di ritirarsi, ma era arrivato il momento di smettere, era pronta ad andare avanti con la sua vita.

Parlare con Craig aveva contribuito a consolidare quella scelta. Aveva venticinque anni, non quattordici. Aveva bisogno di andarsene dalla casa dei suoi genitori e farsi strada nel mondo. Da un lato, sarebbe sempre stata riconoscente a sua madre e suo padre per averla spinta, per averle fatto guadagnare abbastanza in modo da poter letteralmente fare qualsiasi cosa... o niente. Da un altro lato, aveva iniziato a provare più risentimento che gratitudine per la loro invadenza. Doveva liberarsi dal loro controllo prima che il loro rapporto si rovinasse in modo irreparabile.

Era anche pronta a rinunciare a essere Ember Maxwell beniamina dei social, e iniziare a utilizzare quelle piattaforme per qualcosa di utile.

La notte precedente, dopo essere tornata nella sua stanza, mentre stava pensando a cosa diavolo fare della sua vita, nella sua mente aveva iniziato a formarsi un'idea. Non aveva un'istruzione universitaria, ma non era troppo tardi per laurearsi. E aveva pensato a Craig e a ciò che gli era successo, al fatto che avesse perso i genitori in un incendio quando era piccolo. Doveva essere stato confuso e spaventato, anche se era stato fortunato che Mamma Luisa e suo marito lo avessero accolto. Non doveva essere stato semplice per nessuno di loro; le relazioni interrazziali di qualsiasi tipo non erano facili nel nostro Paese.

Le aveva fatto venire voglia di abbracciare il bambino

che era stato. Le aveva fatto pensare ad altri che avrebbero potuto attraversare dei momenti difficili simili al suo. Lo sport le aveva dato un senso di appartenenza quando era alle elementari... forse avrebbe potuto lavorare proprio con i bambini. Ragazzini che non si sarebbero mai sognati di praticare uno sport costoso come la scherma o l'equitazione. Avrebbe potuto creare una sorta di palestra di mini-pentathlon, dove avrebbero avuto modo di tirare di scherma, nuotare, cavalcare, correre e sparare. Si sarebbe trattato di qualcosa per divertirsi e stare in compagnia più che per competere.

La sua mente stava praticamente rincorrendo tutte le possibilità, e più ci pensava, più l'idea la affascinava.

Soldi ne aveva in abbondanza e avrebbe potuto usare il suo nome per reclutare dipendenti e persino partecipanti. Immaginò di farlo a titolo gratuito per i più svantaggiati e di far pagare solo una cifra simbolica agli altri.

Per la prima volta nella vita, era entusiasta del suo futuro e sapeva di dover ringraziare Craig.

Sentirlo parlare di quanto odiasse la celebrità, le aveva fatto capire che probabilmente molti uomini la pensavano allo stesso modo, tutti gli altri non le interessavano. Se mai avesse voluto creare una famiglia tutta sua, avrebbe dovuto tenere testa ai suoi genitori e per una volta fare ciò che desiderava.

I servizi fotografici che avevano organizzato quel pomeriggio erano andati come previsto. Aveva sorriso e posato secondo le istruzioni. I suoi erano contenti dell'attenzione che stava ricevendo ed Ember sapeva che le foto erano già sui social. Per la prima volta dopo tanto tempo, non le diede fastidio.

Dopo le Olimpiadi ci sarebbero stati grandi cambiamenti e non vedeva l'ora.

L'eccitazione per il futuro sembrò rinvigorirla, rendendola più entusiasta di competere e speranzosa di battere qualcuno di forte, per terminare la carriera nel miglior modo possibile. Era davvero impaziente di gareggiare, fare del suo meglio e magari portare a casa una medaglia.

Quella stessa eccitazione si estese a Craig. Stare insieme a lui la faceva sentire una persona diversa. Una che le piaceva molto.

Sentì bussare e balzò su dal letto, lanciandosi praticamente verso la porta per aprirla.

«Ciao!» disse tutta sorridente.

Lui la fissò e poi sorrise... ed Ember quasi si sciolse.

«Ehi. Sei molto allegra oggi.»

«Sì. Ho avuto un'ottima giornata e sono prontissima per iniziare questa competizione.»

Craig inclinò la testa e la studiò per un momento. «Hai qualcosa di diverso» affermò.

Ember sorrise di più, contenta che l'avesse notato. «Già. La nostra chiacchierata di ieri sera mi ha fatto riflettere su molte cose.»

«Spero che sia una cosa positiva.»

«Lo è.»

«Hai fame?»

«Molta.»

«Anch'io. Questa giornata non finiva mai.»

Fu il turno di Ember di studiare l'uomo di fronte a lei. Era stata così presa dai suoi pensieri e dall'eccitazione per il futuro che all'inizio non se n'era accorta, ma sembrava un po' stressato. Aveva delle rughe sulla fronte, come se fosse stato accigliato tutto il giorno. «È tutto a posto?»

«Sì. Sono solo un po' stanco.»

«C'è qualcosa che posso fare per te?»

«Sì. Puoi stare estremamente attenta. Essere sempre

consapevole di ciò che ti circonda e non andare da nessuna parte da sola. Se riuscissi a convincere Nick e Aiden ad accompagnare sempre te e Leila, sarebbe fantastico.»

Lo fissò. «È successo qualcosa?»

Si passò una mano tra i capelli, guardando in fondo al corridoio, poi fece un passo verso di lei, costringendola a indietreggiare. Chiuse la porta dietro di sé, ma non si avvicinò. Ember non aveva paura di lui, anche se in quel momento sembrava molto cupo.

«Sai che sono qui per contribuire alla sicurezza del posto.»

Ember annuì.

«Sono delle forze speciali dell'esercito. Delta Force. Oggi io e il mio team abbiamo fatto un giro delle sedi, poi un lungo incontro sui protocolli di sicurezza in atto e, onestamente, pensiamo che dovrebbero essere più rigidi. Le Olimpiadi sono un'opportunità perfetta per un attacco da parte di una delle tante organizzazioni terroristiche sparse in tutto il mondo.»

«Pensi davvero che qualcuno stia pianificando qualcosa?» chiese.

«I gruppi terroristici stanno *sempre* pianificando qualcosa» rispose con un'alzata di spalle.

«Tipo cosa?»

Sembrava quasi annoiato mentre rispondeva: «Autobombe. Tubi bomba. Attacchi coordinati contro gli atleti.»

Le girò la testa. «Sul serio?»

«Sì.»

«Siamo in pericolo?»

La sua domanda sembrò penetrare nelle riflessioni interiori di Craig, perché fece un passo verso di lei e le posò una mano sulla spalla. «Spero di no. Stai attenta quando non gareggi. Tieni gli occhi su chi ti circonda. Se qualcuno sembra fuori posto o si comporta in modo sospetto, allontanati il più velocemente possibile.»

«Va bene» affermò subito.

Le strinse la spalla in modo confortante, poi lasciò cadere la mano. «Mi dispiace di averti spaventata. Non era mia intenzione.»

«Nessun problema. Nella mia vita tutti mi parlano *intorno*. Fanno progetti senza dirmelo. Pianificano appuntamenti, servizi fotografici, e praticamente gestiscono la mia esistenza senza chiedere il mio contributo. Il fatto che tu non mi abbia nascosto che potrebbe succedere qualcosa, in realtà significa molto. Grazie.»

«Sii solo consapevole di ciò che accade intorno a te, Em.»

Sbatté le palpebre. Le avevano mai dato un soprannome? Uno *carino*? Non ne ricordava nessuno. I suoi genitori l'avevano sempre chiamata Ember, dicendo che lo avevano scelto appositamente perché aveva un bel suono, e accorciarlo era da maleducati. «Lo farò.»

«Bene, ma per la cronaca, io e la mia squadra ti proteggeremo quando sei con noi. Non devi preoccuparti di nient'altro che gareggiare.»

«Quindi i tuoi amici... fanno parte anche loro delle forze speciali?»

Lui annuì ed Ember sorrise.

«Che c'è?» le chiese.

«Niente. È solo che... è straordinario.»

Le spalle di Craig si rilassarono leggermente e fu felice che fosse stato per merito suo. «È solo un lavoro.»

Lei sbuffò. «Sì, come no. E io sono il Presidente degli Stati Uniti.»

Si scambiarono un sorriso.

«Dai, muoio anch'io di fame.»

«Sei certo che sia sicuro?»

«Sì, perché sei con me» si limitò a rispondere.

Non aveva dubbi che fosse vero.

«Stasera farai il pieno di carboidrati o preferisci le proteine prima di gareggiare?» chiese Craig.

Ember sapeva che aveva cambiato argomento di proposito, ma andava bene così. Più tardi avrebbe cercato su internet per scoprire il più possibile sulla Delta Force. Sapeva già che erano parecchio tosti, ma era tutto. «Un po' di entrambi» gli rispose, mentre lui le apriva la porta. Uscì nel corridoio e lo guardò assicurarsi che fosse bloccata prima di farle cenno di precederlo verso l'ascensore.

Notò che i suoi occhi erano costantemente in movimento. Osservavano il corridoio con attenzione, in cerca di qualcuno o qualcosa di insolito. Ripensandoci, aveva notato che i suoi amici avevano fatto la stessa cosa nella mensa. Era ovvio che essere consapevoli di ciò che li circondava era radicato in loro come respirare.

Le rimase accanto nell'ascensore, e quando si fermò al piano terra si mise davanti a lei, come per proteggerla da chiunque potesse salire. Le sembrò un po' eccessivo, ma non poteva negare il senso di sicurezza che le diede. Aveva avuto molte guardie del corpo che non erano state vigili e attente come Craig.

Mentre entravano nella mensa, le disse: «Spero che non ti dispiaccia, ma Trigger e Lefty si uniranno a noi per cena.»

«Nessun problema.»

«Avrei voluto averti tutta per me, ma dopo gli sviluppi di oggi, ho pensato che non sarebbe stato male avere due paia di occhi in più mentre siamo in giro.»

Le piaceva quella cosa. Non quella degli occhi in più…

ma che l'avrebbe voluta tutta per sé. Le provocò i brividi sulle braccia. «Va bene.»

Craig la fermò e le mise una mano sul gomito, girandola in modo che fosse di fronte a lui. «Dico sul serio, quando sei fuori da questo edificio, devi stare in allerta. Sei un obiettivo di alto valore, Em. Un'organizzazione terroristica otterrebbe molta pubblicità se riuscisse a ferire o a uccidere Ember Maxwell alle Olimpiadi.»

Lo capiva. Forse più di lui. Accidenti, solo il fatto di aver mangiato una barretta di cioccolato in pubblico era stata una notizia bomba in alcuni ambienti. Se le avessero sparato o l'avessero uccisa, merda, la gente avrebbe perso la testa. Non era ego, ma solo un dato di fatto. I suoi genitori erano molto intelligenti e avevano fiuto per gli affari. Avevano fatto diventare il suo nome un brand, riuscendo in quell'obiettivo oltre ogni immaginazione. Era una rottura di palle, e sapeva che c'erano persone che non la apprezzavano e che la vedevano come un bersaglio su cui sfogarsi.

«Va bene» ripeté con tranquillità.

Sembrava che le volesse dire di più, ma qualcuno si schiarì la gola.

La reazione di Craig fu immediata, si spostò in modo che il suo corpo fosse tra lei e chiunque si fosse avvicinato a loro.

«Sono io» disse Trigger.

Dopo aver annuito al suo amico, si voltò verso di lei. «Dai. Trigger ti coprirà le spalle finché siamo in fila.»

Ember lo seguì mentre andavano verso il buffet. Per fortuna era relativamente tranquillo. Sentiva gli occhi della gente su di lei, ma dato che si trovava tra Craig e il suo compagno di squadra, nessuno aveva il coraggio di avvicinarsi.

La sensazione di sicurezza che provò in quel momento fu qualcosa che non aveva mai sperimentato prima. Quello era esattamente il motivo per cui, nell'ultimo anno circa, era diventata ancora più una reclusa. Ogni volta che usciva, le persone la fissavano, si avvicinavano o le scattavano delle foto. Essere famosa era un vero schifo e la faceva sempre sentire a disagio. Così si era abituata ad andare ad allenarsi, per poi tornare subito a casa. Aveva perso i contatti con i pochi amici che si era fatta alle scuole medie e le uniche persone con cui parlava regolarmente erano gli altri atleti della struttura dove si allenava. Bobby, Julio, Shawn, Lori, Megan, Marie e Becci erano abituati ad averla intorno, per loro era solo un'altra atleta con cui si allenavano, non la famosa Ember Maxwell. A parte i fan che le inviavano le lettere, aveva pochi contatti con il mondo esterno.

Suo padre non capiva perché le piacesse leggere la posta dei suoi fan, dato che c'erano altre persone che se ne occupavano, ma anche quelle maleducate o cattive la facevano sentire più umana, non come una caricatura di se stessa che esisteva solo online. Le foto pubblicate sui suoi profili erano sempre filtrate, così non aveva imperfezioni, il trucco e i capelli erano perfetti e i suoi denti erano bianchissimi.

«Em?»

Sussultò e guardò Craig. «Scusa, cos'hai detto?»

Le sorrise. «Maledettamente adorabile» mormorò sottovoce. Poi, più forte, disse: «Ti ho chiesto se volevi dell'insalata.»

Ember arrossì, grata della sua pelle scura che avrebbe reso più difficile notarlo. «Sì, grazie.»

Terminarono la fila abbastanza velocemente e Craig fece strada verso un tavolo lungo la parete in fondo alla stanza. Non se n'era accorta il giorno prima, ma si rese conto che anche allora si erano seduti a un tavolo piuttosto appartato. «Non riusciamo ad andare più lontano di così dal cibo?» scherzò.

«Qui nessuno può arrivarci da dietro» ribatté Trigger, sedendosi accanto a lei. Craig si accomodò dall'altro lato così tutti e tre guardavano la stanza, mentre Lefty si mise a capotavola.

Ember annuì. Stava cominciando a sospettare che tutto ciò che facevano fosse deliberato e per ragioni di sicurezza.

All'inizio la conversazione sembrò un po' forzata. Ember si sentiva a disagio e incerta su cosa dire. Craig era silenzioso, quindi ci pensarono gli altri due a portarla avanti.

«Allora, hai avuto la possibilità di incontrare gli altri atleti?» le chiese Lefty.

«Qualcuno. La maggior parte sta per conto suo e con i propri compagni di squadra. Immagino che dopo che avranno gareggiato, si apriranno e saranno un po' più amichevoli.»

«Sì, c'è una strana tensione nell'aria» concordò Trigger.

«Puoi biasimarli? Queste sono le Olimpiadi. Probabilmente la competizione più importante della loro vita» ribatté il suo amico.

«Wow, grazie per aver cercato di farmi sentire meno nervosa» scherzò Ember.

I due la fissarono con espressioni ansiose.

«Merda.»

«Idiota» lo ammonì Trigger.

Craig ridacchiò.

Lei lo guardò e si scambiarono un sorriso.

«Mi stai prendendo per il culo?» le chiese Lefty.

Ember scrollò le spalle. «Un po'.»

«Maledizione» disse con un sospiro. «Pensavo di aver davvero fatto una cazzata.»

«Non sei nervosa?» le domandò Trigger.

«Oh, sì, ma a essere sincera mi sento molto meno stressata oggi rispetto a ieri.»

«Come mai? Cos'è cambiato?»

Gli occhi di Ember guizzarono involontariamente verso Craig, e lo vide fissarla intensamente. Prese il bicchiere d'acqua per concedersi un momento per pensare a cosa dire. Dopo aver deglutito, confessò: «Per esempio, mi ha aiutato stare lontana dai miei genitori. Sono piuttosto opprimenti e per loro dovrei pensare e vivere solo per il pentathlon o i social. Non fraintendetemi, li amo e apprezzo tutto ciò che hanno fatto per me, ma non dover essere Ember Maxwell mi ha davvero aiutato a rilassarmi nelle ultime ventiquattro ore.»

«Non riesco a immaginare quanto sia difficile dover essere sempre in servizio» rifletté Trigger.

«Molto» concordò lei.

«Credo che sia un eufemismo» commentò Lefty.

«Già. Comunque, prima di ieri mi sembrava di avere il peso del mondo sulle spalle. Pensavo che se non fossi arrivata prima o almeno a vincere una medaglia, sarei stata un totale fallimento e avrei deluso tutti i miei follower, ma sto iniziando a capire che non devo *niente* a nessuno. Posso solo fare del mio meglio e se ciò significa arrivare ultima, pazienza. Nessuno può portarmi via il fatto che sono un'olimpionica.»

«Assolutamente vero» concordò Trigger.

«Quante possibilità hai di vincere una medaglia?» le chiese Lefty.

Trigger si girò e lo schiaffeggiò sulla nuca. «Perché l'hai chiesto, stronzo! Non hai sentito che non le importa?»

«Sì, ma sono comunque curioso» rispose.

Ember non si offese. Le piacevano quei ragazzi. Erano fin troppo sinceri, cosa rara nella sua cerchia. Succedeva troppo spesso che qualcuno di fronte a lei si comportasse in modo amichevole e poi la attaccasse sui social appena voltava le spalle. Andava d'accordo con gli atleti con cui si allenava, ma quelle erano relazioni superficiali.

«Nessun problema. A essere onesta direi che ho il cinquanta per cento di possibilità. Sono una buona schermitrice, un po' debole nel salto ostacoli, ma sono dannatamente brava a correre e a sparare, se posso permettermi di dirlo. Se prima della corsa riuscirò a fare abbastanza punti da trovarmi nel mezzo, ho buone probabilità.»

«Come ti senti riguardo agli spettatori?» chiese Craig.

Si voltò verso di lui. Era la prima volta che parlava da quando era iniziata la conversazione. «Cosa intendi?»

Si strinse nelle spalle. «Data la situazione, sono riuscito a farmi assegnare al team di sicurezza nella tua sede di gara.»

«Davvero?» domandò stupita.

«Sì» rispose Trigger. «Tutti noi saremo allo stadio dove si terranno le prime partite di basket, ma lui ha cambiato posto con uno di un altro team.»

Ember non riusciva a distogliere lo sguardo da quello di Craig. «Gli spettatori non mi preoccupano. Di solito blocco tutto fuori e mi concentro solo su ciò che sto facendo.»

«Bene. Domani quando arriverai sarò già sul posto, ma ho organizzato che tu e i tuoi compagni di squadra veniate scortati dal dormitorio.»

«È necessario?»

«Sì» risposero tutti e tre contemporaneamente.

«Ascolta» disse Trigger, «sappiamo che Doc ti ha detto

che non siamo per niente soddisfatti delle misure di sicurezza della struttura, quindi la prudenza non è mai troppa.»

Annuì. «Sono d'accordo, e accetto volentieri la scorta. Grazie.»

«Sarò lì per riportarti al dormitorio a fine giornata» le disse Craig.

«Grazie ancora.»

Lui le fece un cenno con la testa.

«Allora... per caso conosci Shin-Soo Choo?» le chiese Lefty.

Rimase un attimo stupita dal brusco cambio di conversazione. «Il giocatore di baseball? In effetti, sì. Perché?»

Tutti e tre gli uomini spalancarono gli occhi in modo comico.

«Sul serio? L'ho chiesto per scherzo. È fantastico!»

«L'ho conosciuto qualche anno fa. Abbiamo fatto un servizio fotografico per gli atleti appartenenti a minoranze etniche. È venuto a Los Angeles e ho incontrato anche la sua famiglia. Sono persone straordinarie. Ero davvero felice per lui quando è riuscito a superare le selezioni. È uno dei giocatori più anziani della squadra.»

«Ci serve il suo autografo» spiegò Trigger. «Be', non per noi, ma per Logan.»

«Logan?» chiese, ricordandosi vagamente di aver sentito quel nome il giorno precedente a pranzo.

«Quello che questi due burloni non stanno spiegando bene è che il nipote di Oz, il membro del nostro team che non è venuto perché sua moglie sta per avere un bambino, è ossessionato da Choo. Ha la camera tappezzata di poster e ha appena iniziato a giocare a baseball. È il suo idolo, così gli abbiamo promesso che lo avremmo rintracciato per ottenere un autografo.»

«Oh, ok. Non dovrebbe essere difficile, anche se non lo

troveremo qui perché ho sentito che la maggior parte dei giocatori di basket e di baseball non stanno al villaggio. Però posso mettermi in contatto con lui quando tornerò a casa, e sono sicura che sarà felice di inviare un po' di cose a Logan.»

«Oh, mio Dio, sarebbe fantastico» disse Lefty con un enorme sorriso.

«Non vogliamo che ti disturbi» sostenne Craig.

«Stai zitto! Sì che vogliamo!» intervenne Trigger ridendo. «Non vedo l'ora di dire a Lucky che *questa* volta non è stato lui il fortunato. Sì!»

Ember osservò divertita quegli uomini trasformarsi in ragazzini tutti eccitati per averla avuta vinta sul loro amico. Si ripromise di chiedere a Shin-Soo di inviare una scatola di gadget al bambino. Doveva ammettere che era bello *non* essere quella a cui veniva chiesto di inviare roba. Voleva mettersi alle spalle quella parte della sua vita. Anche se sapeva che a causa di internet e di quel maledetto reality show non avrebbe mai potuto vivere nell'anonimato, pensava che la maggior parte delle persone si sarebbe dimenticata di lei abbastanza rapidamente.

Mentre tutti chiacchieravano, era consapevole della gente che fissava il loro tavolo, anche se aveva la sensazione che non lo facessero per *lei* ma per i tre uomini attraenti con cui era seduta. Continuarono a ridere e a scherzare per tutto il pasto, e quando si alzarono per portare i vassoi nei contenitori, Ember era ancora più rilassata. Non aveva pensato affatto alla gara del giorno successivo, il che la fece stressare meno al riguardo.

Trigger disse che doveva partecipare a una riunione e notò che lui e i suoi amici si scambiarono alcuni sguardi intensi, ma Craig e Lefty si limitarono ad annuire dicendo che lo avrebbero raggiunto a breve, e la scortarono fino al loro piano. Dopo averla ringraziata di nuovo per l'aiuto con l'autografo di Shin-Soo, Lefty andò nella sua stanza, mentre lei e Craig si avviarono verso le loro dalla parte opposta.

«Vuoi guardare di nuovo le stelle stasera?» le chiese. Senza aspettare la sua risposta, continuò: «Sei sempre la benvenuta. Io devo andare a parlare con Trigger tra un po', quindi avrai la camera tutta per te. Puoi visualizzare o meditare o qualunque cosa tu debba fare per prepararti per domani.»

«Sono pronta come non mai» ammise Ember. «Non sono mai stata così in forma in vita mia. Ho mangiato bene e mi sento tranquillissima, ma se sei d'accordo... non mi dispiacerebbe usare la tua stanza per un po'. Voglio dire, di solito non sono superstiziosa, ma preferirei non sfidare la fortuna a questo punto. Prima, però, vorrei andare a cambiarmi.»

Craig le sorrise. Erano vicino alla sua porta e la aprì con la chiave magnetica, che poi le porse. «Tieni. Esco tra una quindicina di minuti o giù di lì. Se hai bisogno di qualcosa, Lucky e Grover saranno qui a sorvegliare il piano. Dirò loro che stai usando la mia stanza e di tenerti d'occhio.»

«Sei davvero molto legato ai tuoi amici, vero?»

Annuì. «Sono molto più che semplici amici. Sono la mia ancora di salvezza quando siamo in missione. Possiamo praticamente leggerci la mente a vicenda.»

Provò una fitta di gelosia, ma la scacciò. Entro una settimana, sperava anche lei di essere libera e di trovare la sua tribù di amici. Non sarebbero stati soldati delle forze speciali che salvavano il mondo da terroristi e altri pericoli, ma forse avrebbe conosciuto delle persone con cui creare un forte legame.

«Sono felice per te» gli disse.

«Grazie. Anch'io.»

«Starò bene qui. Andrai di pattuglia?»

«No. Devo solo incontrarmi con alcuni ragazzi di un'altra squadra delle forze speciali, per confrontare gli appunti e cercare di identificare eventuali punti vulnerabili nella sicurezza.»

Ember si sentì più al sicuro sapendo che Craig e i suoi amici stavano prendendo molto sul serio il loro lavoro. «Bene. Cosa devo fare con la tua chiave?»

«Rimani qui fino al mio ritorno.»

«Per quanto tempo starai via?»

«Non lo so.»

Lo fissò, all'improvviso era diventato un po' prepotente. «E se volessi restare solo per, che so, venti minuti?»

«Io starò via più a lungo» rispose.

Buttò fuori un respiro. «Ok, ma se volessi restare solo per venti minuti?» ripeté.

Craig si passò una mano tra i capelli, ed Ember iniziò a sospettare che lo facesse ogni volta che si sentiva frustrato o insicuro. «Mi piacerebbe vederti quando torno» ammise sommessamente. «Non ti ho avuta tutta per me a cena, quindi ho pensato che forse potremmo parlare un po'. Ma sì, è stupido. Devi dormire per essere pronta per domani. Lascia la chiave magnetica sulla scrivania, ne prenderò un'altra prima di salire.»

Si sentì sciogliere il cuore. Non voleva niente da lei... be', nient'altro che la sua compagnia. Non riusciva a ricordare l'ultima volta che era successo. «Ti aspetterò.»

Craig scosse la testa. «No. Sono stato uno sciocco.»

Si arrischiò a mettergli una mano sul braccio e si rese conto di quanto fosse abbronzato. Lei aveva la pelle più scura, ovviamente, ma il contrasto non era sorprendente. Sembravano fondersi perfettamente. «Vorrei passare del tempo con te. Mi piacciono i tuoi amici, ma anch'io non vedevo l'ora di parlarti... da *solo*.»

«Bene. Cercherò di non tornare troppo tardi, ma se sei stanca, dormi. Possiamo parlare domani, dopo che avrai gareggiato.»

Ember annuì. Si fissarono per un momento, finché lei non si accorse che stava ancora toccando il suo braccio. Lasciò cadere la mano con riluttanza e indietreggiò.

Quando lui non si mosse ma continuò a fissarla, gli chiese nervosamente: «Hai intenzione di guardarmi mentre vado nella mia stanza?»

«Sì.»

Solo quello: *sì*.

«Sono sicura che non ci saranno terroristi che salteranno fuori e tenteranno di uccidermi mentre mi cambio» scherzò.

«Se ci saranno, mi occuperò di loro» replicò, serissimo. Poi sospirò. «Assecondami, Em. È nel mio DNA assicurarmi che tu entri nella tua stanza in sicurezza.»

Dato che aveva lei la sua chiave, Craig non poteva lasciare andare la porta rischiando che si chiudesse, così annuì e continuò a indietreggiare mantenendo il contatto visivo con lui, prima di girarsi e dirigersi verso la sua camera. Armeggiò con la chiave per un momento, poi finalmente riuscì ad aprire. Guardò di nuovo in fondo al corridoio e vide che la stava ancora osservando. Lo salutò con un cenno imbarazzato, a cui lui rispose sollevando il mento e con un piccolo sorriso, e lei sospirò chiudendosi la porta alle spalle.

Merda. Si stava innamorando di lui. Lo conosceva da quanto? Un giorno? Era pazzesco. Ridicolo.

Ma era una sensazione stupenda.

Craig era un ragazzo meraviglioso. Faceva parte delle

forze speciali, era bello, e i suoi amici tenevano molto a lui. Poteva trovare molto di peggio, quello era certo. Era interessato a qualcosa di più che parlare? Le relazioni a distanza funzionavano raramente.

Ma non aveva appena deciso che non avrebbe più permesso ai suoi genitori di gestire la sua vita? Che avrebbe smesso di essere Ember Maxwell influencer dei social, e sarebbe diventata una donna indipendente?

Poteva vivere ovunque volesse, aveva un sacco di soldi ed era un'adulta. Se avesse voluto trasferirsi ai confini della terra, avrebbe potuto farlo. Ma sarebbe stata una pazzia decidere di trasferirsi in un altro stato solo per colpa di un uomo, vero?

Non doveva pensarci ora. Non era il momento di prendere decisioni impulsive.

Accantonò il pensiero di frequentare Craig, che era comunque piuttosto ridicolo, e decise di aspettare una trentina di minuti prima di andare nella sua stanza per poter guardare le stelle. Al suo ritorno avrebbero parlato un po', poi lei sarebbe andata a dormire.

Un brivido la percorse quando le venne in mente che l'indomani avrebbe gareggiato alle *Olimpiadi*. Voleva fare un'ottima performance. Non per i suoi genitori, i suoi fan, i suoi allenatori o per tutti quelli che l'avevano aiutata, ma per se stessa. *Voleva* una medaglia. Si era fatta il culo per anni, se lo meritava.

All'improvviso, era impaziente che arrivasse il giorno successivo.

Sorridendo, andò al cassettone dove aveva riposto i vestiti più comodi.

———

Alex camminava avanti e indietro nella stanza in preda all'eccitazione. Ormai era arrivato il momento. Ember presto avrebbe gareggiato. Sarebbe andata alla grande, aumentando così la visibilità degli atleti del pentathlon moderno di tutto il mondo. Finalmente quello sport avrebbe ottenuto l'attenzione che meritava.

E con il legame speciale che condividevano, Alex avrebbe avuto la vittoria in pugno alle successive Olimpiadi.

Loro avevano una connessione profonda, erano come due metà della stessa anima. L'indomani sarebbe stato il passo successivo verso l'ascesa alla gloria di Alex.

Nel corso degli anni, aveva inviato a Ember molti regali per farle sapere quanto fosse speciale, e stava già pianificando quello perfetto da mandarle quando avrebbe portato a casa una medaglia olimpica. Non doveva essere per forza d'oro, argento o bronzo andavano altrettanto bene.

Sorrise e guardò la televisione. Avevano trasmesso una presentazione su Ember e la sua famiglia, e raccontato un po' di storia del pentathlon moderno. Probabilmente l'avevano guardata milioni di persone e *sapeva* che la popolarità di quello sport stava già aumentando.

Era tardi, quasi le tre di notte, ma l'eccitazione era troppa per riuscire a dormire. Presto Ember avrebbe dimostrato al mondo di essere una grande atleta e, nel frattempo, avrebbe cambiato in meglio la vita di Alex.

La sua esistenza aveva fatto schifo per troppo tempo. Un cambiamento era d'obbligo.

E sarebbe arrivato... non appena Ember avrebbe portato a casa una medaglia per gli Stati Uniti!

CAPITOLO CINQUE

Doc imprecò sottovoce. L'incontro con l'altra squadra Delta era durato più di quattro ore. Tutti erano stati d'accordo sul fatto che le misure di sicurezza erano troppo deboli negli impianti sportivi. Non c'era stata alcuna minaccia specifica, ma loro sapevano meglio di chiunque altro che un evento mondiale come le Olimpiadi era destinato ad attirare terroristi. I team avevano mappato le sedi e identificato le aree più vulnerabili, concordando che avrebbero dovuto aggiungere altra sorveglianza ai cancelli d'ingresso del villaggio olimpico, poi avevano fatto del loro meglio per elaborare dei piani per mitigare un eventuale rischio. Trigger e l'altro leader si sarebbero incontrati con gli altri capi della sicurezza e della polizia per cercare di scovare delle minacce specifiche, e aumentare il personale di sorveglianza.

Doc si sentiva inquieto e gli si erano rizzati i peli sulla nuca senza una ragione precisa, ma non c'era nient'altro che potessero fare quella notte.

Erano tutti d'accordo sul fatto che gli atleti fossero al sicuro all'interno del villaggio. Per accedere dovevano presentare le credenziali e mostrarle nuovamente per entrare nei dormitori, ma quando l'indomani sarebbero usciti per andare nelle varie sedi di gara sarebbero stati un facile bersaglio, così come lo erano i lavoratori, i volontari, gli spettatori e i fan. Un gruppo terroristico avrebbe potuto colpire in qualsiasi momento e tutti dovevano stare in allerta.

Doc guardò l'orologio e sospirò. Erano le undici e mezza. Ember ormai doveva essere tornata in camera sua e probabilmente stava già dormendo. Si fermò alla reception per prendere un'altra chiave prima di salire al suo piano. Era stato impaziente di parlare ancora con lei, di conoscerla meglio. Quello che aveva scoperto fino a quel momento gli piaceva molto. Il disagio provato la prima volta che l'aveva vista non era scomparso, ma ora era solo come una sensazione distante, invece che un peso fastidioso nella testa.

Non era cambiato nulla, era ancora famosa e sempre sotto i riflettori e se avesse vinto, no, *quando* avrebbe vinto una medaglia nei giorni successivi, lo sarebbe stata ancora di più. Quel pensiero non riuscì comunque a frenare il suo interesse. Sebbene fosse cresciuta a Beverly Hills da genitori facoltosi che avevano fatto di tutto per farla diventare la donna che era oggi, era evidente che non vedesse l'ora di sfuggire al loro controllo, e lui voleva aiutarla in ogni modo possibile.

Era una considerazione stupida, non aveva bisogno del suo aiuto. Chi era *lui*? Nessuno. Solo un altro ammiratore. Ember avrebbe potuto avere qualsiasi uomo desiderasse. Perché scegliere *lui*?

Tuttavia, se permetterle di usare la sua finestra per guardare il cielo le fosse stato d'aiuto, glielo avrebbe concesso. Avrebbe fatto il possibile per tenerla al sicuro e rilassata in modo che potesse gareggiare al massimo del suo potenziale. Poi si sarebbe dimenticata di lui non appena fosse tornata a casa.

Il dormitorio quella sera era più tranquillo rispetto agli altri giorni, cosa di cui Doc fu felice. Voleva che Ember e i suoi compagni di squadra avessero tutti i vantaggi possibili, per gareggiare ai massimi livelli nel primo girone di scherma.

Infilò la chiave magnetica nella fessura della porta, entrò, e si bloccò per un secondo. Si rese subito conto di non essere solo, ma quando portò la mano sull'arma nella fondina nascosta dietro la schiena, aveva già capito chi c'era nella stanza buia.

Ember.

Era sdraiata sul letto, profondamente addormentata.

Doc appoggiò piano la pistola sulla scrivania e si avvicinò silenziosamente. Era contento di non aver acceso la luce, perché l'avrebbe sicuramente svegliata. Notò che aveva lasciato le tende aperte e spinto il letto più vicino alla finestra. Immaginò che probabilmente era riuscita a guardare le stelle da quella posizione.

L'ultima cosa in assoluto che Doc voleva fare era disturbarla. Mentre riposava lo affascinava ancora di più, non poteva negarlo. Era completamente rilassata, come se non avesse nessuna preoccupazione al mondo.

Quel giorno aveva cercato Ember Maxwell su internet e visto un sacco di foto di lei tutta truccata, mentre sorrideva e rideva. La maggior parte delle immagini erano chiaramente in posa. Nonostante fosse bella in ognuna di loro, Doc la preferiva di gran lunga così. La faccia pulita, i capelli scompigliati sul cuscino, con indosso i pantaloni della tuta e una maglietta.

Ricordò le poche foto spontanee che aveva trovato

durante la ricerca. Sembravano tutte incredibilmente invadenti. In una, era seduta contro il muro di una palestra, forse dove si allenava, con le spalle curve come se fosse stata stanca o sconvolta. La didascalia diceva: "La Principessa Nera sconfitta".

Alcuni dei commenti erano maligni, umilianti o razzisti, ma la maggior parte erano positivi e incoraggianti. Era ovvio che i fan di Ember l'amavano e non esitavano a difenderla.

In un'altra foto era a un evento e indossava un bellissimo vestito verde. Era presa da lontano e la mostrava da sola in disparte, mentre alcuni gruppetti di donne eleganti lì vicino sembravano escluderla. Non ricordava bene cosa avessero scritto, ma era qualcosa di meschino e perfido sul fatto che Ember pensasse di essere migliore della gente che la circondava.

Aveva chiuso il browser dopo averne viste altre con didascalie e commenti denigratori. Sì, aveva i suoi sostenitori, ma era anche ovvio che alcune persone la odiavano.

Doc capiva fin troppo bene quel tipo di disprezzo. Aveva vissuto in mezzo ad amici e familiari neri abbastanza a lungo da vedere personalmente gli effetti della discriminazione. Lo aveva turbato allora e lo turbava ancora adesso. Non aveva mai capito perché il colore della pelle fosse un fattore determinante per valutare una persona. Aveva incontrato stronzi di *ogni* razza, e imparato fin da giovane a giudicare dalle azioni e dalle parole, non dal colore della pelle.

Ma era consapevole che molte persone nel suo Paese, e in tutto il mondo, pensavano ancora che ognuno avrebbe dovuto rimanere con i propri simili. I neri dovevano frequentare e sposare i neri. I bianchi dovevano frequentare e sposare i bianchi. Gli asiatici dovevano stare solo con persone di origine asiatica. E così via. A prescindere dalla provenienza, dalla cultura o dalla religione, la convinzione che la gente avrebbe dovuto restare con quelli uguali a loro rimaneva. La discriminazione era dilagante *ovunque* ed era un fattore importante dietro alle guerre. Quello era il motivo per cui erano necessari i team come la Delta Force.

Leggere alcuni dei commenti sull'account Instagram di Ember lo aveva reso felice perché aveva visto quante persone la supportavano, ma allo stesso tempo lo avevano fatto incazzare per l'odio che altre le vomitavano addosso nascoste dietro a una tastiera.

Doc si appoggiò al muro e scivolò giù in silenzio, tenendo gli occhi fissi su di lei mentre ammetteva con se stesso ciò che non era pronto a dire ad alta voce.

La desiderava. Era così semplice... e così complicato. Sapeva che era fuori dalla sua portata, ma ciò non fece diminuire il desiderio. Voleva vederla sorridere e renderla felice. Darle tutto ciò che desiderava... ma cosa poteva darle che lei non avesse già o non potesse ottenere da sola? Era intelligente, di successo e un'atleta straordinaria. Aveva più soldi di quanto lui potesse immaginare. Era bella e popolare e una fonte di ispirazione per molti.

Meritava di vivere espandendo la sua luce. Per brillare e ispirare quante più persone possibili. Doc era la talpa mentre Ember era l'aquila; lei volava in alto e lui viveva nei bassifondi del mondo, muovendosi furtivamente nel cuore della notte.

Ma non riusciva a starle lontano.

Avrebbe assorbito la sua luce il più a lungo possibile.

Ember si mosse, ma non aprì gli occhi. Rotolò su un fianco, girandosi verso di lui, e Doc non riuscì a distogliere lo sguardo. Avrebbe dovuto svegliarla e riportarla in camera sua, ma aveva la gara l'indomani e non voleva rischiare che poi si sentisse in imbarazzo e non riuscisse più a riaddormentarsi.

Così rimase seduto lì con la schiena contro il muro, a vegliare su di lei.

Alla fine, le sue palpebre si abbassarono e posò la testa sulla dura parete alle sue spalle. Non era comodo, ma aveva dormito in posti peggiori nella sua vita. Non era in mezzo al fango e sotto la pioggia, ed era sicuro al novantanove per cento che non sarebbe caduto in un'imboscata nel cuore della notte. Quello bastò per farlo appisolare.

———

Ember si girò sulla schiena e fece un respiro profondo. Era sempre stata una persona mattiniera per via degli allenamenti di nuoto, che aveva sempre svolto alle cinque del mattino. La sua stanza era ancora buia, ma la luce del bagno era accesa e mandava un debole bagliore.

Guardò l'orologio e vide che era quasi ora di alzarsi. Era il giorno della competizione e quel pensiero la fece sorridere.

Voltò la testa e si bloccò.

Non era nella sua camera al dormitorio del villaggio olimpico.

Craig era sdraiato sul pavimento – *sul pavimento* – di fronte a lei. Non c'era nemmeno un tappeto su quel suolo duro. Stava dormendo supino, con una mano sotto la testa e completamente vestito.

Le venne subito in mente cos'era successo. Stava guardando le stelle e si stava assopendo. Immaginando che sarebbe tornato da un momento all'altro, aveva spinto il letto più vicino alla finestra e si era sdraiata, con l'intenzione di fare un pisolino fino al ritorno di Craig.

Era chiaro che fosse stata più stanca di quanto avesse pensato e si era addormentata profondamente. Così profondamente che non lo aveva nemmeno sentito entrare. E, com'era ovvio, non aveva voluto svegliarla.

Provò una strana sensazione riguardo all'intera faccenda. Un sacco di emozioni turbinarono dentro di lei. Gratitudine. Imbarazzo. Preoccupazione per lui. Affetto.

Sospirò. Si stava già innamorando... di un uomo che conosceva a malapena, nonostante il fatto che sarebbe stato quasi impossibile che potesse succedere qualcosa tra loro.

Sperando di sgattaiolare silenziosamente fuori dalla stanza, per non dover affrontare quelle emozioni sfrenate, si spostò sul bordo del materasso e si sedette. Fece per alzarsi, ma si bloccò quando Craig spalancò gli occhi e la fissò.

«Che ore sono?» chiese assonnato.

«È presto. Mi dispiace tanto di essermi addormentata nel tuo letto. Torno in camera mia, così potrai dormire più decentemente.»

Craig sbadigliò, si alzò a sedere e si stiracchiò, ed Ember sentì un osso scricchiolare. «Hai dormito bene?» le chiese.

Sorpresa, poté solo annuire. «Sì. Benissimo, in realtà.»

«Ottimo.»

«Perché non mi hai svegliata? Non volevo addormentarmi.»

«Eri stanca. Ho immaginato che avessi bisogno di dormire, visto che non mi hai nemmeno sentito entrare. Oggi gareggi, e ho pensato che se ti avessi svegliata ti saresti sentita in imbarazzo e poi magari ci avresti messo un'eternità a riprendere sonno nella tua stanza, perché avresti rimuginato su come potevo essermi sentito trovandoti addormentata nel mio letto. Così ho deciso di lasciarti riposare.»

Ember aprì la bocca per dire qualcosa, ma la richiuse perché non sapeva come replicare. Ci aveva preso in pieno. Accidenti, era imbarazzata anche in *quel* momento, ma se fosse tornata in camera sua la notte scorsa, sarebbe proprio successo ciò che aveva detto. Ci avrebbe rimuginato.

Craig si mise a sedere con la schiena contro il muro. Piegò una gamba e appoggiò il braccio sul ginocchio. Anche se era dall'altro lato della stanza, stare al buio con lui era intimo.

«Sei eccitata per oggi?» le chiese.

«Sì e no» rispose con sincerità. L'oscurità e Craig incoraggiarono la sua onestà. Sapeva che non l'avrebbe giudicata. «Essere un'olimpionica è sempre stato il sogno dei miei genitori. Mi hanno spinta molto quando ero un'adolescente e ancora di più dopo che mi sono diplomata. Hanno sacrificato molto per me, perché avessi degli allenatori eccellenti ed entrassi nei programmi migliori, ma mi sento come se mi fossi persa davvero tante cose negli ultimi dieci anni. Tutta la mia esistenza ha riguardato gli allenamenti e dare spettacolo per il mondo esterno. Sono pronta a chiudere questo capitolo della mia vita e a voltare pagina.»

«Non vuoi competere nelle prossime Olimpiadi?»

Ember arricciò il naso. «Dio, no. So che lo vorrebbero tutti, ma non è ciò che voglio io.»

«Allora non farlo.»

Una risposta concisa, ma era davvero bello avere qualcuno dalla sua parte.

«D'altro canto, sono alle Olimpiadi. Solo trentacinque donne al *mondo* sono presenti a questo evento per gareggiare in questo sport. Mi sono fatta il culo per arrivare qui, anche se per le pressioni e le minacce di mia madre e mio padre. Sono elettrizzata di vedere cosa posso fare. Sarò la migliore? Non lo so, ma sono curiosa di scoprirlo.»

«Andrai alla grandissima» disse Craig.

«Grazie.»

«A che ora iniziano gli incontri stamattina?» chiese.

«Alle dieci. La fine dei round è prevista intorno alle quattro. Naturalmente tra una sfida e l'altra abbiamo tempo per riposarci e rifocillarci. Nessuno tira di scherma per sei ore di fila. C'è un sacco di roba da gestire tra le scartoffie e gli spostamenti degli atleti.»

«Quand'è il tuo primo incontro?»

«Penso verso le dodici e mezza.»

«Davvero non ti dispiace se vengo a guardare?»

«Certo che no. Mi... farebbe piacere.»

«Grande. Allora ci sarò.»

«Craig?»

«Sì, Em?»

Aprì la bocca per parlare, ma la richiuse subito. Non era sicura di come articolare ciò che stava pensando.

Lui si alzò da terra, si avvicinò e si sedette sul materasso accanto a lei. Non la toccò, ma era dannatamente vicino. Aveva i capelli scompigliati e notò un velo di barba sul suo viso. Sembrava che fosse appena uscito dal letto... ed era sexy da morire.

«Sono impressionato.»

Ember lo fissò. «Perché?»

Le sorrise, e il bianco dei suoi denti sembrò brillare nella luce fioca che filtrava dal bagno. «Hai un atteggiamento sorprendentemente positivo. Altri avrebbero potuto essere amareggiati per essere stati costretti a fare qualcosa che non volevano. Non posso fingere di sapere com'era la tua vita da piccola, ma la donna seduta di fronte a me in questo momento è una persona che ammiro moltissimo.»

«Grazie» sussurrò. La maggior parte delle volte non si sentiva qualcuno da ammirare. Non aveva trovato una cura per il cancro, non aveva fatto nulla di degno di nota. Era piuttosto carina, aveva avuto la fortuna di avere dei buoni geni e di nascere in una famiglia benestante, quindi non aveva dovuto combattere la povertà oltre a tutto il resto, e i suoi genitori avevano dei contatti a Hollywood che l'avevano aiutata ad avviare la sua popolarità, ma sentirgli dire che era rimasto impressionato da lei era davvero bello.

«Dai, sono sicuro che hai delle cose da fare stamattina. Rimani rilassata, non lasciarti innervosire da eventuali occhiatacce e fai ciò per cui ti sei allenata per tutta la vita. Ok?»

«Ok.»

Craig si alzò e le tese la mano. Quando lei la prese, la tirò in piedi. Senza nemmeno rendersene conto, si avvicinò a lui e gli diede un abbraccio lungo e sincero. Si sentì subito circondare e stringere dalle sue braccia.

Rimasero così a lungo. «Ho dormito davvero bene questa notte» gli disse.

«Mi fa piacere.»

«Le lenzuola profumavano di te.» Fece una smorfia non appena pronunciò quelle parole. Dio, era una stupida. Ma lo sentì ridacchiare.

«E ora profumano di te. Ho la sensazione che mi piacerà moltissimo.»

Ember si tirò indietro, ma non lo lasciò andare. Si fissarono negli occhi. «Cosa sta succedendo qui?» sussurrò.

«Magia» rispose Craig sommessamente. Fece scorrere il

dorso delle dita lungo la sua guancia, le sfiorò un ricciolo, e poi sorrise. «Dai, ti riporto in camera tua.»

Annuì e si lasciò prendere la mano e tirare verso la porta. Si mise le infradito che si era tolta la sera prima appena entrata. Craig l'accompagnò lungo il corridoio fino alla sua stanza e aspettò pazientemente che infilasse la chiave magnetica nella fessura e aprisse.

Sentì le persone muoversi nelle camere accanto e lo guardò.

«Buona fortuna per oggi» le disse con dolcezza.

«Grazie.»

La fissò per un attimo, poi mormorò: «Fanculo.» E si chinò.

Ember era più che pronta e si alzò in punta di piedi per incontrarlo a metà strada. Le loro labbra si toccarono e sentì un fremito che arrivò fino alle dita dei piedi.

Era stata baciata in precedenza, ma quello era diverso. Più intenso.

Di certo Craig non perse tempo. Cercò di entrare nella sua bocca con la lingua e lei acconsentì subito. Non pensò all'alito mattutino, né che non si era sistemata i capelli o al fatto di non indossare il reggiseno e di essere in maglietta e pantaloni della tuta. Riusciva solo a pensare a quanto lui la facesse sentire apprezzata. Non la stava baciando per le telecamere o perché era famosa. Erano semplicemente un uomo e una donna che stavano testando l'attrazione che c'era stata tra loro dal momento in cui si erano incontrati.

Quando lui si tirò indietro, non era ancora pronta a lasciarlo andare e si leccò le labbra assaporandolo. Si tenne aggrappata ai suoi bicipiti e lo fissò, improvvisamente nervosa.

Craig si chinò ancora una volta e le baciò la fronte

prima di indietreggiare, e lei rabbrividì quando perse il calore del suo corpo.

«Stracciale tutte oggi, Em. Ho fiducia in te.»

«Lo farò. Grazie. Tu fai attenzione. Se c'è qualche terrorista in giro, non farti sparare, ok?»

Sorrise. «Non lo farò. Ci vediamo dopo la gara. Non lasciare il dormitorio fino a quando i tuoi accompagnatori non saranno arrivati.»

«Va bene.»

«Credo che Trigger fosse incaricato di dire a Nick, Aiden e Leila che verrete portati tutti insieme all'impianto, ma se dovessi vederli, assicurati che non decidano di andarsene da soli.»

Ember rimase colpita dal fatto che sembrasse molto preoccupato per la loro sicurezza, non solo per la sua... o di quella degli atleti di sport più popolari. «Ok.»

«Andrà tutto bene. Il tuo compito è concentrarti sulla competizione. Lascia che ci pensi io alla tua sicurezza.»

Annuì. «Grazie ancora per avermi permesso di rubarti il letto.»

«Quando vuoi.»

Fu una parola innocente, ma lo sguardo nei suoi occhi le fece accelerare il battito del cuore.

Craig fece un passo indietro. Poi un altro. Come se non potesse sopportare di distogliere lo sguardo da lei.

Si sentiva stordita. Felice. Eccitata. E non perché quel giorno avrebbe gareggiato ai Giochi Olimpici. Non del tutto, almeno.

«Ci vediamo più tardi» gli sussurrò.

Le sorrise. «A dopo.» La salutò con un cenno del mento, poi si voltò e tornò nella sua stanza.

Ember chiuse la porta, vi si appoggiò contro e chiuse

gli occhi. Sorridendo, si toccò le labbra. Poteva ancora sentire quelle di Craig.

Era folle iniziare una relazione con il bel soldato delle forze speciali, soprattutto vivendo in stati diversi e con vite così differenti, ma non poteva negare che avessero una connessione.

Continuando a sorridere andò in bagno. Aveva una lunga giornata davanti a sé. La gara, altre foto da fare per i social, qualche intervista... ma alla fine, avrebbe passato dell'altro tempo con Craig. Era sorprendente ammettere di essere quasi più impaziente di vederlo che di competere.

CAPITOLO SEI

DOC ERA PIUTTOSTO PERSO mentre cercava di comprendere come funzionavano i gironi all'italiana di scherma, ma era comunque tutto affascinante. Una volta capito quale delle concorrenti era Ember, dato che avevano tutte lo stesso abbigliamento, compresa una maschera che proteggeva il viso e la testa, non era riuscito a toglierle gli occhi di dosso.

Era magnifica. E non lo diceva solo perché si stava innamorando profondamente e velocemente di lei. Era aggraziata e atletica. Aveva imparato che le piaceva fare la prima mossa quando affrontava la sua avversaria, non aspettare che ci provasse l'altra. A volte la sua aggressività veniva ripagata, altre no, ma al suo occhio inesperto se la cavava più che bene.

C'erano lunghi periodi di pausa tra i round e molti spettatori sembravano annoiarsi, ma Doc si prendeva quel tempo per esaminare tutto intorno a lui. Era alla costante ricerca di chiunque o qualsiasi cosa rischiasse di interrompere la competizione. Non era contento di come era organizzata la sicurezza per gli spettatori. Gli addetti guardavano a malapena all'interno degli zaini e delle borsette che la gente portava con sé, e non era nemmeno sicuro che il metal detector funzionasse. Aveva mostrato le sue credenziali che gli davano il permesso di tenere le sue armi e, dopo una rapida occhiata, la security gli aveva fatto cenno di entrare senza preoccuparsi di chiedere maggiori informazioni su chi era e cosa trasportava.

Non era stato difficile individuare l'entourage di Ember. I suoi genitori erano seduti in prima fila e c'erano diverse persone con loro con in mano telecamere altamente tecnologiche. Un uomo seduto accanto a sua madre guardava a malapena l'azione davanti a lui, teneva la testa chinata sul telefono per tutto il tempo. Doc ricordava che lei gli aveva parlato di gente che gestiva a tempo pieno i suoi profili social, e avrebbe scommesso che quello era uno di loro. Probabilmente stava postando foto di Ember durante la gara, cercando di suscitare più interesse possibile.

Aveva concluso il girone al decimo posto. Doc non aveva idea se sarebbe stata felice o meno, ma era dannatamente orgoglioso di lei. Grazie alle sue credenziali aveva accesso alle aree dietro alle quinte dell'arena, ma non voleva interferire in qualsiasi cosa lei stesse facendo. Ember sapeva che dopo aver parlato con i genitori e fatto tutto il necessario per prepararsi per la competizione del giorno successivo, lo avrebbe trovato ad aspettarla all'uscita riservata agli atleti.

L'indomani sarebbe stata una giornata ancora più lunga e molto più intensa. Avrebbe fatto un altro girone di scherma, le gare di equitazione e nuotato i duecento metri. Nel pomeriggio ci sarebbe stato l'evento finale di corsa e tiro.

Quando finalmente la vide andare verso di lui, erano

passate due ore dal termine della competizione. Sembrava esausta, ma sorrideva.

«Ehi» la salutò quando si avvicinò.

«Ciao. Mi dispiace di averci impiegato così tanto.» Pronunciò quelle parole velocemente, come se avesse avuto paura di non riuscire a scusarsi abbastanza in fretta. «I miei genitori avevano pianificato un'intervista con Oprah da cui non potevo liberarmi. Poi ho dovuto posare per altre foto e hanno organizzato un mini incontro con alcuni fan e sostenitori. Samer ha voluto fare altri scatti e Sergei, il mio allenatore di scherma, mi ha chiesto di rivedere alcuni dei miei incontri in modo da essere pronta per domani.»

«Em, prendi fiato. Non c'è problema.»

Chiuse gli occhi per un secondo e fece un lungo respiro, poi lo guardò. «Allora? Cosa ne pensi?»

«Penso che tu sia favolosa. Decimo posto. Va bene, no?»

Gli sorrise. «Sì. Benissimo. Domani non dovrò partecipare a tanti round di scherma, il che aiuterà perché la giornata sarà molto lunga. Anche i punti extra serviranno, dato che non sono così forte nel salto ostacoli. Dovrei tenere il passo nel nuoto. Quindi, se tutto va bene, spero di partire nel primo terzo del gruppo per la corsa e il tiro.» Abbassò la voce. «Potrei avere una possibilità di arrivare in medaglia, Craig.»

Amò l'eccitazione e l'orgoglio nel suo tono, e non poté fare a meno di attirarla in un abbraccio e stringerla. Lei ricambiò e fu una sensazione bellissima. «Sono orgoglioso di te, Em. Hai fame?»

«Sì» rispose, tirandosi indietro.

Doc le prese lo zaino e se lo gettò su una spalla.

«Posso portarlo io.»

«Lo so, ma ora non è necessario» le rispose tranquillamente.

Ember si aggrappò al suo braccio e appoggiò la testa
contro la sua spalla per un secondo. Poi si raddrizzò e
disse: «Grazie per essere venuto.»

«Non me lo sarei perso per niente al mondo. Ho visto i
tuoi genitori.»

Lei arricciò il naso.

«Ho notato dove hai preso la tua bellezza.»

«Grazie.»

«C'era un gran bell'entourage con loro. Capisco perché
hai preferito stare nel dormitorio.»

Ridacchiò. «Sì. Tra i miei tre allenatori, Samer e Alexis,
che è un altro di quelli che gestiscono i profili e che non
sapevo sarebbe arrivato, è troppo da sopportare. Sono in
buona fede, ma il continuo scattare foto e parlare di ciò
che avrà il maggiore impatto sui social tende a diventare
un po' pesante.»

«Ci scommetto, ma sembra che la maggior parte dei
tuoi venticinque milioni di follower sia felice per come sei
andata oggi.»

Lo guardò. «Hai Instagram?»

«Be'... potrei aver creato un account con un nome falso
in modo da poterti controllare.»

Rise. «Grazie? Credo.»

«Ti preoccupi mai per quei pazzi che commentano i
tuoi post? Alcuni sembrano... squilibrati.»

«Sono certa che lo sono. Non me ne preoccupo troppo,
cioè, non posso. Ci sono molte persone che mi odiano per
via del mio aspetto, alcune perché pensano che io abbia
una vita perfetta, altre perché non sono contente che io sia
una buona atleta, e addirittura ci sono quelle che odiano il
rosso e quindi me, perché una volta ho indossato una

maglietta rossa. Non posso lasciarmi sommergere da quella roba. Ormai leggo raramente i commenti. Una volta lo facevo sempre, ma mi deprimeva così tanto che ho dovuto smettere. Però leggo alcune delle lettere che ricevo. Quelli a cui non piaccio sono molto meno inclini a prendersi il disturbo di scrivere quell'odio su carta e inviarlo per posta, ma online le persone sono davvero cattive. Non ci pensano due volte ad augurarmi la morte o a farmi sapere quanto mi detestano... cose che non oserebbero dirmi in faccia. È difficile, perché grazie ai social ho guadagnato abbastanza soldi da non dovermi preoccupare di nulla per il resto della vita, ma mi sembrano anche una piaga della società. Dire che ho sentimenti contrastanti al riguardo è un eufemismo.»

«Che ne dici se non ci pensiamo più per il resto della serata? Devo riportarti al dormitorio, così potrai mangiare e poi riposarti. Domani sarà un grande giorno per te» le disse Doc.

Lasciarono la sede della competizione da una porta sul retro, evitando così la maggior parte della folla che si aggirava sperando di intravedere un atleta famoso. C'erano navette che portavano gli atleti dagli impianti sportivi al villaggio olimpico e viceversa, ma a causa delle interviste e delle foto avevano perso l'ultima.

Era piuttosto tardi; il sole non era più a picco, ma non era nemmeno buio. Dovevano camminare per circa un chilometro per raggiungere l'ingresso del villaggio, e da lì avrebbero potuto prendere una navetta fino all'edificio in cui alloggiavano. La maggior parte dei negozi in quella parte della città erano pieni di souvenir olimpici, e tutte le persone che incrociavano sembravano essere di buon umore.

Doc era consapevole del fatto che non passavano inosservati. Era più alto della maggior parte della gente del posto ed Ember era... Ember. Ed era bellissima. La folla intorno a loro era un misto di turisti e residenti, conferendo alla zona un'atmosfera molto internazionale.

Si sentiva tranquillo riguardo alla loro sicurezza, così si stava semplicemente godendo la compagnia di Ember, mentre lei continuava ad assaporare il successo delle gare di quel giorno. All'improvviso il suo telefono squillò, vide che era Trigger e rispose subito.

«Che succede?»

«Dove sei?» chiese senza preamboli il suo leader.

«A circa mezzo chilometro dall'ingresso del villaggio. Perché?»

«Guai in vista fuori dai cancelli.»

«Di che tipo?» chiese, afferrando il braccio di Ember per fermarla.

«Sai quei manifestanti che sono rimasti accampati fuori dai vari impianti fin da quando siamo arrivati? Be', le cose si stanno mettendo male. Ora, fuori dal villaggio c'è una grande folla e alcuni manifestanti stanno cercando di entrare con la forza. Abbiamo bloccato tutti gli atleti dentro, ma ce ne sono ancora troppi che stanno tornando dopo aver gareggiato.»

«Merda. Odio quando abbiamo ragione. Le misure avrebbero dovuto essere più rigide. Acceleriamo il passo e dopo che avrò portato Ember al sicuro nel dormitorio, tornerò ad aiutare.»

«Stai attento, Doc. Se non riesci a entrare in sicurezza, trova un posto dove rifugiarti.»

«Ok. Mi tengo in contatto.»

«Certo. Fammi sapere quando sei dentro.»

«Ricevuto.» Chiuse la chiamata e rimise il telefono in tasca.

«Che succede?»

«Speriamo niente. Ma sembra che la nostra passeggiata tranquilla si sia trasformata in una più veloce. È un problema?»

«Certo che no. Ma cosa c'è che non va?»

«I manifestanti fuori dal villaggio stanno diventando irrequieti. Trigger teme che le cose possano farsi violente. Restami vicina, *proprio* al mio fianco.»

Spalancò gli occhi e annuì.

Doc odiava spaventarla, ma non avrebbe corso rischi. Avrebbero potuto andare verso il piccolo ingresso nella parte ovest, ma non c'era alcuna garanzia che i manifestanti non si fossero radunati anche lì, e ci sarebbe voluto il doppio del tempo per arrivarci. Voleva portare Ember al dormitorio e in camera, dove sarebbe stata al sicuro. Poi avrebbe trovato la sua squadra per vedere come potevano aiutare per mitigare la situazione.

Proseguirono velocemente, ma prima ancora di poter vedere il grande piazzale fuori dall'ingresso capì che erano arrivati troppo tardi. La gente li oltrepassava di corsa nella direzione opposta e i proprietari dei negozi avevano chiuso le serrande.

«Cazzo» mormorò Doc. Il suo telefono squillò di nuovo, ma non poteva fermarsi per rispondere in quel momento. Era più preoccupato per la sicurezza di Ember. Si infilò lo zaino sulle spalle in modo da avere entrambe le mani libere. Le afferrò la mano e la sentì stringergli le dita. Lei non parlò, comprendendo chiaramente la gravità della situazione.

Doc proseguì con cautela, non volendo irrompere nel mezzo di una situazione di cui non conosceva tutti i fatti.

«A morte gli oppressori!» gridò qualcuno lì vicino.

«Aprite i cancelli!» urlò un'altra voce.

Il volume diventava sempre più alto man mano che le persone si univano al coro. All'improvviso, c'era più gente che correva *verso* la protesta e i cancelli che conducevano al villaggio, di quanta ne stesse scappando.

Doc ed Ember furono travolti e trascinati nel mezzo del caos.

«Tieniti a me!» le gridò, per farsi sentire al di sopra di quel frastuono.

Lei annuì e strinse di nuovo le dita intorno alla sua mano.

Doc non poteva rischiare di tirare fuori la pistola con tutta quella folla. Fino a quel momento i manifestanti non erano stati violenti, ma sapeva che poteva essere solo questione di tempo prima che le cose cambiassero. Sembrava che ci fossero parecchie persone che creavano scompiglio, incitando la folla e incoraggiando tutti a diventare sempre più espliciti.

«Il comunismo è oppressione!»

«Liberate Hong Kong!»

«Il potere assoluto corrompe!»

«Ai comunisti non dovrebbe essere permesso partecipare!»

Doc non capiva per cosa stessero protestando. Era un miscuglio di varie cose, incluso il fatto che gli atleti di presunti paesi comunisti potevano partecipare alle Olimpiadi.

Tuttavia, al momento, non aveva molta importanza. La folla era irritata e la protesta pacifica si era trasformata in qualcosa di più pericoloso. Lui ed Ember spiccavano: Doc perché era alto e bianco, Ember perché era una specie di celebrità, e la maggior parte delle persone intorno a loro erano asiatiche. Non aveva idea se fossero tutti del posto o se ci fossero dei terroristi che si mescolavano tra la gente.

Qualcuno lo spinse e lui fece del suo meglio per rimanere in piedi. Poi furono travolti da quell'assembramento intorno a loro.

Doc si concentrò a portarli fuori da quella calca. Si guardò intorno freneticamente, cercando di trovare una via di fuga. Non avrebbe esitato a far del male a chiunque avesse osato mettere le mani sulla donna al suo fianco.

Avvolse il braccio intorno alla vita di Ember, ancorandola a sé mentre continuavano a essere spinti da tutti i lati. Le cose si stavano mettendo sempre peggio di secondo in secondo e aveva bisogno di portarla via da lì. Subito.

Colse per un attimo lo sguardo di un uomo quasi al centro della folla. Aveva uno zaino tra le braccia e sorrideva... un sorriso gelido e malvagio.

A quel punto capì che le proteste erano state una copertura per ciò che lui e la sua squadra avevano sempre temuto: un attacco terroristico organizzato.

«No!» urlò, ma era troppo tardi.

L'uomo fece detonare la bomba che aveva nello zaino.

L'esplosione coinvolse i manifestanti vicino all'attentatore, probabilmente uccidendo all'istante almeno una dozzina di persone. Doc si gettò a terra, praticamente sopra a Ember.

Gli slogan si trasformarono in urla quando la gente comprese cos'era successo.

Proprio mentre tutti iniziavano a correre nella direzione opposta a quella in cui era scoppiata la bomba, un'altra esplosione risuonò ai margini della piazza.

Se aveva pensato che le cose fossero caotiche prima, ora era assolutamente un delirio. Nessuno sapeva dove scappare per mettersi in salvo mentre risuonava una terza esplosione tra la gente in preda al panico vicina ai cancelli del villaggio olimpico.

Doc non avrebbe aspettato che scoppiasse un quarto ordigno. Si alzò e afferrò il braccio di Ember, tirandosela accanto con poca gentilezza. Il suo unico pensiero era allontanarsi dal pericolo.

Zigzagando in mezzo alla folla sbalordita, oltrepassando i manifestanti ancora con i cartelli in mano e con sguardi di orrore sui volti, la trascinò dietro di sé verso il punto della seconda esplosione. L'istinto gli diceva che se i terroristi avevano intenzione di usare altri ordigni, non lo avrebbero fatto in aree già colpite.

C'era una carneficina intorno a loro e si sentì morire dentro per tutte le persone che gemevano e piangevano a terra. Ci sarebbe voluto un sacco di tempo per portare in ospedale tutti quelli che avevano bisogno di assistenza medica. Ember non aveva emesso un suono durante il caos, cosa che apprezzò. Non l'avrebbe biasimata se l'avesse fatto, ma il suo rispetto per lei cresceva di secondo in secondo. Stava mantenendo il controllo senza andare fuori di testa.

Un forte rombo li fece voltare...

Un furgone bianco stava sfrecciando su una delle strade che portavano al piazzale, investì due persone e non si fermò.

Sembrava stesse andando dritto al cancello del villaggio olimpico.

Se lo avesse abbattuto, creando così un punto d'ingresso per gli attentatori, era impossibile sapere quanta altra gente sarebbe rimasta ferita o uccisa. Se un'organizzazione terroristica voleva dar vita a un incidente internazionale e fare pubblicità alla sua causa, colpire atleti provenienti da tutto il mondo era un ottimo modo per ottenerla.

Non sarebbe successo, non davanti a lui. Avevano già

ucciso troppe persone, non avrebbe permesso che oltre-passassero i cancelli per farne fuori altre.

Il furgone non stava rallentando e sapeva che avrebbe raggiunto l'entrata prima che potessero arrivare altri agenti della sicurezza. Doveva fare qualcosa. *Subito*.

Si fermò in mezzo a uno spazio aperto, si inginocchiò e tirò fuori la sua arma. Avrebbe voluto avere il fucile, la gittata era più lunga, ma avrebbe usato ciò che aveva.

«Ne hai un'altra?» gli chiese Ember, accovacciata accanto a lui.

In qualsiasi altra circostanza avrebbe risposto di no, che non aveva bisogno di aiuto, che non voleva coinvolgere un civile, ma lei non era solo un civile, era una pentatleta. Sparare era una delle sue specialità.

Senza dire una parola, estrasse la seconda pistola dalla fondina alla caviglia. Lei la afferrò abilmente e tolse la sicura.

Doc annuì e riportò l'attenzione al furgone in rapido avvicinamento e si concentrò sull'autista. Avrebbe potuto sparare alle gomme, ma ciò non avrebbe necessariamente fermato il veicolo. Doveva far fuori l'uomo alla guida, fargli togliere il piede dall'acceleratore per impedirgli di arrivare al cancello.

Doveva solo aspettare che fosse un po' più vicino.

L'autista catturò e sostenne il suo sguardo. Fu come un braccio di ferro, e il terrorista sicuramente pensava di vincere.

Si sbagliava.

Doc aspettò fino all'ultimo secondo, poi scaricò il caricatore, un colpo dopo l'altro, nel disperato tentativo di fermare il furgone.

Sentì vagamente degli spari sopra la sua testa e si rese conto che Ember era in piedi dietro di lui e stava facendo fuoco. Avrebbe voluto dirle di abbassarsi subito, ma non aveva tempo.

I secondi passarono come al rallentatore.

Sapeva di aver colpito il bastardo, o forse lo aveva fatto Ember. In ogni caso, l'uomo era sicuramente morto, ma il furgone non si era fermato. Evidentemente il piede era rimasto premuto sull'acceleratore.

Il veicolo era a pochi metri di distanza, diretto verso di loro. Non c'era abbastanza tempo per togliersi di mezzo.

Ma Doc doveva provarci.

Si voltò e avvolse le braccia attorno alle cosce di Ember, gettandosi di lato nello stesso momento.

Il veicolo passò così vicino a loro che per una frazione di secondo pensò che fossero stati investiti e che ancora non se ne fosse reso conto. Invece, per miracolo, era riuscito a togliere entrambi dal percorso del furgone che aveva perso abbastanza velocità da non riuscire a sfondare i cancelli d'ingresso... a malapena.

Doc sapeva che il pericolo non era passato. Se all'interno del mezzo c'erano degli esplosivi, sarebbe scoppiato l'inferno.

Si rialzò da terra e, ancora una volta, tirò su anche Ember con una forte presa sul braccio. Non aveva idea di dove fossero le pistole, ma al momento era più preoccupato di fuggire da lì.

Doc praticamente la trasportò fuori dalla carneficina. Non sapeva dove stava andando, ma solo che doveva svignarsela.

Un movimento attirò la sua attenzione; una minuta donna coreana stava agitando freneticamente la mano da un negozio ai margini della piazza. Si diresse verso di lei e nel momento in cui lui spalancò la porta, la donna la richiuse sbattendola.

«Kamsahamnida» le disse, ringraziandola in coreano.

Lei replicò qualcosa, ma Doc si stava già girando verso Ember.

«Stai bene? Sei ferita? Merda, parlami, Em!»

«Sto bene» rispose con voce tremante.

«Cazzo» mormorò. Poi lo ripeté. Stava avendo difficoltà a capacitarsi di ciò che era appena successo.

Il suo cellulare squillò e solo in quel momento si rese conto che lo aveva fatto ininterrottamente da quando era iniziato il casino.

Con mano tremante, lo estrasse dalla tasca e se lo portò all'orecchio.

«Sì?»

«Porca puttana, cazzo! Doc? Stai bene? Dove sei? Ember sta bene?»

Fece un respiro profondo e non poté fare a meno di sorridere. L'imperturbabile Trigger era decisamente scosso, cosa che non accadeva spesso.

«Stiamo bene» rispose, lanciandole un'altra occhiata. Aveva gli occhi sbarrati e notò il battito accelerato sul suo collo. Teneva il braccio sinistro vicino al fianco, sostenendolo con il destro. Doc aggrottò la fronte.

«Ok. Siamo dall'altro lato del cancello» disse Trigger. «Manteniamo la posizione nel caso dovessero entrare, in modo da poterli eliminare e proteggere gli atleti.»

«Noi stiamo bene dove siamo, per ora. Una signora ci ha fatti rifugiare nel suo negozio.»

«Grazie, cazzo. Per la cronaca, amico... Ember è *tosta*. Non siamo riusciti a vedere tutto ciò che è successo, ma dato che non rispondevi al telefono, abbiamo pensato che fossi nel mezzo di quel casino. Abbiamo visto il furgone avvicinarsi al cancello e capito che era sempre stato il loro obiettivo. Poi, all'improvviso, attraverso il fumo, ti vediamo inginocchiarti e mirare all'autista, ed Ember in piedi dietro di te con il braccio teso, a sparare con quella dannata pistola come se fosse nel mezzo di una gara di pentathlon! Sul serio, amico. Cazzo! È stato impressionante.»

Doc non si sorprese. Aveva la sensazione che Ember avrebbe potuto fare qualsiasi cosa avesse deciso, ma al momento c'era qualcosa che non andava nel suo braccio e doveva scoprire di cosa si trattasse. «Noi stiamo bene. Per ora rimarremo nascosti. Fammi sapere quando c'è la via libera.»

«Ricevuto. Doc?»

«Sì?»

«Sono contento che stiate bene.»

«Potrebbe non essere ancora finita. Quegli stronzi potrebbero avere altre bombe o veicoli. State attenti» disse.

«Certo. Sembra che i sudcoreani abbiano tutto sotto controllo. Ci vorrà del tempo per aiutare tutta la gente ferita. Rimani lì e ti farò sapere.»

«Ci sentiamo.»

«A dopo.»

Non appena chiusa la chiamata, allungò la mano verso di lei. «Cosa c'è che non va nel tuo braccio?»

Ember sussultò quando le toccò il bicipite sinistro. «Niente.»

«Non è vero. Cos'hai? Sei stata colpita?» Doc non ci aveva nemmeno pensato. Non c'era sangue, ma ciò non significava che sotto la maglietta non ci fosse una ferita.

«No. Mi hai protetta quando è esplosa quella bomba. Non sono stata ferita.»

«Ma?»

Lei sospirò, e quei bellissimi occhi castani incontrarono i suoi, mostrandogli la sua sofferenza. «Penso di essermi lussata la spalla.»

Doc la fissò con uno sguardo vuoto per un secondo, poi le implicazioni di ciò che aveva fatto lo colpirono come se gli avessero lanciato un mattone addosso. «Cazzo» imprecò. «Ti ho fatto male!»

«Non l'hai fatto apposta» replicò lei con dolcezza.

Ciò non lo fece sentire meglio.

«Mi sono infortunata alla spalla cadendo da cavallo quando ero un'adolescente. Non è mai guarita correttamente e ha la tendenza a uscire di tanto in tanto» disse in fretta.

«È uscita quando ti ho strattonato tirandoti in piedi, vero?» chiese.

Ember annuì, ma insistette: «Non è colpa tua, Craig. Sul serio.»

«Col cazzo che non lo è» ribatté sconvolto.

«È il braccio sinistro, non è un problema. Per fortuna sono destra, no?»

Merda. Non gli era nemmeno passato per la testa che l'indomani avrebbe dovuto gareggiare. Era stato più sconvolto dal fatto di averle fatto male, ma sapere che poteva aver rovinato la sua possibilità di vincere una medaglia lo faceva sentire uno schifo. Non riusciva a credere di averla strattonata così forte da lussarle la spalla.

«Craig» disse Ember dolcemente, posandogli una mano sulla guancia. «Va tutto bene. Mi hai salvato la vita. Questo è molto più importante di qualsiasi altra cosa.»

———

Ember era accanto a Craig con la mano sulla sua guancia, cercando di confortarlo. La spalla le pulsava, ma aveva così tanta adrenalina nelle vene che sentiva a malapena il dolore.

Quell'uomo le aveva salvato la vita. Lo sapeva benissimo. Non solo, ma non aveva nemmeno esitato a darle una pistola. Si era fidato di farsi aiutare da lei. In quel momento, non era stata un'inutile influencer. Era stata la sua *compagna*.

Si era spaventata a morte quando erano iniziate le esplosioni e quando il furgone si stava precipitando verso di loro, ma aveva usato quello che aveva imparato nel corso degli anni per mantenere stabile la mano e bloccare fuori il caos mentre mirava all'autista.

Aveva capito subito che Craig le aveva lussato la spalla quando l'aveva tirata su di scatto dopo la prima esplosione, per cercare di allontanarli dalla linea di fuoco.

Lui scosse la testa e chiuse gli occhi. «Mi dispiace, Em. Mi dispiace da morire.»

Strinse le labbra frustrata, e anche un po' irritata. «Ti dispiace per cosa? Per avermi portata via da lì? Per avermi protetta? Per esserti fidato di me per coprirti le spalle? Di cosa sei dispiaciuto esattamente?»

Riaprì gli occhi e la fissò a lungo. «Ti sei fatta male a causa mia» rispose infine.

«Sarei morta *senza* di te.»

«Non puoi saperlo.»

«So che è stato molto meglio essere con te che da sola. Mi aiuterai a rimetterla a posto?» Craig impallidì, e lei non poté fare a meno di ridere. «So che hai visto e affrontato lesioni molto più gravi di una spalla lussata.»

«Ma non eri tu.»

«Ho bisogno che tu mi dia una mano, non posso farlo da sola.»

Quelle parole sembrarono funzionare perché si raddrizzò e annuì. Il negozio in cui si erano rifugiati era una specie di gastronomia. I tavoli intorno a loro sarebbero stati perfetti per ciò che dovevano fare. Craig sembrava sapere esattamente come aiutarla, perché allontanò le sedie dal tavolo più vicino e le fece cenno di sdraiarsi. Poi si tolse lo zaino dalle spalle e andò verso la cucina. La donna coreana non cercò di fermarlo, si limitò a osservarli con curiosità.

Ember era felice che lui non fosse lì a guardarla mentre si sistemava. Fece una smorfia quando lasciò penzolare il braccio sinistro dal lato del tavolo e una fitta di dolore le trafisse la spalla. Cercò di rilassare i muscoli il più possibile, sapendo che sarebbe stato molto più facile se non fosse stata tesa.

Dopo un attimo, lui tornò con una grande bottiglia d'olio.

Avrebbe riso se non avesse saputo quanto sarebbero stati dolorosi i minuti successivi.

Craig si accovacciò, si slacciò lo scarpone e usò il laccio per legarle la bottiglia al braccio. Il peso dell'olio e la gravità sarebbero stati sufficienti per riposizionare in sede la testa dell'omero.

«L'hai già fatto.»

Lui annuì. «Sei pronta?» le chiese, mentre si inginocchiava al suo fianco, tenendo la bottiglia in modo che non esercitasse troppa pressione sul braccio fino al momento giusto.

Lei fece un respiro profondo e chiuse gli occhi. «Sì. Fallo.»

Craig lasciò andare la bottiglia molto lentamente, e applicò una delicata e costante pressione verso il basso. Le sue azioni, insieme al peso dell'olio, raggiunsero l'obiettivo. Non ci volle più di mezzo minuto prima che la spalla collaborasse e tornasse a posto.

Sospirando di sollievo per l'immediata riduzione della pressione e del dolore, Ember aprì gli occhi e trovò il suo sguardo penetrante.

«Riuscirai a gareggiare domani?» le domandò. Il tormento e la preoccupazione erano evidenti nella sua voce.

«Sì» rispose senza esitazione.

«Non hai nemmeno provato a muoverlo per vedere quanto ti fa male.»

«Craig, sono un'atleta professionista. Non è la prima volta che mi lusso la spalla e non sarà l'ultima. Prenderò degli antidolorifici e andrà tutto bene. Aspetta, pensi che continueranno con le competizioni dopo ciò che è successo?»

«Sì. Nessuno vorrà dare la soddisfazione ai terroristi di sapere che si sono spaventati. Sono abbastanza sicuro che le cose andranno avanti come previsto.»

«Spero che non siano rimasti uccisi degli atleti» mormorò Ember. «Voglio dire, odio che la gente sia rimasta ferita o uccisa, ma l'idea che possa essere morto qualcuno che voleva solo competere per il proprio Paese, mi rende davvero triste.»

«Lo so.»

Poteva vedere il dolore nei suoi occhi. Aveva la sensazione che stesse ancora pensando al fatto di averle lussato la spalla. Non gli aveva mentito, sarebbe riuscita a gareggiare, ma le avrebbe fatto un male cane, soprattutto durante il nuoto. Dato che era destrorsa, sarebbe andata bene con la scherma e il tiro. Il salto ostacoli con il cavallo sarebbe stata una sofferenza, ma per nuotare non aveva alcuna possibilità di non usare il braccio sinistro. Inoltre, non poteva assumere antidolorifici troppo forti a causa delle rigide regole imposte e del test antidroga a cui doveva sottoporsi dopo aver terminato la gara.

Avrebbe interiorizzato qualsiasi dolore per far sì che Craig non si colpevolizzasse più. Credeva davvero che le avesse salvato la vita, e preferiva a mani basse una spalla lussata piuttosto che la morte.

Dopo una decina di minuti, Ember si alzò a sedere e la donna coreana le fece un'imbracatura per il braccio con un paio di tovaglioli di stoffa. La ringraziarono entrambi ancora una volta, e non mancò di notare che Craig tirò fuori dal portafoglio tutti i won sudcoreani che aveva e li lasciò sotto un libro vicino alla cassa.

Rimasero nel piccolo locale per altri venti minuti, finché Trigger non chiamò e disse loro che tutto era stato messo in sicurezza e che potevano entrare dai cancelli principali del villaggio olimpico. Quando uscirono dal negozio, le sembrò quasi di essere in un altro mondo. Craig raccolse da terra un berretto da baseball e glielo mise in testa, abbassandoglielo sulla fronte. «L'ultima cosa che ci serve è che appaia sui social una tua foto con l'imbracatura addosso» borbottò.

Ember non era sicura che un cappello l'avrebbe aiutata a passare inosservata, ma non disse nulla. In giro c'erano alcune persone dall'aria sconvolta, ma per la maggior parte la zona era stata sgomberata. Il sole stava tramontando e non sarebbe passato molto prima che calasse l'oscurità.

Quasi senza neanche accorgersene, avevano superato i controlli di sicurezza e Lefty, Brain e Trigger li stavano aspettando con una golf cart. Ognuno di loro le diede un cauto e lungo abbraccio, dicendole quanto fossero sollevati che stesse bene. Trigger accennò anche a quanto fosse rimasto impressionato dalla sua abilità a sparare e non smetteva di dirle che era tosta.

Craig la aiutò a sistemarsi sul sedile posteriore e si ritrovò seduta tra il suo grosso corpo e quello di Trigger. Era circondata e si sentiva completamente al sicuro mentre andavano in silenzio verso il dormitorio.

Quando arrivarono e scesero dal veicolo, Brain ripartì subito, diretto chissà dove, mentre gli altri la scortarono fino al loro piano. Gli atleti della squadra di pallanuoto erano radunati nella sala polivalente e stavano parlando di ciò che era successo, ma Craig la incitò a proseguire, senza fermarsi quando i ragazzi li videro e cercarono di fare delle domande. Trigger, invece, rimase indietro per rassicurarli che il pericolo era passato.

Ember era sollevata di non aver incontrato Leila, Nick o Aiden. Non voleva la loro compassione... o curiosità morbosa.

Non fu sorpresa quando Craig l'accompagnò nella sua stanza ed entrò dietro di lei.

«Hai bisogno di aiuto per fare la doccia?» le chiese.

Lo guardò sorpresa. Ovviamente non ci stava provando con lei, era davvero preoccupato per la sua salute. «Non è necessario» gli rispose.

«Sei sicura?»

«Sì.»

«Bene. Sarò qui fuori quando avrai finito. Hai una canotta? Potrebbe essere la cosa più facile da indossare stasera.»

Lo fissò per un momento, poi annuì. «Sì, ne ho una.»

«Te la prendo. Dov'è?»

Glielo disse, e poi lo guardò confusa mentre cercava nei suoi cassetti e tirava fuori anche un paio di mutandine e dei pantaloncini. Avrebbe dovuto arrabbiarsi per il modo in cui stava frugando tra le sue cose personali, ma era bello che si prendesse cura di lei.

Andò nel piccolo bagno e posò la pila di vestiti sul ripiano. Poi si voltò. «Cos'altro posso fare?»

«Rimani?» Quella richiesta le sfuggì prima che potesse ripensarci. Non appena la parola lasciò la sua bocca, Ember fece una smorfia. Le aveva già detto che lo avrebbe trovato lì quando avesse finito di lavarsi.

«Certo» rispose. «Mentre fai la doccia vado a cambiarmi. Farò in fretta. Se hai bisogno di aiuto, tieni duro finché non torno. Non rischiare di farti ancora più male.»

Era ovvio che ci sarebbe voluto un po' prima che Craig si perdonasse per quella faccenda. Ember gli si avvicinò finché non furono praticamente incollati. Appoggiò la fronte contro di lui e sospirò contenta quando le avvolse con cautela le braccia intorno.

Rimasero così per alcuni minuti, senza parlare, solo esistendo nello stesso spazio.

«Sto bene, Craig. Giuro. Se devo essere sincera, sono dannatamente orgogliosa di me. Non so quale proiettile abbia colpito l'autista, ma fare la mia parte per proteggere gli altri è molto meglio che ottenere il primo posto o vincere una medaglia. Forse sono stata messa su questa terra per diventare una pentatleta così da imparare a sparare e trovarmi esattamente dov'ero stasera. Non lo so. Ma a prescindere da come andrà domani, non mi pento di averti incontrato, di essere stata con te o di tutto quello che è accaduto oggi.» Lo fissò negli occhi. «Ok?»

«Messa in *questo* modo, come posso non essere d'accordo?»

«Non puoi» disse, con un piccolo sorriso. «Ora vai a

cambiarti. E magari fai anche una doccia. Non voglio sentire odore di fumo per molto tempo.»

«Sì, signora. E per la cronaca, Trigger ha ragione. *Sei tosta.*» La baciò con dolcezza, poi si avviò verso la porta.

Ember rimase immobile, sorridendo per alcuni secondi, poi si diresse verso il piccolo bagno.

CAPITOLO SETTE

Doc si sedette sugli spalti accanto a Grover e studiò Ember. Non era riuscito a vederla competere nelle altre gare di quel giorno, ma per niente al mondo si sarebbe perso la corsa laser. Era l'ultimo evento della giornata... e il suo cuore soffriva per lei. Guardando la formazione di partenza degli atleti, gli fu chiaro che non era andata bene. Sarebbe partita per ventinovesima. Sestultima.

Si sentì profondamente in colpa. Per quanto Ember avesse cercato di minimizzare il suo infortunio, sapeva di essere stato lui a far deragliare i suoi sogni olimpici. Non era stata sua intenzione trascinarla in giro così brutalmente, ma in quel momento era più interessato a portarla in salvo che a essere gentile.

«Sono impressionato che sia addirittura riuscita a nuotare» disse Grover.

Doc annuì. Ci aveva pensato anche lui. Probabilmente il salto ostacoli doveva essere stato un problema per la sua spalla, anche la scherma, però con quelle gare avrebbe potuto cavarsela bene lo stesso. Ma il nuoto? Sì, doveva aver fatto un male cane, ed era ovvio che avesse lottato, se il posto di partenza era un'indicazione.

«Prima mi ha chiamato Trigger e mi ha aggiornato sul casino di ieri sera.»

«Sì?» replicò distrattamente.

«L'Armata Rossa Giapponese ha già rivendicato la responsabilità.»

Doc sospirò. La ARG era stata molto attiva all'inizio degli anni Settanta, ma stava tornando in auge. Sapeva che erano un gruppo di militanti il cui obiettivo era rovesciare il governo giapponese e la monarchia. Volevano anche dare il via a una rivoluzione mondiale, che rendeva molto più sensato il loro attacco alle Olimpiadi.

Grover continuò. «Qualche settimana fa, un uomo con apparenti legami con l'Armata Rossa è stato arrestato in Giappone. Aveva documenti sul suo computer con piani dettagliati per impedire le Olimpiadi.»

Ciò attirò l'attenzione di Doc. «Mi stai prendendo per il culo? Come mai non siamo stati informati?»

«Immagino che i potenti di Seoul non abbiano preso sul serio la minaccia o non volessero rischiare che qualcuno si ritirasse dai Giochi o di non vendere tutti i biglietti.»

Scosse la testa per l'idiozia di quella decisione.

«Trigger ha anche detto che, per qualche miracolo, nelle esplosioni sono rimaste uccise solo due persone, esclusi i terroristi, ma se quel furgone fosse riuscito a sfondare il cancello, le autorità pensano che avrebbero potuto esserci almeno una ventina di simpatizzanti dell'Armata Rossa Giapponese pronti a irrompere e a uccidere quante più persone possibili.»

«Come mai i terroristi non hanno iniziato a sparare

quando sono esplose le bombe? E perché non hanno provato a far fuori me ed Ember?» chiese.

Il suo amico scrollò le spalle. «Non ne ho la minima idea. Forse era stato detto loro di attendere e conservare le munizioni fino a quando non fossero riusciti a entrare, in modo da poter eliminare gli atleti, invece di sprecare proiettili sui civili.»

Doc ringhiò. «Cazzo. Dove sono questi simpatizzanti adesso?»

«Supponiamo che siano scappati quando hanno visto che il furgone non è riuscito a sfondare il cancello. Probabilmente sono tornati nel buco da cui sono strisciati fuori.»

«Quindi dovremmo aspettarci altri problemi?»

«Trigger e gli altri non la pensano così. Credono che questo fosse il loro grande piano, qualcosa che organizzavano da mesi. Almeno ora la sicurezza sarà molto più rigida. Meglio tardi che mai. La polizia e l'esercito sudcoreano hanno chiuso l'accesso alle auto a circa un chilometro da ogni sede e dal villaggio stesso. Nessuno può entrare negli impianti sportivi senza passare attraverso due metal detector. L'ultima cosa che il governo vuole è che un atleta venga assassinato sotto la sua sorveglianza.»

Annuì. Erano cose positive e ne fu sollevato, ma era ancora sconvolto per Ember. Non c'era dubbio che si fosse trovato nel posto giusto al momento giusto, ma odiava che si fosse fatta male. Aveva sacrificato così tanto nel corso degli anni per essere lì, ma era colpa sua se si era ritrovata in quel caos la notte prima.

«Trigger e gli altri stanno monitorando internet per trovare i video di ciò che è accaduto, e per fortuna la maggior parte sono ripresi da una certa distanza. Non sei riconoscibile.»

«Bene. Ed Ember?»

«Con quella risoluzione di merda, dovrebbe essere al sicuro anche lei.»

Tirò un sospiro di sollievo; era preoccupato per quell'eventualità.

«Inoltre» proseguì Grover abbassando la voce, «potrebbe interessarti sapere che il medico legale ha terminato l'autopsia dell'autista del furgone. È stato ucciso da un proiettile alla testa.»

Non ne fu sorpreso.

«Hai dato a Ember la tua pistola di riserva, giusto? Quella in cui non usi i proiettili a punta cava?»

«Sì. Perché?»

«È stato il suo proiettile a farlo fuori. Ne aveva anche un sacco dei tuoi in corpo, ma quello che lo ha ucciso, colpito proprio al centro della fronte, non era tuo.»

Doc fissò intensamente il suo compagno di squadra. «Che nessuno si permetta di dirglielo. *Mai*. L'ultima cosa di cui ha bisogno è di avere la morte di un uomo sulla coscienza, anche se era uno deciso a uccidere delle persone innocenti. Capito?»

Grover annuì solennemente. «Trigger sapeva che avresti detto così. Si sta già occupando del nostro rapporto in modo che non salti fuori accidentalmente.»

«Sta modificando il rapporto?» chiese sorpreso.

«Solo la parte sulla pistola che aveva i proiettili a punta cava» rispose.

Quell'informazione lo stupì. Il loro leader era un sostenitore delle regole e si atteneva ai fatti nei suoi rapporti. Diceva che era sempre meglio essere onesti. Era in debito con lui. Un grande debito.

«Inoltre, ora che la Corea del Sud ha inviato un sacco di militari in più, verremo rimandati a casa un po' prima.»

«Quanto prima?» chiese, per nulla contento di quella notizia.

«Un paio di giorni. Ne abbiamo altri quattro invece di sei.»

Annuì. Ember sarebbe comunque tornata a casa da lì a quarantotto ore, quindi non avrebbe dovuto rinunciare al tempo che aveva programmato di passare con lei. Il fatto che quella fosse la sua più grande preoccupazione la diceva lunga.

«Allora... Devyn si occupa di ritirare la mia posta mentre sono via» disse Grover.

«Quindi?» domandò, confuso dallo strano cambio di argomento.

«Ha detto che ho ricevuto una lettera. Da Sierra.»

«La collaboratrice che abbiamo conosciuto in Afghanistan? È fantastico! Pensavamo che potesse essere stata rapita. Se ti ha scritto, ovviamente sta bene.»

«Il timbro postale è di quasi un anno fa» continuò in tono piatto.

Doc non sapeva cosa dire. «Oh. Più o meno poco dopo l'ultima volta che l'hai vista, giusto?»

«Sì. Non ho chiesto a mia sorella di aprirla, ma non riesco a smettere di pensarci. Sappiamo entrambi che gli invii internazionali non sono molto affidabili, spesso la posta si perde all'interno del sistema.»

«Per un anno?» domandò scettico.

«Sì, lo so, sembra improbabile. Ma mettiamo che per ipotesi sia andata persa in qualche servizio di posta straniera sovraccarico o disorganizzato, poi qualcuno l'ha trovata e l'ha spedita... non riesco a smettere di pensare a cosa possa avermi scritto. Forse in quella lettera spiega perché nessuno l'ha più sentita da tempo.»

Doc annuì. Grover era sempre più preoccupato per la

donna che aveva incontrato nella mensa quando erano stati in Afghanistan un anno prima. Nonostante un inizio un po' turbolento, avevano deciso di tenersi in contatto. Grover le aveva mandato una mail, ma non aveva mai ricevuto risposta, e tutto il team sapeva quanto ciò avesse turbato il loro amico. Ancora più preoccupanti erano state le notizie di collaboratori presumibilmente rapiti da Shahzada, il peggior terrorista che la zona avesse visto da oltre un decennio. Era spietato e molto esplicito nel suo odio verso gli occidentali. Aveva guadagnato sempre più potere dalla loro ultima missione in Afghanistan, ed era ovvio che presto avrebbero dovuto affrontarlo.

«A breve saremo a casa così potrai leggerla e vedere tu stesso come sta» disse Doc, cercando di rassicurarlo.

Grover annuì. «Sai, di recente sono cambiate molte cose nella nostra squadra e all'inizio ne ero un po' infastidito. Temevo che avrebbe potuto modificare la dinamica tra di noi, ma ora non potrei essere più felice per gli altri. E per te.»

«Per me?»

L'altro ridacchiò. «Sì. Guardaci, amico. Siamo seduti in uno stadio semivuoto a guardare il pentathlon moderno invece di assistere alla partita di basket. Prima di arrivare qui, non avevamo nemmeno sentito parlare di questa competizione.»

Doc rise. Il suo amico aveva ragione.

«Per la cronaca, Ember piace molto a tutti. È un dato di fatto che *eri* super concentrato quando quel furgone si stava dirigendo verso di voi... ma lei è stata piuttosto impressionante. Era in piedi dietro di te con le gambe divaricate, il braccio teso, completamente focalizzata sul veicolo. So che hai accennato di voler trovare una donna che sia felice di svanire sullo sfondo insieme te, che si accontenti di oziare in casa e di vivere una vita tranquilla, ma non è ciò che ti serve. Hai bisogno di qualcuno che ti costringa a uscire dalla tua comfort zone. Che ti sfidi, ti faccia ridere e impazzire allo stesso tempo.»

«E quindi? Pensi che Ember sia quella donna? Grover, vive a Beverly Hills. Ha più soldi di quanti potrei mai immaginare di avere. È praticamente una celebrità di internet. Inoltre, ci conosciamo solo da pochi giorni.»

«Sai bene quanto me che a volte è sufficiente. L'hai visto in prima persona con i nostri amici. Quando senti un'intesa con qualcuno, vuol dire che c'è e basta. E tra voi è decisamente scattato qualcosa. So che tra tutti sono probabilmente la persona meno adatta per dare consigli, dato che sono ancora single, ma non lasciartela sfuggire. Ha bisogno di te tanto quanto tu ne hai di lei. Credi veramente che sia felice di vivere nella sua gabbia dorata?»

Doc strinse le labbra e scosse la testa. Sapeva che non lo era affatto, glielo aveva detto, ma non riusciva a immaginarsela vivere a Killeen, in Texas. Avrebbe dato troppo nell'occhio, non a causa del colore della sua pelle, ma perché una volta libera dal controllo dei suoi genitori, avrebbe brillato più di quanto avesse mai avuto la possibilità di fare.

«Penso a Sierra ogni maledetto giorno. Mi chiedo dove sia e se sta bene» continuò. «Temo che sia stata uccisa e di non avere mai la possibilità di conoscerla davvero. Ho molti rimpianti, e non voglio che li provi anche tu.»

Doc, allora, *guardò* davvero il suo amico. Il team sapeva che Grover era interessato a quella donna, ma nessuno di loro si era reso conto di *quanto* fosse profondo quell'interesse. «Hai detto a Trigger della lettera?»

«No, ma lo farò a seconda di quello che c'è scritto. È nei guai. Sotto c'è qualcosa di più oltre ai collaboratori che scompaiono e alle mail senza risposta, lo sento fin nel midollo, ma non posso semplicemente andare in Afghanistan e iniziare a indagare. Abbiamo bisogno di un motivo per andare laggiù. È sbagliato, ma... una parte di me non può fare a meno di sperare che Shahzada faccia qualcosa di stupido, solo perché così ci manderanno in missione e potrò tentare di trovarla. Cazzo, magari ha sposato una persona del posto e vive una vita tranquilla priva di comodità moderne come internet, ma forse è stata prigioniera di quel bastardo per tutto questo tempo. O è morta. Ho bisogno di saperlo.»

Doc gli diede una pacca sulla schiena. Non riusciva a trovare le parole giuste per confortarlo, ma non ne aveva bisogno. Grover sapeva che gli importava dei suoi sentimenti.

Il suo amico si voltò e lo guardò negli occhi. «Se quello che ci hai detto sui genitori di Ember è vero, su quanto siano coinvolti e la controllino, e sulla cattiveria di alcuni dei suoi follower, avrà bisogno di tutto il supporto possibile.»

Annuì. «Ho dato un'occhiata al suo account Instagram appena ci siamo seduti, e lo stronzo che si occupa del suo profilo ha pubblicato una foto di lei seduta a testa bassa sul bordo della piscina. Aveva un aspetto davvero triste. La didascalia diceva: "Non è andata come avevo programmato". *Chi* fa una cosa del genere? Ovviamente, questo ha aperto le porte ai commenti cattivi. Dio, odio davvero la gente, Grover.»

«Lo so» concordò. «Però sono sicuro che Gillian, Kinley, Aspen, Riley e Devyn l'avrebbero protetta.»

Doc non poté fare a meno di ridere. «Oh, *questa* non è stata per niente velata.»

«Era solo un'osservazione, amico. Ember ha bisogno di

persone che le stiano accanto a prescindere che arrivi prima o ultima, a cui piace per quello che è, non per ciò che può fare per loro, e le donne nella nostra cerchia sono così.»

«Ha bisogno di supporto incondizionato più di chiunque abbia mai incontrato» disse Doc. «Non so come abbia fatto a resistere così a lungo senza.»

Dagli altoparlanti arrivò l'annuncio dell'inizio della competizione, che mise fine alla conversazione.

Doc esaminò il campo prima di concentrarsi di nuovo su Ember alla fine del gruppo. Ricordava che gli aveva spiegato che la posizione da cui partivano nella corsa era determinata dai punti che avevano guadagnato nelle altre gare. Avrebbe iniziato con uno svantaggio significativo. Sapeva che la corsa laser era dove riusciva meglio e fortunatamente sparava con la mano destra, ma la spalla doveva ancora farle male e avrebbe avuto un effetto sulla corsa.

«Dai, Em, puoi farcela» mormorò.

Poi le concorrenti partirono.

Tenne gli occhi fissi su di lei. Sembrava agitata mentre le altre donne correvano verso la piattaforma di tiro; aspettare il suo turno doveva essere snervante.

Quando finalmente arrivò il suo momento, partì velocemente verso la postazione di tiro. Sembrava in forma, forte. Doc socchiuse gli occhi mentre lei sparava i primi colpi. Doveva effettuare cinque centri, "ricaricando" dopo ognuno. Aveva un numero illimitato di tiri, ma ovviamente più avesse sbagliato più tempo avrebbe perso prima di poter continuare la gara.

Gli sembrò che avesse terminato molto rapidamente.

«Brava. Continua così» mormorò.

Sembrò andare forte nei primi ottocento metri di corsa, nel percorso che l'avrebbe riportata alla postazione di tiro. Le aveva detto che in quella competizione, chiunque avesse tagliato il traguardo per prima era la vincitrice. Ember era ancora abbastanza indietro, ma avevano tutte molta strada da fare.

Nel secondo round mancò alcuni colpi. «Calma, Em. Concentrati sul tuo obiettivo, blocca fuori tutte le altre.»

Superava le concorrenti abbastanza regolarmente, ma ce n'erano ancora parecchie davanti a lei. Era ovvio che non sarebbe stata in grado di raggiungere le prime, ma non poté fare a meno di essere orgoglioso di lei a prescindere.

Nell'ultimo round di tiro, Ember fece cinque centri senza sbagliarne nemmeno uno.

«Dannazione, è brava. Non c'è da stupirsi che ti abbia fregato» commentò Grover.

Non gli importò che lo stesse prendendo in giro. *Era* davvero brava a sparare.

Il tifo sugli spalti aumentò fino a diventare un boato quando la prima donna tagliò il traguardo. Poi la seconda e la terza. Leila finì al decimo posto ed Ember non molto dietro di lei, al quindicesimo.

Doc era orgogliosissimo. Sì, non era il risultato che lei avrebbe voluto, ma aveva superato dieci concorrenti in quell'ultimo giro. Dieci atlete che avevano avuto un vantaggio su di lei. La tenne d'occhio mentre sorrideva e salutava la folla, poi si diresse verso Leila e il suo cuore scoppiò quasi d'orgoglio mentre la guardava stringere la sua compagna di squadra in un abbraccio sincero. Il sorriso che rivolse alla sua amica era enorme e si capiva che era felice per lei.

La perse di vista quando scomparve tra una folla di partecipanti e allenatori su un lato della pista.

«Vuoi andare da lei?»

Scosse la testa. «Non ancora. Dopo la premiazione.»

«Pensi che rimarrà a vederla?»

«Sì. Potrebbe essere delusa del suo piazzamento, ma sarà sinceramente felice per le altre.»

«Non mi sembra una diva viziata.»

«Non lo è!» sbottò.

Grover alzò gli occhi al cielo. «Stavo scherzando. Penso che ieri sera ne sia stata una dimostrazione.»

La premiazione fu commovente e Doc non riuscì a scrollarsi di dosso la delusione che provava per conto di Ember. Ogni volta che la intravedeva, però, stava sorridendo e sostenendo le altre atlete.

Quando le cose si calmarono e la gente iniziò ad andarsene, si diresse dove l'aveva vista l'ultima volta. Con le sue credenziali gli permisero di entrare in campo senza problemi. La notò insieme ai suoi genitori e andò verso di loro.

Mentre si avvicinava, sentì la madre rimproverarla, così come lo sentirono tutti quelli che si trovavano nelle vicinanze.

«Non so cosa diavolo sia successo oggi, ma è stata una cosa vergognosa. Patetica! Sei arrivata quasi ultima nella gara di nuoto! Se avessi fatto del tuo meglio, saresti potuta partire al decimo posto. E ho sommato i tempi nella corsa: saresti arrivata terza se non avessi fatto quel disastro in piscina!»

«Sul serio, hai deluso *tutti*» aggiunse il padre, scuotendo la testa.

Doc aveva sentito abbastanza.

Si avvicinò alle sue spalle e le mise le braccia intorno alla vita, attirandola a sé, facendo comunque attenzione a non spingere sul braccio sinistro, che doveva farle male da morire. «Sei stata fantastica» le disse, dopo averle baciato la tempia con dolcezza.

«Mi scusi!» sbraitò sua madre. «Non ha il diritto di toccare mia figlia!»

Ember si girò tra le sue braccia e lui vide il dolore nei suoi occhi. Ma gli sorrise. Era un sorriso falso, ma Doc non fu sorpreso che stesse nascondendo i suoi sentimenti. C'era troppa gente in giro.

«Ciao. Grazie.»

«Sei pronta ad andare via?» le chiese.

«Non tornerà al dormitorio» si intromise suo padre. «Verrà in hotel con noi così potremo discutere di come diavolo salvare questo fiasco. Dobbiamo capire cosa dire su Instagram per rigirare la cosa a nostro favore.»

«Scusa, papà» disse Ember, «ma vado con Craig.»

«No, non credo proprio» insistette la madre.

«*Sì* invece, mamma. Vi voglio bene e apprezzo tutto ciò che avete fatto per me, ma ho bisogno di rilassarmi stanotte. Mi dispiace di avervi deluso. Domani verrò in hotel e potremo parlare.»

«Non basta, signorina! Inoltre, non so perché hai bisogno di rilassarti. Dobbiamo capire cos'è andato storto in modo da poterlo risolvere per le prossime Olimpiadi. Abbiamo molto lavoro davanti a noi.»

«Noi?» ribatté Ember. «Non vi ho visti su quel percorso stasera.»

I suoi genitori la fissarono stupiti per un momento, poi sua madre socchiuse gli occhi. «Ti sbagli. Abbiamo rinunciato alla nostra *vita* per te. Per questo momento. E hai mandato tutto all'aria!»

«Non vi ho chiesto io di farlo.» Parlò con calma, ma la sentì tremare contro di lui, e le strinse il braccio intorno alla vita in segno di sostegno.

«Ripeto» continuò, «mi dispiace di avervi deluso. E anche tutti i miei allenatori e quelli che mi hanno aiutato ad allenarmi, ma ho dato tutta me stessa, e il fatto che tu non possa essere felice che io sia arrivata qui, che abbia gareggiato alle *Olimpiadi*, rivela più cose di te che di me. Verrò in hotel domani e potremo parlare quando saremo tutti meno emotivi.»

«Quindi celebrerai il tuo fallimento facendo sesso con lui?» domandò con furia sua madre. «È bianco!»

Doc si irrigidì.

«Ho venticinque anni, mamma. Non è affar tuo con chi faccio sesso. Cosa ancora più importante, non posso credere che proprio tu tiri fuori la questione della razza. Se voglio fare sesso con un uomo bianco, nero o un alieno viola a due teste, lo farò. Sono un'adulta, ed è ora che iniziate a trattarmi come tale.»

«Lo faremo quando inizierai a comportarti come tale» intervenne suo padre.

«Ora basta» disse Doc. Non sarebbe rimasto lì ad ascoltare i suoi genitori farla a pezzi. Era sconvolto dal modo in cui le stavano parlando. Sapeva che lo facevano perché erano delusi, ma doveva portarla via prima che qualcuno dicesse qualcosa che avrebbe potuto danneggiare per sempre il loro rapporto.

Si voltò, continuando a tenerle un braccio intorno alla vita mentre la allontanava dai suoi genitori, che per fortuna non dissero più nulla, cosa di cui fu grato.

«Probabilmente la gente scatterà delle foto» mormorò Ember.

Doc si fermò e cambiò direzione. Invece di uscire dal cancello principale, andò verso quello da cui era entrato prima, riservato agli atleti e agli ufficiali di gara. Tirò fuori il telefono e toccò il nome di Grover.

«Che succede? Tutto bene?» gli chiese, invece di salutarlo.

«Quanto sei lontano? Puoi tornare a prenderci?»

«Certo. Dammi dieci minuti.»

«Saremo all'ingresso riservato agli atleti. Temo che ci sia troppo movimento a quello principale.»

«Ricevuto. Prenderò la golf cart con i vetri oscurati.»

«Grazie.»

«A presto.»

Doc chiuse la chiamata. I responsabili coreani avevano fornito decine di golf cart speciali per i Giochi, ed era felice che Grover avesse pensato di prenderne una.

Si fermò a poca distanza dalla porta, non volendo uscire finché il suo compagno non fosse arrivato, nel caso in cui i fan stessero aspettando fuori. «Stai bene?» le chiese. «È stato piuttosto intenso.»

«Sì» rispose, con un altro sorriso falso.

Era ovvio che non stesse bene, ma non aveva intenzione di insistere in quel momento. «Per la cronaca... penso che Grover voglia reclutarti. Qualunque cosa ti prometta, non credergli.»

Il suo sorriso si addolcì, e ora era un po' più genuino.

«Ma sul serio, hai sparato incredibilmente bene.»

«È strano. Ho sempre faticato a concentrarmi sul mio obiettivo. È difficile bloccare i rumori delle altre concorrenti, soprattutto quando sai che hanno fatto cinque centri e possono proseguire, ma oggi non ne ho sentito quasi nessuno. Sapevo di non essere più in lotta per la medaglia e probabilmente ha aiutato. Inoltre, non ho potuto fare a meno di pensare a ieri sera. Quella è stata una questione di vita o di morte. La gara? Anche se erano le *Olimpiadi*, non c'era confronto. È stato più facile non essere tesa e fare semplicemente ciò per cui mi sono allenata.»

«Hai mancato quanti colpi? Tre su venti?»

«Qualcosa del genere» rispose con modestia.

«Mi piacerebbe portarti al poligono» rifletté Doc. «Fregheresti tutti. Potremmo coinvolgere qualcuno in una competizione amichevole. Penserebbero che sei troppo bella per riuscire a colpire un bersaglio anche più grande, e poi... sbam! Faresti centro a ogni colpo e li schiacceresti.»

Ember ridacchiò. «Non sarebbe molto carino.»

«Non importa. Ne varrebbe la pena per vedere la loro espressione quando li batti.» Doc fu sollevato di vedere che si era un po' rilassata grazie alle loro battute.

«Mi piacerebbe venire a sparare con te. Tu e il tuo team vi allenate ogni giorno?»

«Ci proviamo. È importante che restiamo in forma.»

«Amo correre. È una delle cose che preferisco fare. Posso perdermi nella mia testa e bloccare tutto il resto. Forse sono le endorfine o lo sballo del corridore o altro, ma ho sempre amato una bella corsa lunga.»

«Sei una persona mattiniera?»

«Assolutamente. Di solito vado a dormire verso le otto e mezza, nove. So che è abbastanza ridicolo, ma mi alzo intorno alle quattro e mezza per andare in palestra. Nuoto prima di fare qualsiasi altra cosa.»

«Un'altra cosa che abbiamo in comune» le disse Doc con un sorriso. «Non ho bisogno di dormire tanto quanto te, ma mi piace alzarmi e iniziare la giornata presto. Mi piacerebbe correre con te, e anche nuotare. Direi che stiamo bene insieme.»

Lo fissò intensamente e lui ricambiò lo sguardo. Avrebbe voluto dirle tante cose, ma non era il momento né il luogo. Le posò una mano sulla guancia. «Sei stata straordinaria oggi.»

Le si riempirono gli occhi di lacrime, ma scosse la testa e si rifiutò di lasciarle cadere. «Non posso farlo adesso. Per favore.»

«Va bene, Em, va tutto bene. Capisco.» Ed era vero. Ember si stava aggrappando alla sua compostezza con le unghie e con i denti, e l'ultima cosa che voleva era crollare in pubblico. Per fortuna, vide Grover fermarsi davanti all'ingresso. Le posò una mano sulla schiena e la condusse fuori.

«Ottimo lavoro oggi!» le disse una delle guardie.

«Grazie» rispose.

«Spero di rivederti tra quattro anni! Li schiaccerai tutti. Lo so!»

Ember sorrise e gli fece un cenno con la mano, lasciandosi condurre verso il veicolo. Doc tenne sollevato il finestrino di plastica colorato e lei si infilò sul sedile posteriore. Non appena lui si sedette accanto, Grover partì.

Tornarono in silenzio verso il villaggio olimpico. L'entrata principale ora era chiusa, quindi si diressero verso una delle altre. Nel giro di dieci minuti, arrivarono davanti al dormitorio e Doc saltò giù con Ember al seguito.

Senza pensarci, le prese la mano.

«Siamo di pattuglia tra tre ore» gli ricordò il suo amico.

Doc annuì. Aveva scambiato i turni con altri membri delle forze speciali per poter guardare Ember competere. Non si trattava di un turno completo, dato che aveva lavorato alcune ore quella mattina, ma non aveva voluto perdersi la sua gara finale, e Grover si era offerto di accompagnarlo. Aveva gli amici migliori del mondo.

«Hai fame?» le chiese mentre entravano.

Lei scosse la testa.

Non ne era convinto, ma non insistette; stava praticamente fremendo accanto a lui. Ember salutò gli atleti che oltrepassarono e li ringraziò quando si congratularono con lei, ma non disse molto altro.

La condusse alla sua camera e aprì la porta. Lei entrò e rimase in piedi in mezzo alla stanza senza muoversi. Doc non riuscì a trattenersi, andò da lei come se la sua vita fosse dipesa da quello. La fece girare e vide che finalmente stava lasciando scendere le lacrime che aveva ostinatamente tenuto a bada.

Quando quasi si soffocò in un singhiozzo, il suo cuore si spezzò per lei. La prese tra le braccia e sentì le sue gambe cedere, così si sedette sul pavimento duro portandola con sé e la strinse, mentre crollava in un pianto disperato. Doc non le disse di smettere, non le promise che sarebbe andato tutto bene, si limitò a lasciarla sfogare.

Si era fatta il culo per anni solo per quel giorno, e non era finita come aveva sperato. Odiava che sua madre avesse accennato che avrebbe vinto una medaglia se non avesse fatto così male nella gara di nuoto. Era stato come gettare sale in una ferita aperta. Era una cosa insensibile e crudele, e Doc era furioso che lei avesse dovuto subirlo.

Di certo, era consapevole di quale sarebbe stato il suo risultato se non si fosse lussata la spalla, il che le rendeva più difficile accettare quel finale di gara.

«Mi dispiace. Mi dispiace tanto, Em» mormorò Doc, cullandola avanti e indietro mentre lei gli inzuppava la maglietta di lacrime. «Se potessi tornare indietro e cambiare tutto, lo farei. Non avrei dovuto essere così brusco con te. È colpa mia. Dio, mi dispiace così tanto.»

Ember scosse la testa contro la sua spalla. «N-no...»

«È così» insistette, interrompendola. «Ma sono anche così dannatamente orgoglioso di te che non riesco nemmeno a esprimerlo. Sai di quante persone mi sarei fidato per farmi coprire le spalle come hai fatto tu ieri? Sei. Trigger, Lefty, Brain, Lucky, Grover e Oz... che non hai ancora incontrato. E di nessun altro, perché avrei temuto che in qualche modo avrebbero sparato a me invece che al nemico. Che sarebbero scappati, lasciandomi vulnerabile. E prima di ieri, non avevo mai dato la mia arma di riserva a un civile, ma non ci ho pensato due volte a consegnartela. Ho rovinato il tuo sogno olimpico e passerò il resto della mia vita a prendermi a calci in culo per questo, ma nessuno mi ha mai impressionato così tanto come hai fatto tu ieri sera.»

Le sue parole sembrarono farla piangere di più, quindi decise di stare zitto e limitarsi a tenerla stretta, a darle il supporto che avrebbe dovuto ricevere dai suoi genitori.

Ci volle un po', ma alla fine i suoi singhiozzi diventarono più radi. «Penso che mi si sia addormentato il sedere» borbottò lei.

Doc sorrise, si mise in ginocchio e poi in piedi, sempre con Ember tra le braccia, che non si fece prendere dal panico e non si comportò come se avesse paura che l'avrebbe lasciata cadere, ma si limitò ad avvolgere le braccia intorno al suo collo e rimase aggrappata a lui mentre la portava sul letto. Quando si sedette, se la mise di traverso sulle ginocchia, portò la mano sul suo viso e le asciugò le lacrime prima su una guancia e poi sull'altra.

«Ti senti meglio?»

Scrollò le spalle. «Un po'.»

«Bene. Vuoi parlare di oggi?»

Ember sospirò. «La gara di scherma è andata bene. Ero un po' sbilanciata, ma ho tenuto duro. Nel salto ho avuto fortuna perché mi hanno dato un buon cavallo e ho compensato la spalla con il braccio destro, ma ero in una posizione un po' sbilenca e ciò ha confuso l'animale. A quel punto, Lonnie, il mio allenatore di nuoto, e i miei genitori, avevano capito che qualcosa non andava, ma non sapevano cos'era successo. Questa mattina abbiamo parlato un po' dell'attacco, ma non ho detto loro che ero rimasta coinvolta.»

«Perché?»

Incontrò il suo sguardo e disse: «Perché sei della Delta Force. Ne so abbastanza da sapere che ciò che fai è top secret.»

Doc chiuse gli occhi e cercò di controllare le sue emozioni. Quella donna era dannatamente perfetta e lui non aveva idea di come far funzionare le cose tra loro; si trovavano in una situazione impossibile.

Sembrava che lei non si fosse nemmeno resa conto di aver appena sconvolto il suo mondo, perché continuò a parlare. «Sapevo che nella gara di nuoto avrei fatto malissimo. Negli altri sport potevo cavarmela senza usare il braccio sinistro, ma nello stile libero servono entrambe. Mi faceva veramente molto male, ma mi sono sforzata di finire. Ovviamente il mio tempo ne ha sofferto.»

«Sei davvero impressionante» le disse con dolcezza.

«In questo momento, mi sento praticamente una fallita. Sono sicura che i miei follower saranno arrabbiati per com'è andata.»

«Fanculo a loro!» esclamò Doc.

Ember sembrò sorpresa per un secondo, poi sorrise.

«Dico sul serio. È facile sedersi dietro una tastiera e giudicare, ma non sono stati loro ad allenarsi per oltre dieci anni della loro vita. Non hanno nuotato con una spalla lussata il giorno prima. Non sono stati loro ad affrontare, con nient'altro che una pistola, un terrorista alla guida di un furgone probabilmente pieno di esplosivo.»

«Lo so.»

«Davvero? Sul serio, Em, sei molto più di un profilo social. Gli stronzi saranno sempre stronzi. Anche se avessi vinto l'oro, avrebbero detto che hai barato in qualche modo, che sei stata trattata diversamente a causa del colore della tua pelle o che hai pagato qualcuno per vincere. Ma *tu* sai cos'hai fatto. E lo so *io*. Non ho parole per esprimere quanto sono orgoglioso di te.»

«Hai ragione.»

«Certo che sì» scherzò.

Sorrise, e fu un vero sorriso, così si rilassò un po'.

«Devo essere sincera, tutto questo ha reso più facile prendere la decisione su cosa fare della mia vita. Se avessi vinto una medaglia, tutti avrebbero voluto che continuassi, ma ora spero di potermi ritirare e svanire.»

Doc scoppiò a ridere.

Ember gli diede una pacca sul braccio. «Che c'è di così divertente?»

«Tu. Pensi davvero che svanirai dai ricordi della gente. Em, sei così bella, dentro e fuori. Le persone sono attratte da te. Perché credi di avere così tanti follower?»

«Perché i miei genitori li hanno pagati?» chiese ironicamente.

«No. Perché sei una luce che risplende. Non sei tu che gestisci i tuoi account e la maggior parte delle foto pubblicate sono preparate, ma i tuoi follower vedono comunque quanto sei speciale. Sei qualcuno a cui vogliono stare vicino, con cui vogliono essere amici. Non ho dubbi che qualunque cosa tu decida di fare nella tua vita, eccellerai.»

I suoi occhi si riempirono di nuovo di lacrime.

«Merda, non volevo renderti triste.»

«Non sono triste. Sono felice. Riconoscente. Sollevata.»

«Allora... che piani hai adesso?» non poté fare a meno di chiedere.

«Domani andrò a parlare con i miei genitori, dirò loro che voglio una pausa. Dal pentathlon, dai social... da tutto quanto.»

«E come pensi che la prenderanno?»

«Andranno fuori di testa, ma non mi interessa.»

«Se le cose dovessero farsi troppo intense... puoi sempre venire in Texas» disse, e avrebbe voluto sembrare disinvolto, ma sapeva di aver fallito.

Ember lo fissò. «Davvero?»

«Sì. Potrei portarti a sparare e potresti dimostrare alla squadra che sei più brava di loro. Potresti conoscere Oz e il suo bambino, che nascerà da un giorno all'altro, e ovviamente le altre donne. So che ti piacerebbero, e tu piaceresti a loro. Potremmo andare a correre, anche se in Texas fa più caldo di quanto sei abituata e non ci sono belle spiagge. Però i tramonti possono essere piuttosto sorprendenti.» Doc sapeva che stava blaterando, ma non voleva smettere di parlare per paura che lei dicesse che non se ne sarebbe mai andata da Beverly Hills.

«Credo che mi piacerebbe» disse con dolcezza.

Non aveva acconsentito ad andare, ma non gli aveva nemmeno detto che era pazzo.

Non riuscì a impedirsi di abbassare la testa; in quel momento aveva bisogno di baciarla più di qualsiasi altra cosa. Non aveva dimenticato il loro primo bacio e quanto era stato perfetto.

Lei lo incontrò a metà strada, sollevando il mento e stringendo la mano sulla sua nuca. Doc chiuse gli occhi e sospirò di sollievo quando le loro labbra si incontrarono. Non aveva fretta, voleva mostrare a Em quanto fosse preziosa per lui.

Rimasero a baciarsi sul letto per diversi minuti. Doc si sforzò per impedire alle sue mani di vagare, non importava quanto avrebbe voluto sdraiarla sul materasso e fare l'amore con lei.

Con una mano le stava sostenendo la testa mentre con

l'altra le stringeva la coscia appena sopra il ginocchio. Non era riuscito a impedire al suo cazzo di diventare duro nell'istante in cui le loro labbra si erano incontrate, ma lei non sembrava essere offesa dalla sua evidente eccitazione.

Per lui era perfetta. Gli piaceva tutto di Ember. I suoi muscoli, il modo in cui si abbandonava a lui mentre si baciavano, come all'inizio gli permetteva di prendere il controllo, ma poi se ne riappropriava. Si sentiva a suo agio con lei come non si era mai sentito con nessun'altra donna.

Quando si staccarono, ansimavano entrambi.

Le sue pupille erano dilatate e non c'era traccia di lacrime. Gli occhi erano ancora un po' rossi per aver pianto, ma tutto ciò che riusciva a percepire di lei era il suo desiderio.

Doc era quasi pronto a suggerire di sperimentare la doccia insieme quando la pancia di Ember brontolò forte.

Lei gemette, appoggiando la fronte contro la sua spalla. «Oh, Dio. Che imbarazzo.»

«Hai bruciato molte calorie oggi» disse Doc con un sorriso, amando la sensazione di averla tra le braccia. «Che ne dici di farti una doccia mentre io scendo in mensa e vedo cosa riesco a trovare?»

«Qui?»

«Qui cosa?»

«Posso fare la doccia nella tua stanza?»

«Cazzo, sì. Puoi fare praticamente quello che vuoi.»

Sorrise, ma poi si fece seria. «Craig?»

Amava il modo in cui il suo nome suonava sulle sue labbra. Non aveva mai veramente compreso perché ai suoi amici piacesse che le loro donne li chiamassero con quello di battesimo, ma ora aveva capito. Era qualcosa di speciale, solo tra loro. «Sì?»

«Non so cosa mi riserverà il futuro, ma non voglio rinunciare a te.»

«Allora non farlo» replicò semplicemente. «Ma devi sapere che non posso trasferirmi in California. Ho un obbligo nei confronti del mio team, dell'esercito e del mio Paese. Sono alla loro mercé.»

«Capisco perfettamente e lo rispetto.»

Non disse altro e Doc non ebbe il coraggio di chiederle cosa tutto ciò significasse per loro. «Se ti alzi, vado a prenderti del cibo.»

Lei non si mosse, si limitò a fissarlo negli occhi. Dopo un attimo, doveva aver deciso qualcosa, perché annuì prima di scendere lentamente dalle sue ginocchia. Abbassò gli occhi e sorrise. «Riuscirai a camminare così?»

Doc si alzò e fece una smorfia. «Si sgonfierà... forse.»

Ember si avvicinò a lui e lo abbracciò.

«Questo non sta aiutando» le disse con sincerità.

Quando lo lasciò andare, notò che era davvero rilassata per la prima volta da quando aveva terminato la gara. «So di averlo già detto, ma lo dirò di nuovo, perché penso che ora abbia più significato. Non mi pento di ciò che è successo ieri sera. Non posso negare di essere delusa di non aver fatto meglio oggi, ma essere lì al tuo fianco a proteggere gli altri, è stato molto più importante di una stupida medaglia.»

«Nessuno saprà mai cos'hai fatto» le disse solennemente.

«Mi sta bene. Dico sul serio. Ero triste, delusa e sconvolta e ho pianto, ma ora sto bene. Abbiamo salvato la vita di molte persone.»

«È così» concordò.

«Nel grande schema delle cose questo è molto più importante. Mi sono sempre lamentata di essere famosa senza fare nulla di speciale, quando ci sono così tante altre persone là fuori che fanno cose incredibili. Inoltre, ho un sacco di soldi ottenuti semplicemente facendomi fotografare con un certo cosmetico o menzionando una marca o l'altra. Ieri sera, invece, ho fatto qualcosa. *Noi lo abbiamo* fatto. Qualcosa di significativo. È davvero meraviglioso.»

Doc non riuscì a resistere e la baciò di nuovo, stringendola mentre le divorava la bocca. Quando si tirò indietro, le diede un bacio sul naso e uno sulla fronte. «Sì, è meraviglioso. *Tu* sei meravigliosa. Ora fai la doccia prima che il tuo stomaco cerchi di mangiarti dall'interno. Tornerò tra una ventina di minuti. È sufficiente?»

«Assolutamente» rispose.

Doc annuì, poi con riluttanza sciolse l'abbraccio. Si girò e si diresse verso la porta, sapendo che se non se ne fosse andato subito, avrebbe potuto non volerla più lasciare andare.

———

Due ore e mezza più tardi, Ember era sulla soglia della sua camera con Craig.

Si era fatta la doccia, lui aveva portato un sacco di cibo dalla mensa e avevano parlato e riso insieme, finché non le aveva detto che doveva prepararsi per il suo turno.

Era esausta. Aveva preso altri antidolorifici e con tutto ciò che era successo, era pronta a buttarsi a letto. Craig l'aveva accompagnata nella sua stanza e aveva portato dentro il suo zaino. Ora si stavano salutando. Si conoscevano solo da pochi giorni, ma sembravano più di una vita. Erano successe così tante cose che avevano consolidato la loro amicizia... e la loro relazione.

«Stai attento stasera» gli disse.

«Lo farò. Starai bene senza le tue stelle?» le chiese.

«Sì, mi addormenterò prima che la testa tocchi il cuscino.»

«Bene. Tanto perché tu lo sappia, in Texas ci sono panorami stellari davvero incredibili. C'è meno inquinamento luminoso e tutto il resto.»

Ember sorrise. Era adorabile. Non aveva deciso cos'avrebbe fatto della sua vita, ma non poteva negare di essere eccitata per il futuro. Aveva alcune idee in un angolo della mente che era pronta a mettere in pratica. Sperava di poter includere anche Craig in quei piani, ma non era ancora pronta a impegnarsi in nulla. Doveva parlare con i suoi genitori e mettere ordine nella sua vita prima di poter fare promesse o progetti concreti.

«Lo terrò a mente.»

«Fallo. Hai il mio indirizzo, il numero di telefono e la mail» le ricordò. «Usali.»

«Certo. E non esitare a contattarmi anche tu.»

«Oh, non preoccuparti, lo farò.»

Adorava che non fosse affatto timido.

«Domani mi farai sapere com'è andata con i tuoi genitori?»

«Sì.»

«Non permettere loro di farti sentire in colpa. Hai fatto un ottimo lavoro oggi» le disse.

«Ci proverò.»

«Ricorda che sono orgoglioso di te e che Trigger ti ha chiamata tosta. E anche gli altri ragazzi della squadra sono rimasti colpiti. Sei incredibile, Em. Non dimenticarlo.»

Ember non riusciva a resistere a quell'uomo. C'era qualcosa in lui che la attirava. Si alzò in punta di piedi e lo baciò. Con forza. Le lacrime minacciarono di scendere, ma le respinse.

«Questo non è un addio» disse con decisione.

«No, non lo è. Parlerò con il mio comandante per vedere se posso avere un po' di ferie per venire in California a trovarti.»

«Veramente?»

«Sì, certo. Non so come faremo a farlo funzionare, ma voglio provarci.»

Fu tutto ciò che Ember aveva bisogno di sentire. I piani nella sua testa divennero ancora più chiari. «Ok» si limitò a replicare.

«Bene.» Lo sguardo di Craig vagò sul suo viso, come se stesse cercando di memorizzarlo.

«Oh! Non ho nemmeno una tua foto. Ti va di farti un selfie con me? Prometto che non lo metterò sui social. È solo per me.»

«Certo che sì.». La girò in modo che fosse al suo fianco e lei tirò fuori il telefono dalla tasca, lo sollevò dopo aver attivato la fotocamera e lo portò davanti a sé. Per la prima volta da molto tempo, non dovette preoccuparsi se il trucco era perfetto o se l'illuminazione era giusta. Voleva solo una foto di loro due insieme.

Toccò il pulsante per scattarla e rise alla vista della breve anteprima. «Non stavi nemmeno guardando!» esclamò.

«Scusa, prova di nuovo.»

Lo fece e fu soddisfatta di aver catturato entrambi mentre guardavano l'obiettivo.

«Ci sentiamo presto» le disse.

Era il momento. Doveva andare.

«Ok.»

Craig si staccò e fece un passo indietro uscendo in corridoio. «Mi mancherai» sussurrò.

Si sentì sciogliere il cuore. «Mi mancherai anche tu.»

«Sii forte, Em. Sei una donna straordinaria.»

«Lo sarò.»

«Non è un addio» ribadì Craig.

«A presto» disse Ember.

«A presto» ripeté lui. Poi si girò, allontanandosi.

Odiando vederlo andarsene, tornò dentro e chiuse la porta. Guardò il telefono che aveva ancora in mano e ci cliccò sopra per vedere le foto che aveva appena scattato.

L'ultima era carina. Entrambi avevano dei sorrisi sciocchi e anche se i suoi capelli erano molto scompigliati e la fronte di Craig era lucida a causa della luce sul soffitto, la adorava. Passò alla prima immagine, quella in cui lui non stava guardando la fotocamera, e si bloccò...

Lui la stava fissando con un'espressione così intima che sapeva avrebbe fatto tesoro di quella foto per sempre. Ember stava sorridendo mentre gli occhi di Craig erano incollati a *lei*. Aveva un piccolo sorriso sulle labbra e l'ammirazione nel suo sguardo quasi usciva dallo schermo.

Dio. Qualcuno l'aveva mai guardata in quel modo? Se era successo, non lo riusciva a ricordare.

Desiderava quell'uomo. Punto. Non aveva idea del motivo per cui fosse ancora single, magari era uno sciattone. O aveva un problema con l'alcol. O si comportava da completo stronzo dopo aver conosciuto una donna. Ma non pensava che fosse così.

Si erano trovati nel posto giusto al momento giusto per incontrarsi, salvare vite e legarsi.

Ember era pronta a voltare pagina e il Texas sembrava sempre di più il luogo perfetto per mettere in atto i suoi piani.

Prima doveva occuparsi della sua vita in California. Non sarebbe stato facile, ma era determinata a smettere di essere Ember Maxwell star dei social, e iniziare a essere semplicemente... Em.

———

Alex si accigliò fissando il telefono. Non poteva crederci, Ember Maxwell aveva fallito!

Era incomprensibile.

Era destinata a essere un'atleta straordinaria, eppure, una volta arrivato il momento di dimostrarlo, aveva ceduto. Era un imbarazzo per lo sport e per tutti gli atleti e gli allenatori che l'avevano supportata e aiutata a prepararsi nel corso degli anni.

Inoltre, il suo fallimento aveva posto fine anche ai sogni di Alex.

La performance di Ember era stata un enorme schiaffo in faccia dopo tutto l'incoraggiamento che le aveva dato!

Alex era sempre tra le prime persone che la difendevano quando qualcuno la offendeva online. Aveva supportato insulti e messaggi privati minacciosi sui commenti di solidarietà verso la splendida atleta. Aveva inviato alla donna che ammirava, e a cui si ispirava, centinaia di dollari in regali.

Aveva voluto essere proprio come lei, avere successo, fama e adorazione... e nel corso degli anni l'aveva sempre supportata.

E per *cosa*? Perché lei *fallisse*? Era deplorevole. Incredibile!

Esplose di rabbia pensando a tutti gli anni di messaggi di incoraggiamento che aveva sprecato per quell'inutile stronza. *Quindicesimo posto*? L'altra donna della squadra degli Stati Uniti non era brava nemmeno la metà e si era classificata decima!

Anni di ammirazione si trasformarono in odio nel tempo di un respiro.

Ember non *meritava* il sostegno di nessuno. Non meritava tutte le cose belle dette su di lei. Non meritava che Alex l'avesse difesa dai troll di internet nel corso degli anni.

A pensarci bene... non aveva risposto a quei messaggi o ai commenti nemmeno *una volta*.

Non aveva inviato un ringraziamento per nessuno dei regali.

Non era altro che una *stronza* e si sarebbe pentita di aver respinto la sua amicizia!

Se pensava che le persone fossero cattive, non aveva ancora visto nulla. Il suo fallimento alle Olimpiadi era stato un'enorme dimostrazione di mancanza di rispetto e un tradimento, e non le avrebbe permesso di farla franca. *Assolutamente no*.

Ember avrebbe subito la sua furia e si sarebbe pentita di non averci provato di più. Di non aver *vinto*.

Il secondo posto era per i perdenti, ma il quindicesimo...

Era una condanna a morte.

CAPITOLO OTTO

Doc fissava il suo cortile dalla finestra e notò a malapena i conigli che saltellavano in giro. Aveva comprato quella casa appena si era trasferito a Killeen. Si trovava in un quartiere multietnico piuttosto vecchio e la adorava, ma aveva bisogno di molto lavoro che stava facendo lui stesso. Gli teneva la mente occupata quando non era in missione e aiutava a tenere a bada i suoi demoni.

In genere, non aveva flashback o un disturbo post-traumatico da stress causato dalle missioni a cui aveva partecipato, ma nell'ultima settimana non era riuscito a togliersi dalla mente quello che era successo in Corea del Sud.

Odiava aver fatto male a Ember, ma ciò che lo turbava di più era il pensiero che se fossero arrivati due minuti prima o dopo, l'esito dell'attacco delle Armate Rosse Giapponesi avrebbe potuto essere diverso. Ember avrebbe potuto essere uccisa.

La visione di lei sdraiata in mezzo alla strada sanguinante e morente, lo perseguitava.

Da quando era tornato in Texas le aveva parlato tutti i giorni, ma non era la stessa cosa che vederla. Aveva la sensazione che gli stesse nascondendo molto di ciò che stava accadendo a casa. Razionalmente, comprendeva il motivo: si conoscevano solo da pochi giorni, anche se in quel breve lasso di tempo avevano legato molto.

Nemmeno durante le chiamate su FaceTime riusciva a interpretare le sue espressioni come aveva fatto di persona. Gli diceva che le cose andavano bene, ma lui percepiva *qualcosa* nel suo tono. Avrebbe voluto esserci per lei, sostenerla, incoraggiarla.

Gli aveva detto di aver cambiato tutte le password dei suoi profili e, com'era prevedibile, i suoi genitori e i gestori dei social non ne erano stati contenti. Aveva accennato all'arrivo di altri grandi cambiamenti, e anche se Doc era elettrizzato dal fatto che stesse prendendo il controllo della sua vita, era comunque preoccupato per lei.

Avrebbe voluto andare in California, ma in quel momento a Killen le cose erano piuttosto impegnative. Riley aveva partorito una bambina perfetta e paffuta che avevano chiamato Amalia. Logan e Bria erano al settimo cielo per la loro nuova sorellina, e Oz non poteva essere più orgoglioso e sollevato che tutti fossero in buona salute.

Poi c'era Grover. Dopo aver ricevuto la lettera di Sierra, in ritardo di quasi un anno... non se la stava passando bene. Proprio quel giorno, la squadra aveva fatto una riunione per cercare di capire come diavolo muoversi.

All'improvviso il cellulare di Doc squillò, interrompendo le sue riflessioni. Lo tirò fuori dalla tasca e sorrise quando vide che era Ember.

«Ehi, Em.»

«Ciao.»

Capì subito che qualcosa non andava. Si allontanò dalla finestra per sedersi sul divano. Voleva potersi concentrare al cento per cento su ciò che aveva da dirgli. «Cosa c'è che non va?»

Lei ridacchiò. «Perché quando ti telefono pensi automaticamente che ci sia qualcosa che non va? Non posso chiamarti solo per salutarti?»

«Certo che puoi, e sono felice di poter parlare con te il più possibile, ma ti conosco. Sento che qualcosa non quadra.»

Sospirò. «Com'è possibile che ci conosciamo da così poco tempo, ma mi capisci meglio delle persone con cui sono stata tutta la vita?»

Doc non aveva una risposta, almeno non una razionale. «Dimmi cosa c'è, Em.»

«Oggi è stato... difficile.»

«Aspetta, dove sei adesso?» le chiese.

«In un hotel. Avevo bisogno di una pausa dalla mia famiglia e... da tutto.»

La preoccupazione di Doc aumentò. «Cosa posso fare per aiutarti?»

«Questo. Parlarmi. Ascoltarmi.»

«Ok. Oggi dovevi parlare con i tuoi genitori. Immagino che non sia andata bene.»

«A essere sincera è andata proprio come mi aspettavo. Non sono contenti che mi sia ritirata dalle competizioni. Mi hanno detto che stavo buttando via oltre un decennio di duro lavoro. Che non aver vinto una medaglia alle Olimpiadi è il risultato per essere stata testarda e stupida e aver voluto alloggiare al villaggio invece che in un hotel con loro. In sostanza, mi hanno accusata di essere egoista e di comportarmi come una bambina. Volevano che mi concedessi altri quattro anni, per espiare il mio "fallimento", come l'hanno chiamato. Ho rifiutato. Hanno urlato. Mia madre ha pianto. Mio padre ha fatto la sua faccia delusa.

Ma è stato quando ho detto loro che avevo chiuso anche con Ember Maxwell l'influencer dei social, che hanno *davvero* perso la testa.»

«Non vogliono perdere il controllo su di te.»

«Sì, ma penso che siano anche preoccupati. Mi hanno fatto fare un sacco di soldi, che hanno messo in più conti a mio nome. Sì, ci sono anche loro su quei conti, ma i soldi sono miei e lo sanno. Potrei fregarli e penso che abbiano paura di perdere quella fonte di reddito.»

Doc annuì. Poteva capirlo. «Hai detto loro che non li avresti mai lasciati senza un soldo?»

Quando non rispose immediatamente, aggrottò la fronte. «Em?»

«Si, sono qui. Come fai a sapere che non lo farò?»

«Di andartene con tutti i soldi? Perché sei troppo buona per fare una cosa del genere. Sì, i tuoi genitori ti hanno spinta al massimo. Ti hanno sopraffatta e obbligata a fare cose che non volevi, ma li ami. Ne sono certo. Hai detto più volte che hai apprezzato la loro pressione, anche se non ti sono piaciute tutte le decisioni che hanno preso per tuo conto. Non li lasceresti mai sul lastrico così come non potresti camminare accanto a qualcuno che soffre senza cercare di aiutarlo.»

«Vedi? Mi conosci meglio di loro! Pensavano davvero che li avrei lasciati senza un centesimo. È *assurdo*. Ho detto che non l'avrei mai fatto, che non avrebbero avuto problemi per il resto della loro vita, anche se avessi disattivato tutti i miei profili e fossi scomparsa dalla faccia della terra.»

«È ciò che hai intenzione di fare?» Non poté fare a meno di chiedere. «Disabilitare tutti i tuoi account?»

«No. Ci ho riflettuto. Ho pensato che sarebbe stato un grande sollievo, ma poi ho deciso che sarebbe stato stupido. Ho questa piattaforma enorme che i miei genitori hanno costruito da zero. Venticinque milioni di persone che vedono ciò che pubblico. Sarebbe irresponsabile gettare via tutto quando potrei usarla per qualcosa di utile. Invece di postare foto di me stessa, potrei provare a portare alla luce le ingiustizie sociali. Voglio fare la differenza nel mondo, Craig, e penso di poter usare i social per farlo.»

«Lo penso anch'io» concordò Doc. «Puoi fare qualsiasi cosa ti venga in mente, ne sono certo. Sei una donna straordinaria.»

«Grazie. Ho anche parlato a lungo con Alexis, Harris, Betty e Samer. Sono le persone che hanno gestito i miei account. Sono rimasti tutti piuttosto scioccati quando ho cambiato le password, sostanzialmente bloccandoli. Soprattutto Alexis. In realtà si è incazzato, dicendomi che non sapevo cosa stavo facendo e che avrei rovinato anni del suo duro lavoro.»

«Che cos'hai intenzione di fare con loro?»

«Farò in modo che ricevano qualche mese in più d'indennità di fine rapporto e proverò a vedere se i miei genitori riescono a procurare loro un altro impiego.»

«Come l'hanno presa?»

Ember sospirò. «Non erano entusiasti. Penso che lavorare per me sia stato un compito abbastanza facile, tutto considerato. Alexis si è precipitato fuori dalla stanza, Harris e Betty hanno sussurrato qualche appellativo, ma se ne sono andati con meno rabbia rispetto al loro collega.»

«E Samer? Era uno di quelli presenti alle Olimpiadi, giusto?»

«Sì. In realtà mi ha augurato ogni bene. Ha detto che se c'è qualcuno che può fare buone azioni usando i social, quella sono io, e che se avessi avuto delle domande non avrei dovuto esitare a contattarlo, cosa che ho apprezzato molto.»

«Sembra incoraggiante. Pensi che gli altri ti creeranno problemi?»

«Spero di no» rispose con enfasi. «Ma vedremo. A ogni modo, dopo aver parlato con tutti, sono andata in palestra per incontrare i miei allenatori e gli atleti con cui mi sono allenata in questi anni. Mi sono scusata per la mia prestazione alle Olimpiadi e...»

«Questa è una stronzata» la interruppe Doc. «Non dovresti scusarti per aver fatto del tuo meglio.»

«Non mi hai lasciato finire» replicò con una piccola risata. «Più o meno tutti hanno detto la stessa cosa. Ho spiegato che mi ero lussata la spalla, senza scendere nei dettagli. Sono stati comprensivi, ma ho la sensazione che si lamenteranno alle mie spalle del fatto che me ne vado.»

«Perché?»

«Be'... la mia presenza attira l'attenzione sullo sport e sul centro, e soldi in sponsorizzazioni. I miei genitori pagavano bene gli allenatori per farmi diventare la migliore, e ora che me ne vado non riceveranno più quello stipendio. Tutto si riduce all'onnipotente denaro» disse con un sospiro.

«Mi dispiace che sia stata una giornata difficile.»

«Grazie. Ma sai una cosa?»

«Cosa?»

«Mi sento già molto meglio per tutta la situazione.»

«Sono contento.»

«È un po' spaventoso cambiare radicalmente rispetto a ciò che ho fatto negli ultimi dieci anni, ma sono anche entusiasta di farlo.»

«Buono a sapersi. Non ho dubbi che andrai alla grande in qualunque cosa deciderai di intraprendere.»

Lei ridacchiò. «Grazie. Allora... come vanno lì le cose?»

Fu il turno di Doc di sospirare. «Ti ho parlato della donna che Grover ha incontrato in Afghanistan, giusto?»

«Sì. Sierra.»

«Esatto. Be', ci ha mostrato la lettera che ha ricevuto da lei. Niente di buono, Em.»

«Perché? Che cosa c'era scritto?»

«Intanto porta il timbro di quasi un anno fa. Ha detto a Grover che non vedeva l'ora di conoscerlo, che se per lui andava bene, le sarebbe piaciuto scambiare delle lettere invece che delle mail. Le piaceva l'aspetto vecchio stile. Sapeva che avrebbe rallentato la loro corrispondenza, ma sperava che avrebbe reso più significativo ciò di cui avrebbero parlato.»

«Non ha torto» disse Ember. «Penso che l'arte di scrivere lettere a mano sia in gran parte andata perduta. Una delle cose che preferisco fare è leggere quelle dei tempi di guerra. Sono commoventi e toccanti e non così... superficiali? Non so se è la parola giusta.»

«So cosa intendi e sono d'accordo.»

«Quindi? Grover è sconvolto dal fatto che avrebbe potuto scriverle durante tutto questo periodo, ma non l'ha fatto perché pensava che non fosse interessata?» chiese.

Doc in precedenza non le aveva raccontato nel dettaglio la situazione. Era una cosa personale, per non parlare del fatto che era legata ad attività top secret dell'esercito, ma si fidava abbastanza di lei da dirle ciò che poteva. «Be'... più o meno. Ma ci siamo anche resi conto che nessuno la vedeva da mesi. E ora è passato quasi un anno. È scomparsa senza lasciare traccia subito dopo aver inviato la lettera.»

Ember ansimò. «Sul serio?»

«Sì. E hai ragione, Grover non è affatto felice, perché

aveva pensato che non fosse interessata, ma ora pare che non fosse così, e se avesse saputo allora ciò che sa adesso, avrebbe insistito di più perché qualcuno facesse un'indagine sulla sua scomparsa. In realtà, nella sua lettera ha detto che le cose erano "strane" alla base, ma non ha spiegato cosa intendesse.»

«Allora, dov'è andata? Cosa le è successo?»

«Nessuno lo sa. Ma dopo che lei e Grover si sono conosciuti, ci sono stati diversi casi di collaboratori scomparsi dalla stessa area in cui lavorava.»

Ember trattenne il respiro. «Porca miseria. È stata rapita?»

«È possibile.»

«Ed è sparita da un *anno*» rifletté. «È orribile.»

Doc non disse che era improbabile che fosse ancora viva. Shahzada non era noto per essere misericordioso. Se era stata rapita – e quale altra spiegazione avrebbe potuto esserci per la sua scomparsa? – quasi sicuramente era stata torturata e uccisa. «Grover è fuori di sé.»

«Sì, posso immaginare. Forse... ho follower da tutto il mondo, Craig. Pensi che sarebbe d'aiuto se pubblicassi qualcosa su di lei? Potrei mettere la sua foto e chiedere di contattare le autorità se qualcuno ha notizie riguardo a dove si trova.»

Amava l'enorme cuore di Ember. «Non credo che ti seguano persone che vivono nella zona in cui è scomparsa» disse con dolcezza.

«Non puoi saperlo. Craig, era in una base dell'esercito americano. Scommetto che i soldati seguono i social. Ora potrebbero essere tornati negli Stati Uniti, ma magari hanno visto o sentito qualcosa, e vedere il mio post potrebbe risvegliare qualche ricordo. Forse l'hanno trasferita, portata oltre confine, o è finita nel mercato del sesso.

Magari qualcuno si è vantato della sua schiava americana. L'hai detto tu stesso, non sai cosa le sia successo o dove sia. Non credo possa nuocere.»

Annuì. «Hai ragione. È una buona idea.»

«E potrei fare lo stesso per altre persone scomparse. I media sembrano concentrarsi su bambini e donne bianche, ma potrei portare alla luce altri adulti che sono spariti. Persone di colore. Uomini e donne. È straziante... e forse posso aiutare.»

Ancora una volta, Doc si sentì traboccare d'orgoglio per quella donna. Ember era una delle persone più sensibili che avesse mai incontrato. «Penso che sia un'ottima idea.»

«Craig?»

«Sì?»

«Mi manchi.»

«Anche tu mi manchi, Em. Ieri ti ho spedito una cosa, dovresti riceverla presto.»

«Davvero? Che cos'è?»

Ridacchiò. Aveva imparato che amava e odiava le sorprese. Gli sarebbe piaciuto non svelarle nulla, ma doveva darle una spiegazione di ciò che avrebbe trovato nel pacchetto. «La Stella d'argento è il terzo più alto riconoscimento al valore militare. Viene assegnato ai membri delle forze armate statunitensi per il coraggio mostrato in azione contro un nemico. Ne ho ricevute alcune nel corso della mia carriera e il mio comandante mi ha detto che mi avrebbe nominato di nuovo per ciò che ho fatto a Seoul. Non ho idea se sarà approvata o meno e anche se lo fosse, nessuno lo saprà tranne me e la mia squadra, ma ho pensato che non è giusto che io riceva un così alto onore e tu no. Non è una medaglia olimpica, ma... ho tirato fuori una delle mie Stelle d'argento dalla scatola da scarpe che tengo sotto il letto, l'ho lucidata e te l'ho mandata.»

«Io... non so cosa dire» sussurrò Ember.

«Non devi dire niente. So cos'è successo laggiù e senza di te al mio fianco le cose sarebbero potute andare diversamente. Hai salvato molte persone quel giorno, Em, e voglio che tu sappia quanto ti rispetto e ti ammiro.»

«Ne farò tesoro.»

«Mi dispiace che non possiamo dire al mondo che sei un eroe.»

Lei sbuffò. «Non sono un eroe. Se fosse stato per me, sarei corsa nella direzione opposta.»

«Ti sbagli. Un eroe fa ciò che deve essere fatto anche quando gli tremano le ginocchia e vuole vomitare.»

«Ti senti mai così?»

«Sempre» ammise Doc.

«Grazie per quello che fai» gli disse Ember.

«Prego. Ora dimmi, hai mangiato? So che lì siete due ore indietro, ma anche se sei rintanata in un hotel, non dimenticarti di farlo.»

Lei ridacchiò. «Non lo farò. Promesso. Ho già studiato il menu del servizio in camera.»

«Bene.»

«Sai cos'altro non vedo l'ora di fare?» gli chiese.

«No, cosa?»

«Cucinare per me. Sembra stupido, ma abbiamo una cuoca da così tanto tempo che non so nemmeno come fare il ramen. Non ho mai avuto la possibilità o il tempo d'imparare.»

«Be', il ramen è sopravvalutato, ma ho la sensazione che diventerai una cuoca esperta in men che non si dica. Sarò felice di insegnarti quello che so, anche se non è molto.»

«Ci sto.»

Doc si rese conto di quello che aveva detto un po'

troppo tardi. Come poteva insegnarle a cucinare se vivevano a duemila chilometri di distanza?

«Sono sicura che hai delle cose da fare» continuò Ember. «Quindi ti lascio andare.»

Avrebbe voluto protestare, dirle che preferiva parlarle piuttosto che fare qualsiasi altra cosa, che stava fissando distrattamente il suo giardino quando aveva chiamato, ma strinse le labbra. Non voleva sembrare disperato, anche se si sentiva così.

«Abbi cura di te» le disse. «Fai attenzione.»

«Certo.»

«Sono orgoglioso di te per esserti battuta per ciò che vuoi fare della tua vita.»

«Grazie. Anch'io. Ci sentiamo presto.»

«A presto.»

«Ciao.»

Doc chiuse la chiamata.

Fissò il vuoto per alcuni minuti. Aveva molti lavori da fare per finire di sistemare la casa, ma al momento tutto ciò a cui riusciva a pensare era Ember e a quanto gli mancava. Parlarle era bellissimo, ma non era come farlo di persona.

Il brutto era che l'unico modo per poterlo fare era se lei si fosse trasferita in Texas, e non glielo avrebbe chiesto. La sua vita era in California. Non aveva dubbi che avrebbe sistemato le cose con i suoi genitori e i suoi amici della palestra. Non sarebbero riusciti a rimanere arrabbiati con lei a lungo, era una ragazza troppo buona.

Ma che ne sarebbe stato di loro due? Erano destinati a parlare al telefono e a trovarsi brevemente quando gli impegni lo permettevano? Non era il tipo di relazione che voleva. Desiderava ciò che avevano i suoi compagni di squadra. Qualcuno che ci fosse alla fine della giornata e quando tornava a casa da una missione. Però quel tipo di vita non era giusto per *nessuna* donna; il pericolo del suo lavoro e la frequenza con cui venivano inviati erano difficili da affrontare. Lui e il suo team erano stati fortunati in quanto non avevano dovuto cambiare base molto spesso, ma quello era un altro dei sacrifici a cui era sottoposto il coniuge di un militare e tutti i figli che avrebbero potuto avere... lasciare un lavoro, cambiare scuola e trasferirsi in una nuova città.

Sospirando, si alzò. Non poteva stare tutta la sera seduto sul divano a deprimersi. Aveva bisogno di fare qualcosa, di tenere la mente occupata. Ignorò il fatto che la sua casa sembrasse più tranquilla di quanto ricordava. La risata di Ember risuonò nella sua testa e non poté fare a meno di desiderare che le cose fossero diverse.

———

Ember riattaccò e si lasciò cadere sul letto. Era andata in un hotel perché aveva bisogno di stare un po' lontana dalla disapprovazione dei suoi genitori, ma era giunto il momento di prendere il controllo della sua vita. L'attacco a Seoul l'aveva cambiata. Era stato terrificante, ma aveva sconvolto il suo mondo. Aveva difeso ciò che era giusto e non si era tirata indietro. Stare davanti a quel furgone che sfrecciava verso di loro l'aveva spaventata a morte, ma aveva mantenuto la sua posizione e perseverato.

Sapeva che era stato il suo proiettile a uccidere l'autista, anche se Craig e il suo team non lo avevano ammesso. Aveva fissato l'uomo negli occhi e sparato. Lo aveva visto piegarsi poco prima che Craig la mettesse in salvo.

Avrebbe dovuto provare rimorso per aver ammazzato una persona... ma non era così. Quel terrorista avrebbe ucciso altra gente. Facendolo fuori, aveva salvato delle vite e ne era orgogliosa.

Voleva fare di più, voleva aiutare, non solo essere un bel viso su Instagram. Il primo passo era stato cambiare le password.

Non aveva esagerato quando aveva raccontato a Craig delle reazioni dei ragazzi che avevano gestito i suoi profili. Sapeva anche che Alexis era andato dritto dai suoi genitori a lamentarsi. Nessuno capiva cosa stesse facendo. Tutti volevano mantenere le cose com'erano state per anni. Pensavano che avrebbe dovuto continuare ad allenarsi e a pubblicare foto frivole e filtrate con prodotti che veniva pagata per pubblicizzare.

Aveva finito con tutta quella roba.

Voleva fare proprio ciò che aveva detto a Craig, condividere immagini che avrebbero aiutato in qualche modo, come quelle delle persone scomparse, o evidenziare le ingiustizie, ma prima doveva fare una dichiarazione su tutta la faccenda. Sulle sue intenzioni.

Non aveva pubblicato nulla per una settimana, gli ultimi post erano stati quelli delle Olimpiadi.

Ember sapeva di aver già perso follower, ma non era preoccupata. Se l'avevano mollata le persone che erano lì solo per molestarla o vederla fallire, tanto meglio.

Esaminò le foto che il fotografo assunto dai suoi genitori le aveva inviato dopo l'evento. Molte erano difficili da guardare, perché sapeva quanto fosse forte il dolore che stava provando quando lui le aveva scattate, ma nel momento in cui vide l'immagine della fine della premiazione, capì che era quella che avrebbe pubblicato insieme alla sua dichiarazione.

Era andata a congratularsi con alcune delle partecipanti. Il fotografo aveva catturato il momento in cui

Ember aveva abbracciato Wang Wei, l'atleta cinese che aveva vinto la medaglia di bronzo. Si erano unite anche Chloe Esposito della squadra australiana e Mariana Arceo di quella del Messico. Non erano rivali in quel momento, ma semplicemente donne che si sostenevano a vicenda.

Ci cliccò sopra e la caricò sul suo account Instagram. Aveva dovuto fare diverse ricerche su internet per capire come utilizzare la piattaforma, ma era piuttosto sicura di aver capito come funzionava. Prendendosi il suo tempo, scrisse un messaggio lungo e sincero ai suoi follower.

So che molti di voi si saranno chiesti dove sono finita nell'ultima settimana e come sto. Ho riflettuto sulla mia vita e sulle cose che ho fatto.

A quelli che mi hanno sostenuta nel corso degli anni, dico grazie. So che la mia performance alle Olimpiadi è stata deludente; lo è stata anche per me. Ma ho imparato molto su me stessa. Ho imparato che c'è di più nella vita che vincere. Avrei voluto tagliare per prima il traguardo e avere la medaglia d'oro al collo? Certo. Ma arrivare al quindicesimo posto alle Olimpiadi non è qualcosa di cui vergognarsi. Quello che la maggior parte di voi non sa è che mi sono lussata la spalla la sera prima del secondo giorno di competizioni. È una scusa? No. Spiega semplicemente perché ho fatto quel tempo nella gara di nuoto. Ma non mi sono fermata, non ho fatto una scenata dicendo "la vita è ingiusta" e non ho chiesto un'altra possibilità. Ho fatto del mio meglio e sono orgogliosa del risultato.

Adoro l'immagine che accompagna questo post. È bellissima. Quattro donne che provengono da contesti e Paesi diversi. Quattro donne che parlano tre lingue diverse si uniscono in solidarietà. Quattro donne che si sostengono e si stimano. È ciò che voglio per il mondo... che smetta di pensare al colore della pelle di qualcuno, da quale paese proviene, a quanti soldi possiede, o in che Dio crede. Niente di tutto questo ci rende più o meno preziosi come esseri umani.

Con questi presupposti, apporterò alcuni cambiamenti nella mia vita... e in questo profilo. Vedrete meno foto di me, meno pubblicità di prodotti di bellezza. Voglio condividere cose molto più importanti. Voglio fare la differenza. Essere qualcuno che difende ciò che è giusto e che non rimane in disparte e dice "non c'è niente che posso fare al riguardo" quando succede qualcosa. Voglio difendere soprattutto chi non può farlo da solo.

Mi sono ufficialmente ritirata dalle gare di pentathlon moderno, ma questo non significa che me lo lascio alle spalle. Voglio aiutare gli altri a trovare la gioia nello spingere il proprio corpo al limite, dare la possibilità a quei bambini, che altrimenti non avrebbero l'opportunità, di tirare di scherma, nuotare, cavalcare, correre e sparare.

Spero che rimarrete con me. Che seguirete la mia nuova vita mentre faccio il possibile per rendere questo mondo un posto migliore. Grazie a tutti per il vostro sostegno. Ha significato tutto per me. Con affetto, Ember Maxwell.

#fareladifferenza #pentathonmoderno #diversità #amarsiavicenda #distinguersi #embermaxwell #amorenonodio #rispetto #blacklove #asianlove #womenlove #hispaniclove #orgoglio #amoreèamore #trovarepersonescomparse #nuoviinizi

Ember fissò il post. Il cuore le martellava nel petto. Non era sicura di essersi spiegata molto bene. Samer, Harris, Alexis o Betty ne avrebbero sicuramente creato uno molto più eloquente, ma quello che aveva scritto era venuto dal cuore. Sapeva anche che gli hashtag erano importanti, ma non aveva idea se quelli che aveva scelto fossero giusti.

Non poteva mettersi a rimuginare su ciò che aveva

scritto e prima di cambiare idea cliccò sul pulsante della pubblicazione. In un istante, le sue parole e la sua foto apparvero contemporaneamente sui suoi account Facebook, Twitter, Tumblr e Instagram.

Quasi subito arrivarono anche i commenti.

Ti voglio bene, Ember
Hai un fan per tutta la vita!
Sarò qui per aiutare come posso.
Amo questo post!
Vai così ragazza!

Ma insieme ai commenti positivi, giunsero anche quelli negativi.

Sei una perdente e cerchi di trovare scuse.
Non voglio sentire parlare del fatto che vuoi fare del bene!
Potere bianco!
Vaffanculo!

Chiuse il portatile, lo mise da parte e si sdraiò sul letto a fissare il soffitto. Non avrebbe mai capito perché le persone potessero essere così... crudeli. Perché erano diventate così? Non aveva idea di come riuscissero a sopravvivere con così tanta rabbia dentro.

Da quel momento in poi avrebbe fatto del suo meglio per concentrarsi sugli aspetti positivi della *sua* vita. Su quelle persone che erano gentili e che volevano sinceramente fare qualcosa di buono per gli altri. Sapeva che avrebbe fatto degli errori lungo la strada, ma aveva buone intenzioni nel cuore.

Pensare al suo cuore la riportò con la mente a Craig.

Era pazza per aver pensato di trasferirsi in Texas?

Era probabile, ma non le importava. Parlare con lui era il momento più bello della giornata. Sapeva di piacergli esattamente com'era. Ed era ciò che voleva, di cui aveva bisogno. Aveva bisogno di qualcuno che non vedesse Ember Maxwell, ma vedesse *lei*. Em.

Non sapeva se dirgli che stava arrivando, che aveva già iniziato a organizzarsi. Da un lato, sarebbe stato meglio scoprire se non la voleva lì prima di fare il viaggio in auto fino in Texas, ma era sicura al novantanove per cento che sarebbe stato sorpreso in modo positivo. In caso contrario, avrebbe trovato un altro posto dove stabilirsi. Niente le avrebbe impedito di farsi una nuova vita.

Nonostante tutto ciò che era successo quel giorno, era felice ed entusiasta del suo futuro per la prima volta da molto tempo. Aveva parecchio lavoro da fare. Doveva fare ricerche sulle persone scomparse, riuscire a creare delle connessioni con le persone coinvolte. Aveva incontrato Ed Smart una volta e avrebbe provato a contattarlo per vedere se poteva aiutarla. Era stato un instancabile sostenitore delle persone scomparse dopo che sua figlia era stata rapita e successivamente ritrovata viva.

Doveva cercare un posto in cui vivere in Texas, imballare le sue cose e trasferirsi. Le serviva un agente immobiliare e doveva parlare con il suo avvocato. Voleva anche contattare il suo consulente finanziario per assicurarsi che si occupasse dei beni dei suoi genitori e proteggesse il loro patrimonio.

Sorridendo si alzò, andò alla scrivania della camera d'albergo e tirò verso di sé il blocco di carta e la penna che fornivano. Iniziò a fare un elenco di tutto ciò che doveva fare. Diventava sempre più lungo, ma a ogni cosa aggiunta, il sorriso di Ember si allargava. Per quanto la situazione un po' la spaventasse, era anche eccitante.

———

Alex guardò il telefono e rilesse l'ultimo post di Ember Maxwell.

Stronza!

Stava voltando le spalle a tutti quelli che l'avevano resa ciò che era.

Voleva essere una *benefattrice*? Bah!

Aveva accennato al fatto che avrebbe lasciato la California; un altro schiaffo in faccia.

Ma Alex aveva ancora tutte le intenzioni di fargliela pagare per aver deluso tutti. Non esisteva posto al mondo in cui avrebbe potuto nascondersi.

Aveva pianificato di cavalcare la sua onda. La vittoria era stata così vicina! Con Ember come compagna di allenamento, Alex sapeva che le Olimpiadi sarebbero state dietro l'angolo. Il piano era stato quello di avvicinarsi ancora di più... di farla diventare la sua migliore amica, sperando che avrebbe trasmesso parte della sua fama e fortuna, per non parlare delle capacità atletiche.

E ora aveva rovinato tutto!

Aiutare i *bambini*? Fanculo!

Le persone scomparse? Non avevano importanza! Probabilmente erano comunque morte.

Ad Alex non fregava un cazzo della razza. Era più importante usare chiunque fosse utile per arrivare in cima, indipendentemente dal colore della pelle. Chiunque potesse aiutare era un potenziale bersaglio da sfruttare, fino a quando non sarebbe più servito.

E ora tutti i vantaggi di legarsi di più a Ember erano definitivamente finiti.

Ma non poteva semplicemente dimenticarla e andare avanti. Non aveva nessun altro di cui approfittare. Non ancora. Lei era stata in cima alla lista. Il biglietto per una vita migliore, i soldi e la fama. E aveva buttato via tutto come se non significasse nulla. Come se *Alex* non significasse nulla.

Fanculo.

Ember si sarebbe pentita del giorno in cui aveva voltato le spalle al mondo... e ad Alex.

«PORCA PUTTANA, avreste dovuto vedere la faccia di Logan quando ha aperto quella scatola» disse Oz qualche giorno dopo. Erano alla base a discutere su questioni internazionali. Grover era più tranquillo del solito e sapevano tutti che era frustrato perché il loro comandante non aveva approvato subito di mandarli in Afghanistan per cercare di trovare Sierra Clarkson, la collaboratrice della mensa scomparsa.

«Cosa gli ha mandato?» chiese Trigger.

«Be, prima di tutto c'era una lettera scritta a mano di Shin-Soo Choo in cui diceva a Logan quanto fosse colpito dalla sua dedizione al baseball. Gli ha spiegato che lui stesso ha iniziato tardi e che mettendoci determinazione e duro lavoro tutto era possibile. Giuro che l'ha già letta un centinaio di volte.»

«Wow, come faceva a sapere così tante cose di Logan?» domandò Brain.

Oz guardò Doc. «Immagino che Doc l'abbia detto a Ember, che l'ha detto a Shin-Soo.»

Sorrise. Il suo amico aveva indovinato. In una delle loro

prime telefonate, dopo essere tornati dalla Corea del Sud, lei aveva chiesto maggiori informazioni sul ragazzino. Non aveva dimenticato la promessa di mettersi in contatto con Choo per vedere se poteva inviargli dei gadget.

«A proposito, ho bisogno del suo indirizzo in modo che Logan possa inviarle un biglietto di ringraziamento» disse Oz.

«Nessun problema» replicò.

«Tornando alla scatola, cos'altro c'era dentro?» chiese Lucky.

«Cosa non c'era, vorrai dire» ribatté. «Due palle da baseball, un guantone autografato, delle foto, tutte autografate, e le figurine della squadra. Un'uniforme, della taglia esatta di Logan potrei aggiungere. Inoltre, ha incluso anche una tutina da neonato per Amalia e una maglietta per Bria. Non l'ho mai visto così eccitato e sopraffatto allo stesso tempo. La notte scorsa ha dormito con la sua maglietta e non vedeva l'ora di allenarsi questo pomeriggio per vantarsi di tutto ciò che aveva ricevuto.»

Doc era felice per il suo amico e per Logan. Il ragazzino aveva passato l'inferno, come sua sorella, e meritavano il meglio.

«Ho visto il post su Instagram di Ember» disse Brain.

«Davvero? Da quando sei su Instagram?» chiese Lucky.

«Non ci sono, ma quando le sue parole appaiono su ogni piattaforma di intrattenimento, è difficile non vederle» rispose.

Era vero. Doc non riusciva nemmeno a immaginare che la gente potesse analizzare e criticare tutto ciò che diceva come avevano fatto con le parole di Ember, ma era davvero rimasto impressionato da lei. Ciò che aveva postato era chiaramente venuto dal cuore... e si vedeva.

Ovviamente, c'erano delle persone che pensavano che

dietro ci fosse un motivo egoistico, che stesse cercando di trovare nuovi modi per attirare l'attenzione, ma si sbagliavano di grosso. Era il contrario. Voleva portare l'attenzione su chi ne aveva più bisogno, non su di lei.

Non la sentiva da due giorni, e a dire il vero stava cominciando a preoccuparsi, anche se non voleva essere quel tipo d'uomo, quello che le stava con il fiato sul collo e sembrava uno stalker. Da quello che sapeva, aveva incontrato i suoi consulenti finanziari e sistemato tutto. I suoi genitori non avrebbero avuto problemi per il resto della vita per quanto riguardava i soldi... proprio come lei.

Gli aveva detto di aver pianto quando aveva ricevuto la Stella d'argento che le aveva mandato, ma tutto sommato era sembrata allegra. Felice. E paradossalmente lo aveva reso un po' triste. Avrebbe voluto essere lì per vederla volare in alto, per fare il tifo per lei, invece poteva solo ascoltare i suoi resoconti e dirle che stava facendo un ottimo lavoro. Non era lo stesso che essere al suo fianco mentre realizzava tutto ciò che desiderava.

Così, dopo aver riflettuto a lungo la sera prima... si era reso conto di non poterlo fare. Di non poter avere una relazione a distanza con Ember. Aveva pensato di poterci riuscire, ma era troppo doloroso. Quel cambio improvviso di opinione non gli faceva fare una bella figura, ma lei si meritava un uomo che potesse essere presente ogni volta che aveva bisogno di lui, e non poteva trattarsi di Doc. Non quando era dalla parte opposta del Paese.

Forse non parlarle per due giorni era stata una cosa positiva. Avrebbe reso più semplice cominciare a prendere le distanze. Era ovvio che sapesse difendersi da sola, non aveva bisogno di lui.

Avrebbe pian piano diradato i loro contatti, finché si

sarebbe ricordata a malapena della sua esistenza. Era molto impegnata, sarebbe stata bene.

Per quanto lo riguardava, invece, chiudere i rapporti lo avrebbe *ucciso*. Amava le loro chiacchierate e lei gli mancava già dopo solo due giorni. Magari Ember sarebbe stata meglio senza di lui, ma non il contrario. Anche se avrebbe fatto ciò che era meglio per lei, a prescindere da quanto lo avrebbe fatto soffrire.

Doc riportò l'attenzione al team. Avrebbe vissuto per i suoi amici e le loro famiglie, e fatto tutto il necessario per aiutare Grover a scoprire cos'era successo a Sierra, anche se non li avessero mai mandati a indagare. Forse avrebbe comprato un'altra casa per ristrutturarla. Non aveva ancora finito con la sua, ma averne un'altra su cui lavorare lo avrebbe tenuto occupato, impedendogli di pensare a lei.

La giornata trascorse lentamente e Doc non riuscì a fare a meno di controllare il telefono durante le pause per vedere se c'erano messaggi o chiamate di Ember. Non trovò mai niente. Avrebbe voluto chiamarla per chiederle se stava bene, se c'erano problemi, per pregarla di fargli sapere che non era morta in un fosso da qualche parte.

Sì. Era proprio *bravo* a mantenere le distanze.

Una volta finite le riunioni, erano sempre più sicuri che sarebbero stati mandati in Afghanistan per indagare sui lavoratori scomparsi. Shahzada non aveva rivendicato la responsabilità di eventuali rapimenti, ma quello era lo scenario più probabile. Nell'area, in quel momento, c'era un team di Navy SEAL che stava tentando di rintracciare nascondigli e ottenere maggiori informazioni. Non appena avrebbero fatto rapporto, i Delta avrebbero potuto essere inviati a controllare quelle grotte sulle montagne. Sarebbe stata una missione altamente pericolosa, ma erano tutti pronti a entrare in azione.

Se Shahzada stava tenendo in ostaggio gli americani – o *qualsiasi* altro essere umano innocente – volevano trovarli e liberarli. Inoltre, per loro la posta in gioco era ancora più alta, dato che una delle persone scomparse avrebbe potuto essere Sierra. Era ovvio che per Grover lei fosse importante. Nell'ultimo anno lo avevano preso in giro per il fatto che non gli avesse risposto, ma nessuno aveva sospettato che fosse seriamente in pericolo.

Forse si sentivano un po' in colpa per non essersi preoccupati di più per il suo silenzio. Avevano solo pensato che non fosse interessata al loro amico. Avrebbero dovuto capire che non era così. Quanto a Grover... non era il tipo da innamorarsi a prima vista di una donna, ma sembrava sempre più che fosse davvero successo e avesse voluto mantenerlo segreto.

«Gillian vuole fare un baby-warming party per la bambina di Oz e Riley» disse Trigger, mentre andavano tutti verso il parcheggio.

«Che diavolo sarebbe?» chiese Lefty.

«Una festa per darle il benvenuto.»

«Non è necessario» replicò Oz, con un enorme sorriso stampato in faccia. «Ma so che le nostre donne non perdono mai l'occasione di ritrovarsi tutte insieme.»

«A Gillian non secca dato che lo fa ogni giorno per lavoro?» domandò Lucky.

«No. Le ho chiesto la stessa cosa» rispose Trigger. «Mi ha detto che organizzarla per i suoi amici è molto diverso dal farlo per un'azienda o degli estranei, soprattutto perché sa che qualunque cosa pianifichi non verrà giudicata e tutti saranno felici di stare insieme.»

«È vero» sostenne Brain. «Ho sempre sperato che la donna di cui mi sarei innamorato sarebbe andata d'accordo con le vostre, e l'amicizia che Aspen ha con tutte loro è speciale. Mi fa sentire molto meglio quando siamo in missione.»

Gli altri furono d'accordo.

Mentre uscivano dall'edificio nel caldo torrido del pomeriggio, Doc non poté fare a meno di chiedersi cosa avrebbero pensato le altre donne di Ember. Era gentile e carismatica. Era sicuro che non avrebbe avuto problemi a fare amicizia, nonostante nel corso degli anni fosse stata troppo impegnata ad allenarsi per trovare degli amici intimi. Aveva la sensazione che avrebbe colto al volo l'opportunità di avere una "cerchia ristretta". Donne che non sarebbero state delle avversarie. Non aveva alcun dubbio che Gillian, Kinley, Aspen, Riley e Devyn si sarebbero affezionate a lei. All'inizio avrebbero potuto essere intimidite dalla sua fama, ma dopo averla conosciuta, si sarebbero rese conto di quanto fosse straordinaria.

Scosse la testa. Non sarebbe successo. Ember era in California e loro vivevano in Texas.

«È per questo fine settimana. Sabato» li informò Trigger. «A casa di Oz. Gillian si sente in colpa per il fatto di requisire la tua casa senza prima avertelo chiesto, ma potrai buttarci fuori quando vorrai. Ha solo pensato che sarebbe stato più facile per voi. Non dovrai trasportare le cose di Amalia in giro e Logan e Bria si sentiranno più a loro agio in un ambiente familiare.»

«Va benissimo» replicò Oz. «Abbiamo spazio in abbondanza. Di' a Gillian di farci sapere cosa preparare. Se dovesse dire che non serve niente, ci saranno problemi.»

Trigger rise. «Non preoccuparti, ha imparato la lezione. L'ultima volta che ha cercato di fornire tutto da sola, avete esagerato portando un sacco di cibo e bevande di cui non c'era bisogno.»

«Grover?» chiamò Lefty.

«Sì?»

«Tutto bene?»

Il loro amico sospirò. «No. Ma sto facendo del mio meglio per non pensare a ciò che Sierra potrebbe aver passato o sta ancora passando.»

«Pensi davvero che sia ancora viva?» chiese Lucky.

Doc trasalì. Sapeva che il suo compagno non avrebbe voluto mostrarsi così sorpreso, ma la sua incredulità era evidente. Doc aveva potuto frequentare e conoscere Ember solo un po' di più rispetto a quello che aveva fatto Grover con Sierra, quindi non avrebbe mai detto al suo amico che era ridicolo tenerci così tanto alla piccola rossa dopo aver passato solo pochi giorni con lei. Era la prova che quando trovavi quella giusta, il tempo non contava.

«Non lo so» disse Grover. «Una parte di me spera e prega che lo sia, ma l'altra sa che è egoistico e che se *fosse* viva, ha vissuto un inferno assoluto nell'ultimo anno.»

«Ti ricordi di Kalee?» chiese Doc.

Tutti si voltarono a guardarlo.

«La donna che era stata rapita dai ribelli a Timor Est?» continuò. «È stata con loro per almeno un anno. E quando il suo SEAL l'ha salvata e l'ha riportata negli Stati Uniti... stava bene. Cioè, non conosco tutta la storia, ma da quello che ho sentito lei e Phantom stanno andando alla grande insieme. Quello che voglio dire, è di non rinunciare a sperare, Grover. Le donne sono tenaci. Guarda Gillian e le altre, abbiamo la dimostrazione della loro forza proprio davanti agli occhi.»

Le spalle di Grover sembrarono raddrizzarsi un po'. «Hai ragione. Grazie.»

Doc annuì.

«Che c'è tra te ed Ember?» gli domandò Brain.

Aveva temuto che qualcuno potesse chiedergli di lei.

Scrollò le spalle. «Niente. Lei vive in California e io sono qui. Lei è famosa e io faccio una professione in cui la segretezza è tutto.»

«Dopo le cose che ha pubblicato sul suo account Instagram negli ultimi giorni, mi sembra che non le interessi più quello stile di vita» osservò Lefty.

Scrollò di nuovo le spalle. «Rimane comunque il problema che la sua vita è a Los Angeles mentre la mia è qui.»

«Non considerare la relazione già spacciata» gli consigliò Trigger. «Non sai mai cosa può succedere.»

Annuì, anche se aveva praticamente già preso una decisione al riguardo.

«Ci vediamo domani ragazzi» disse Oz. «Devo tornare a casa dalla mia famiglia.»

«Anch'io» concordò Brain con un sorriso.

«È bello, vero?» chiese Lefty.

«Avere qualcuno da cui tornare a casa? Sì, meraviglioso» aggiunse Trigger.

Doc e Grover si scambiarono dei sorrisi ironici. Non sapevano se era così, ma erano felici per i loro compagni di squadra.

«A domani» disse Brain, mentre andava verso la sua macchina.

Si salutarono tutti. Doc era sollevato che il rapporto con loro fosse rimasto lo stesso dopo tutti i cambiamenti avvenuti nella vita dei suoi compagni di squadra. Si sforzavano di trovarsi anche al di fuori del lavoro e nessuno sembrava preoccuparsi del fatto che la maggior parte delle volte quei ritrovi includessero anche le mogli.

Sospirò mentre avviava la sua Dodge Durango e si dirigeva verso il cancello principale della base. Il viaggio verso casa sua era breve e arrivato a metà strada il suo telefono squillò. Rispose tramite il Bluetooth, aspettandosi di sentire la voce di uno dei suoi compagni di squadra.

«Doc» rispose.

«Ciao.»

Una parola. Bastò solo quello per far spuntare un enorme sorriso sul suo volto. «Ciao. È bello sentirti, Em.»

«Sì, scusa se non mi sono fatta viva ultimamente.»

«Nessun problema. Sono sicuro che sei stata molto impegnata.» Doc cercò di costringersi ad avere un tono un po' distaccato. Se avesse mantenuto la conversazione superficiale, sarebbe stato più facile rompere con lei, ma sembrava non riuscirci. Era troppo felice di sentirla.

«È così. Le cose sono state piuttosto folli, in realtà. È un buon momento per parlare?»

«Certo. Sto tornando a casa dal lavoro.»

«Bene.»

«Cos'hai fatto?» le chiese

«Sono andata da un avvocato e abbiamo iniziato le pratiche per avviare la mia nuova avventura imprenditoriale. Ho un sacco di documenti da firmare, ma è un primo passo.»

«Wow, non hai perso tempo, eh?»

«No. Sono più elettrizzata di introdurre i bambini al pentathlon moderno di quanto non lo sia stata per quasi tutto ciò che ho fatto negli ultimi dieci anni. Voglio fare la differenza e penso davvero che questo sia un modo per raggiungere quell'obiettivo.»

«Mi piace. Riesco a percepire l'eccitazione nella tua voce.»

«Ho anche assunto alcune persone per aiutarmi.»

«È fantastico.»

«Già. Ho parlato a lungo con alcuni atleti con cui mi sono allenata. Ho spiegato cosa volevo fare e chiesto se qualcuno di loro fosse disponibile. Ho offerto uno stipendio molto competitivo e concordato che avrebbero potuto anche continuare ad allenarsi se lo avessero voluto.»

«E qualcuno ha accettato la tua offerta?»

«Sì, Julio e Marie. Sembravano piuttosto eccitati per l'intera faccenda. Avrò bisogno anche di altri esperti che diano una mano nei vari eventi. Devo trovare qualcuno che mi aiuti ad allenare nel nuoto e dovrò collaborare con qualcuno che possiede dei cavalli e a cui non dispiacca che i bambini li usino. Per la scherma non sarà troppo difficile, posso comprare io tutta l'attrezzatura. Lo stesso per i puntatori laser e le pistole. E, naturalmente, possiamo correre ovunque.»

A Doc piaceva sentire l'eccitazione e l'energia nella sua voce. Era chiaro che ci avesse riflettuto molto, e non era sorpreso che stesse già organizzando tutto. «Non vedo l'ora di saperne di più, anche su cosa ne penseranno i bambini quando inizierai.»

Maledizione. Avrebbe dovuto prendere le distanze, ma gli era impossibile. Il suo entusiasmo era contagioso.

Entrò nella sua strada e salutò con la mano alcuni vicini che erano seduti sotto i loro portici a godersi l'aria fresca. Faceva ancora caldo, ma in quella parte del Texas non era poi così male a quell'ora di sera.

Si accigliò quando vide una BMW che non riconobbe parcheggiata sul marciapiede davanti a casa sua.

«Craig?»

«Sì?»

«Sembri distratto» disse Ember.

«Scusa. Sto entrando nel mio vialetto e c'è una macchina che non riconosco.»

«Ah sì?»

«Mm-mm. Devo lasciarti per occuparmi...» Si interruppe bruscamente quando qualcuno si alzò dalla sedia sotto il portico di casa sua. «Ember?» chiese incredulo.

«Sorpresa!» esclamò, suonando un po' nervosa. Anche attraverso gli altoparlanti della macchina sentì la sua voce tremare mentre pronunciava quella parola.

Non si rese nemmeno conto di aver parcheggiato e di essere sceso dal veicolo.

Si avviò a grandi passi verso la porta d'ingresso, mentre percorreva con lo sguardo Ember dalla testa ai piedi. Se possibile, era ancora più bella dell'ultima volta che l'aveva vista.

Indossava una canotta che abbracciava le sue curve e mostrava le sue braccia muscolose e dei pantaloncini che enfatizzavano le sue gambe forti.

Lei spense il telefono e lo mise nella tasca posteriore. «Ehi. Io... ehm... potrei aver dimenticato di dirti che ho intenzione di iniziare la mia nuova avventura imprenditoriale qui in Texas. Se per te va bene. Voglio dire... potrei iniziare ovunque, ma ho pensato che dato che *tu* vivi qui e che volevo conoscerti meglio, sarebbe stato un posto come un altro per mettere radici, ma se ti turba o altro, posso andarmene.»

Stava blaterando, ma notò che le ultime parole lo misero in moto perché praticamente le balzò addosso, afferrandola e tenendola stretta a sé mentre la faceva girare in cerchio.

Ember rise e Doc sentì quel suono spensierato e felice fino alla punta dei piedi. «Non andartene» riuscì solo a dire. Quando la posò di nuovo a terra, la baciò senza pensarci. Era così felice di vederla. Così dannatamente elettrizzato che fosse lì... e che sembrava stesse progettando di restare.

Lei si aprì avidamente sotto le sue labbra e lui ne approfittò per infilarle la lingua in bocca. Cazzo, gli era mancato tutto quello. Aveva fatto sogni erotici ogni notte da quando l'aveva lasciata in Corea del Sud, e baciarla era ancora più soddisfacente di quanto ricordasse.

Quando alla fine si tirò indietro, ansimavano entrambi.

«Temevo che qualcuno avrebbe chiamato la polizia» ammise.

«Non in questo quartiere. Parte del motivo per cui l'ho scelto è la diversità. I miei vicini su entrambi i lati sono neri. C'è una coppia ispanica con tre bambini che vive dall'altra parte della strada. Poi ci sono alcune famiglie bianche, una coppia gay, una famiglia israeliana, una indiana e persino una pachistana. Siamo davvero multiculturali qui e le nostre feste di quartiere sono fantastiche.»

«Lo amo.»

«Anch'io. Non posso credere che tu sia qui. Devi essere esausta. Hai fatto tutta una tirata? No, non avresti potuto. Hai fame? Entra, lascia che ti mostri la mia casa e ti prepari qualcosa da mangiare e da bere.»

Ember ridacchiò. «Sei carino quando sei tutto agitato. Ho un po' di fame, ma sai di cosa ho veramente bisogno?»

«Di cosa? Chiedi qualsiasi cosa.»

«Qualsiasi? E se chiedessi caviale e tartufo?»

«Allora troverei un modo per procurarteli» rispose, completamente serio.

«Stavo scherzando» replicò con dolcezza.

«Io no» ribatté. La stava ancora stringendo e non riusciva a credere a quanto fosse bello averla tra le braccia.

«Ho bisogno di qualcosa di verde» disse Ember, con un piccolo sorriso. «Ho mangiato un sacco di porcherie per strada e un'insalata mi sembra il paradiso.»

«Sei fortunata, ieri sono andato al supermercato e ho tutto l'occorrente.» Si mosse prima di aver finito di parlare.

Aprì la porta e le fece cenno di precederlo all'interno. «Ci sto ancora lavorando» la avvisò, un po' imbarazzato.

La lasciò andare ed Ember gironzolò guardandosi intorno con curiosità. Dopo un po', disse: «È meraviglioso qui, Craig.»

Qualcosa dentro di lui si rilassò. «Non è enorme, ma mi sono divertito a sistemarla.»

Fece scorrere una mano sulla ringhiera della scala mentre si girava verso di lui. «Hai fatto tutto tu?»

«Be', la maggior parte dei lavori in legno, sì. Non sono così bravo con gli impianti idraulici o elettrici, quindi ho chiamato qualcun altro, ma ho scelto tutti gli infissi, i colori, i pavimenti... quel genere di cose. Ho costruito a mano gli armadietti della cucina perché tutto ciò che trovavo era troppo costoso o troppo scadente. E ho fatto anche la ringhiera e il corrimano.»

«È straordinario. Sul serio. Sono impressionata.»

Doc scrollò le spalle. «Vieni» disse, prendendole la mano. Amava toccarla e aveva la sensazione che avrebbe colto ogni opportunità per farlo in futuro. «Ti preparo qualcosa da mangiare.»

Condusse Ember a uno sgabello del bancone che si estendeva dall'isola in cucina; lei si sedette con un sorriso e lo guardò mentre tirava fuori le cose che gli servivano per prepararle un'insalata.

«Hai bisogno di aiuto?»

«No, ci penso io. Rilassati.» Poi, con la massima disinvoltura possibile, le chiese: «Allora... hai un posto dove stare stanotte?»

Lei fece uno strano verso che lo portò a sollevare lo sguardo, allarmato. Sorrideva da un orecchio all'altro, sforzandosi di non scoppiare ridere.

«Che c'è?» chiese confuso.

«Pensi davvero che avrei fatto tutta questa strada *senza* avere un posto dove stare? O che avrei semplicemente supposto di stare da te?»

«Be', ehm... non lo so.»

«Craig, non sarei mai così presuntuosa. Mi piaci molto, e non sarei qui se non volessi vedere se le cose tra noi possono funzionare, ma non mi sarei mai permessa di venire a casa tua e informarti che mi stavo per trasferire qui.»

Doc non sapeva se esserne sollevato o deluso.

«Inoltre, sono impaziente di stare da sola. Ho sempre vissuto con i miei genitori e non vedo l'ora di andare al supermercato e riempire il frigorifero e la dispensa con tutto ciò che voglio. Di prepararmi i pasti. Di arredare la casa. Non ho mai potuto fare nulla di tutto ciò e so che è un po' patetico, ma ne sono entusiasta.»

«Non è patetico» la rassicurò. «Penso che sia... adorabile.»

Ember alzò gli occhi al cielo. «Proprio quello che voglio essere. Comunque, per rispondere alla tua domanda, stanotte starò in un hotel e domani mi incontrerò con l'amministratore per trasferirmi nel mio appartamento.»

«Ne hai già preso uno in affitto? Dove si trova? È in una buona parte della città? Hai controllato le recensioni?» sparò a raffica.

Lei ridacchiò. «La risposta è sì alla maggior parte delle tue domande. Non è troppo lontano dalla base dell'esercito, e se non mi troverò bene cercherò qualcos'altro una volta conosciuta meglio la zona. Volevo essere abbastanza vicina all'edificio che ho comprato per allestire la palestra, e l'amministratore mi ha rassicurato che la sicurezza è buona.»

«Aspetta, hai già comprato anche una palestra?» chiese, completamente confuso.

«Sì» rispose, chiaramente orgogliosa di se stessa.

«Dannazione» borbottò Doc.

«Ehi, quando mi metto in testa qualcosa, non perdo tempo.»

«A quanto pare.»

«Ma, Craig... sul serio, se non sei felice di vedermi e stavi solo cercando qualcuno da portarti a letto mentre eri alle Olimpiadi, non devo restare. Posso tranquillamente trasferirmi nella zona di Austin. Per quanto voglia vedere se le cose tra noi possono funzionare, sono venuta davvero qui per far partire la mia attività.»

Doc si avvicinò a lei prima ancora che il suo cervello avesse il tempo di capire cosa stava facendo. Le prese la testa tra le mani e disse con un tono basso e serio: «Non ho una relazione seria da un anno, ed era più seria da parte sua che dalla mia. Lasciarti in Corea è stato un tormento. Non avrei mai pensato che avrei sentito la mancanza di qualcuno come mi è successo con te. Ho odiato non poter esserti vicino quando sei tornata a casa. Dopo che hai pubblicato quel post, avrei voluto abbracciarti e dirti quanto ero orgoglioso di te. Non stavo cercando un'avventura di una notte, e nemmeno ora.

Sono immensamente felice e sollevato che tu sia qui. Non riesco nemmeno a crederci. E voglio sapere tutto di te. Tutto. Voglio che andiamo a correre insieme e portarti a sparare. Voglio che tu conosca i miei amici e le loro mogli, e trascorrere le serate e i fine settimana in tua compagnia o lavorando con te e i bambini. Una parte di me è impressionata per tutto ciò che hai realizzato in così poco tempo, ma l'altra è imbronciata perché è chiaro che non hai affatto bisogno di me. Sei incredibile, Em, e voglio far parte della tua vita in qualsiasi modo tu me lo consenta.»

Quando finì di parlare, Ember aveva le lacrime agli occhi e Doc non poté resistere alla tentazione di avvicinarsi e baciarla di nuovo. Rabbrividì quando sentì le sue mani scivolare sotto la maglietta e graffiargli lievemente la pelle nuda e sensibile sulla parte bassa della schiena.

«Per quanto riguarda la mia attività, ho dei contatti per tutte le cose che devo fare, ma quello che non ho sono gli amici. Non sono stata molto fortunata in quell'ambito in passato. Le persone vogliono starmi intorno per ciò che posso fare per loro o perché sperano di diventare famose.»

«A Gillian e alle altre non fregherà un cazzo» le disse con sicurezza.

«Non vedo l'ora di incontrarle. Mi hai parlato così tanto di loro che mi sembra già di conoscerle.»

«È un bene che tu l'abbia detto, perché sabato ci riuniremo a casa di Oz per celebrare la nascita di sua figlia. Così incontrerai anche Logan. Ti avverto, avrai un amico per tutta la vita quando scoprirà che è merito tuo se Shin-Soo gli ha mandato tutta quella roba.»

«Forse dovremmo aspettare di vedere se le cose tra di noi funzioneranno» considerò, mordendosi il labbro preoccupata.

«Funzioneranno» dichiarò con fermezza.

«Non puoi saperlo.»

«Sì, invece. Vuoi sapere perché?»

«Sì.»

«Perché non mi sono mai sentito così per nessuna prima d'ora. Gli ultimi due giorni sono stati un inferno. Mi è mancato così tanto parlare con te. In realtà, avevo deciso di fare marcia indietro, di provare a lasciarti andare, perché sapevo che se mi fossi legato di più, non sarei riuscito a sopportare il fatto di non essere fisicamente con te tutto il tempo. Ma ora sei qui. Sei venuta da me. Hai preso la tua decisione... e io ho preso la mia.»

Le sue labbra accennarono un sorriso. «Sei un po' prepotente.»

Doc scrollò le spalle. «È un effetto collaterale del lavoro. Sono un operatore della Delta Force, Em. Sono abituato a prendere decisioni all'istante su questioni di vita o di morte.»

«Questa non è una questione di vita o di morte» osservò.

«Ti sbagli. Non credo che *avrei* una vita senza di te.» Doc non era mai stato così schietto e onesto con una donna. Soprattutto all'inizio di una relazione. Ma la sensazione di completezza provata quando aveva parcheggiato e l'aveva vista seduta sotto il suo portico, era qualcosa che non riusciva a spiegare. Comprendeva il fatto che volesse vivere da sola, e lo rispettava, ma ciò non significava che non avrebbe fatto in modo di vederla tutti i giorni.

«Wow. Penso che sia la cosa più carina che qualcuno mi abbia mai detto» sussurrò Ember.

«Non è facile stare con me» l'avvertì. «Sono ostinato e cocciuto, e anche molto protettivo, ma capisco che devi farcela da sola. Sarò al tuo fianco e ti supporterò in qualsiasi modo tu voglia o abbia bisogno. In realtà mi piace che tu sia indipendente, perché *dovrai* esserlo quando andrò in missione; non potrò dirti dove vado o per quanto tempo starò via. È difficile stare con un militare, ancora di più con un soldato delle forze speciali, ma giuro che non ti tradirò. Il solo pensiero mi dà il voltastomaco. Le cose non saranno facili con me, ma so che posso renderti felice se me lo permetterai.»

«Merda, Craig, mi hai fatta piangere» disse, asciugandosi una lacrima.

Doc le tolse la mano e si premurò lui di asciugarle le guance. «È meglio che siano lacrime di felicità, perché non riesco a sopportare il pensiero di farti del male.»

«Lo sono» lo rassicurò. «Non mi serve e non voglio un uomo che prenda il controllo della mia vita. Ne ho avute già abbastanza di persone così. Ho bisogno che tu sostenga i miei sogni e le mie aspirazioni. Che tu sia presente. Che tu rida con me. Che guardiamo film sdolcinati. Che mi aiuti a uscire dalla bolla in cui ho vissuto per tutta la vita.»

«Conta su di me» disse subito Doc.

Lei sorrise. «Cosa avresti detto se avessi risposto che non avevo un posto dove stare?»

Ricambiò il sorriso. «Ti avrei informata che ho tre camere da letto vuote e che eri la benvenuta se volevi occuparne una.»

«Sul serio?»

«Sì.»

«Quindi siamo sulla stessa lunghezza d'onda?»

«Quando si tratta noi, assolutamente sì» la rassicurò. «I ragazzi saranno così entusiasti di sapere che sei qui.»

«Ma mi conoscono a malapena» protestò.

«Sanno tutto ciò che devono sapere.»

«Che sarebbe?»

«Che mi hai coperto le spalle. Che mi sei stata vicina e non hai perso la testa quando le cose si sono fatte difficili. Questo conta parecchio per loro.» Fece una pausa. «Inoltre, aiuta il fatto che tu sia bellissima e famosa.»

Lei rise e gli diede una spinta. «Vabbè. Finisci la mia insalata, soldato.»

Gli piaceva vederla così felice. Sembrava mille volte più rilassata di quando era in Corea del Sud. Quella era la vera

Ember, ed era bellissimo vederla prendere il volo. Era anche contento di fare come gli aveva ordinato. Lei non lo sapeva, ma ce l'aveva in pugno.

Non era affatto preoccupato che le cose tra loro stessero progredendo troppo in fretta. Sembrava giusto.

Tornando all'insalata che aveva abbandonato, continuò a tagliare le verdure. Nel giro di dieci minuti, aveva messo una grande ciotola piena di "roba verde" davanti a lei, poi decise di finire gli avanzi della sera precedente.

Doc non riusciva a ricordare di avere avuto una cena migliore.

———

Ember non ricordava di aver passato una serata migliore. Dopo aver mangiato la deliziosa insalata che le aveva preparato, Craig le aveva mostrato la casa, poi si erano seduti sul divano e avevano parlato per ore.

Lo aveva aggiornato su tutto ciò che era successo da quando era tornata a casa dalle Olimpiadi. Già ne era a conoscenza per la maggior parte, ma aveva voluto sapere tutto nei minimi dettagli. Si era accigliato quando gli aveva raccontato di più sulle reazioni dei suoi genitori davanti alla notizia del ritiro dalle competizioni e della modifica delle password dei social. Aveva riso mentre gli ripeteva le parole di Samer quando aveva cercato per due ore di insegnarle tutto ciò che si doveva fare e non fare sugli account.

Gli aveva detto del suo incontro in palestra con gli atleti con cui si era allenata per diversi anni e che erano stati per lo più solidali. Avevano parlato delle persone pazze che circolavano online e che non avevano niente di meglio da fare che vomitare odio sotto forma di commenti terribili e meschini. Gli aveva anche detto quanto fosse sollevata di aver perso un milione di follower dopo aver pubblicato il post su Instagram. Era meglio così, se quelle persone visitavano la sua pagina solo per vedere foto perfette e sponsorizzazioni. Preferiva di gran lunga interagire con coloro che erano sinceramente interessati a rendere il mondo un posto migliore.

Dopo averla vista sbadigliare un paio volte, Craig aveva deciso che per lei era giunto il momento di andare in albergo a dormire un po'. *Era* stanca, ma odiava doversene andare, sebbene non si fossero ancora salutati perché lui aveva insistito per seguirla fino all'hotel e accompagnarla dentro. Era buio e aveva detto che non avrebbe corso rischi con la sua sicurezza.

Ora ognuno di loro stava trascinando una valigia.

«È uno dei tuoi modi di essere protettivo?» gli chiese, mentre si trovavano in ascensore.

«Sì.»

«E se ti dicessi che posso arrangiarmi e non ho bisogno che tu mi segua?»

«Ti risponderei che è un peccato. Sono fatto così, Em. Non sono il tipo da lasciare che la sua ragazza guidi da sola nel cuore della notte in una città in cui è appena arrivata. Non lo sono e basta. Devi decidere ora se per te potrebbe essere un ostacolo.»

Ember si avvicinò a lui, entrò proprio nel suo spazio vitale, e gli baciò la parte inferiore della mascella. «Non mi sto lamentando. Volevo solo esserne sicura.»

Craig si rilassò contro di lei. «Starò in disparte e ti lascerò fare da sola su molte cose. Amministrare in modo eccezionale la tua attività e gli account sui social, assumere dipendenti, e in sostanza gestire la tua vita, ma per quanto riguarda la tua sicurezza, non scenderò a compromessi.»

«E io sono d'accordo al cento per cento» disse, prima di

mettergli una mano sulla nuca e attirarlo a sé. Quando la porta dell'ascensore si aprì, si stavano ancora baciando.

Uscirono ed Ember posò la testa sulla spalla di Craig, tenendo il braccio libero intorno a lui mentre si avviavano lungo il corridoio. Aprì la porta e portarono le valige appena dentro. Si voltò per guardarlo e per un secondo le sembrò di essere tornata in Corea del Sud.

«Perché stai sorridendo?» le chiese.

«Ho appena avuto un dejà vu di me che ti saluto davanti alla porta del dormitorio.»

«Avevamo detto che non sarebbe stato un addio.»

Lei annuì.

«Hai appuntamento con l'amministratore del condominio domani mattina?» le domandò.

«Sì. Alle otto. Di solito per prima cosa mi alleno, ma non vedo l'ora di dormire fino a tardi domani, voglio fare la pigrona. Dopodiché, informerò la ditta di traslochi dove dovrà venire il giorno successivo. Poi visiterò l'edificio che ho comprato per la palestra, per vedere che lavori ci sono da fare per metterla in funzione. Devo incontrarmi con un avvocato per finalizzare i documenti per ufficializzare la mia attività qui in Texas e ho alcuni colloqui con dei potenziali allenatori. Devo assicurarmi che gli appartamenti che ho trovato per Marie e Julio siano decenti, dato che arriveranno domenica. Oh, e ho organizzato un incontro con la direttrice del Club Boys & Girls qui a Killeen, per parlare di una collaborazione. Può aiutarmi a decidere quali sono i bambini più adatti al programma. Prima o poi vorrei espandermi e incontrare i presidi delle scuole e anche qualcuno dei servizi di protezione dell'infanzia.»

«Accidenti, Em, non devi fare tutto in un giorno.»

Lei sorrise. «Lo so, ma sono così entusiasta di iniziare.

Devo anche ordinare l'attrezzatura, assumere un'impresa di pulizie, trovare un buon posto dove correre e sparare, allestire un sistema di sicurezza, incontrare alcuni allevatori locali per organizzare l'utilizzo dei loro cavalli e vedere il direttore dell'associazione cristiana giovanile per pianificare gli orari riservati alla piscina. Devo traslocare le mie cose, andare al supermercato a comprare da mangiare e, infine, arredare la casa.»

«Sono stanco solo ad ascoltare tutto ciò che hai in lista. Sarai libera domani per l'ora di cena?»

«Certo.»

«Posso venire a prenderti qui e portarti a casa mia, se vuoi.»

«Posso venire da sola.»

«Lo so. E già prima volevo dirti che la tua BMW è fantastica, ma per favore, assecondami e lascia che ti venga a prendere mentre torno a casa.»

Ember non poté fare a meno di amare il fatto che fosse così ansioso di trascorrere del tempo con lei. «Ok.»

«Prima di lasciare la base ti scrivo per assicurarmi che tu abbia finito con tutti gli appuntamenti. Vuoi mangiare qualcosa di particolare domani?»

«Mi va bene tutto. Non voglio che cambi abitudini a causa mia.»

«Ho la sensazione che sconvolgerei la mia vita per te, Em. A che ora dovrebbe arrivare la tua roba venerdì?»

«Non lo so. Probabilmente in mattinata.»

«Parlerò con il comandante Robinson per vedere se ci concede del tempo libero, così veniamo ad aiutarti.»

«Oh, non serve. Ho assunto i traslocatori per alcune ore e non ho tantissima roba.»

«Em, *non* esiste proprio che non venga a darti una mano, anche i ragazzi la penseranno allo stesso modo. E ci saranno anche le ragazze se non lavorano. Anche se il loro aiuto è più che altro bere vino mentre ci guardano sgobbare, ma sono dannatamente adorabili quando lo fanno, quindi lo tolleriamo.»

Ember ridacchiò e si sentì travolgere da una sensazione viscerale; voleva far parte della sua tribù. Lo desiderava più di quanto aveva desiderato vincere una medaglia olimpica. «D'accordo. Grazie.»

«Non c'è bisogno di ringraziare. Se Gillian dovesse farsi viva, puoi chiederle cosa dobbiamo portare alla festa di sabato. Di solito cerca di convincerti che se ne occupa lei, ma è una stronzata. Piace a tutti contribuire. Avvisala che se non te lo dice, assumeremo un gruppo di clown che vengano a intrattenere Logan e Bria.»

«E sarebbe una brutta cosa?»

«Piccola, sono *clown*. È una brutta cosa.»

Lei rise. «Giusto. Chiederò.» Le piaceva che l'avesse inclusa nella richiesta per Gillian usando *dobbiamo*. Essere legati a quell'uomo era inebriante.

«Va bene, è meglio che me ne vada finché ci riesco.»

Lo sguardo di desiderio nei suoi occhi era evidente. Ember non si era mai sentita sensuale, non aveva mai sentito il *bisogno* di fare sesso, ma con lui riusciva a malapena a trattenersi dal non togliergli la maglietta e avvolgersi su di lui come se fosse un palo da spogliarellista.

«Se non smetti di guardarmi in quel modo, non potrò mai andarmene» strascicò.

«Quale modo?» chiese timidamente, giocando con i bottoni della camicia che aveva indossato quando era tornato a casa. Le piaceva vederlo in mimetica, ma anche vestito così, in modo più casual. La camicia bianca metteva in risalto la sua pelle abbronzata e l'azzurro dei suoi occhi.

«Come se volessi divorarmi tutto» ringhiò.

Ember si leccò le labbra e vide le sue narici allargarsi. Dio, le piaceva sapere di fargli quell'effetto, che fosse reciproco. «Per quanto tempo pensi che possiamo resistere?»

Non finse di fraintenderla. «Prima di finire a letto? Non molto, se continui a guardarmi così.»

Per una frazione di secondo pensò di trascinarlo dentro, ma uno sbadiglio improvviso la sorprese.

Craig ridacchiò. «Abbiamo un sacco di tempo per esplorare questa attrazione. Hai una lunga giornata davanti a te e so che sei stanca per aver guidato negli ultimi due giorni.» La attirò a sé e le baciò la fronte, indugiando con le labbra contro la sua pelle. Poi fece un passo indietro e mise le mani in tasca, come per impedirsi di toccarla di nuovo. «Dormi bene.»

«Anche tu.»

«Ci sentiamo e ci vediamo domani.»

«Ok.»

«Buona fortuna con gli incontri, anche se mi sembra che tu abbia tutto sotto controllo.»

Ember sorrise. «È così.»

«Cazzo, amo la tua sicurezza. Notte, Em.»

«Buonanotte.»

Aspettò di chiudere la porta, poi chiuse gli occhi e si mise una mano sul cuore. Aveva un enorme sorriso stampato in faccia, ma non avrebbe potuto trattenerlo nemmeno se ci avesse provato. Le cose stavano andando nel verso giusto e aveva una bella sensazione riguardo al suo futuro.

CAPITOLO DIECI

DOC ERA ANDATO A PRENDERE Ember all'hotel il venerdì mattina e avevano fatto una lunga corsa tranquilla. Nonostante fossero state le sei, si era lamentata bonariamente del caldo, e lui l'aveva presa in giro dicendo di smetterla di comportarsi come una bambina. In seguito si erano baciati davanti alla porta della sua camera, e poi accordati di incontrarsi alle otto e mezza al suo nuovo appartamento. Il comandante Robinson aveva concesso alla squadra la mattinata libera, ma dopo pranzo sarebbero dovuti tornare in ufficio per continuare a discutere della situazione in Afghanistan.

Ember aveva scelto un buon condominio. Doc era stato pronto a incoraggiarla a trasferirsi se avesse scoperto che non era tra i più sicuri della zona, ma non ce n'era stato bisogno. Aveva fatto bene le sue ricerche. C'erano telecamere di sorveglianza nei parcheggi e sparse per tutto il complesso. C'era una piscina, una palestra e tanta illuminazione.

Lo sapeva perché la notte precedente, dopo aver lasciato Ember, era andato a fare un giro per controllare.

Non poteva fare a meno di provare una stretta al petto quando pensava che si sarebbe trasferita nell'appartamento invece che a casa sua. Probabilmente aveva già pagato la caparra, per non parlare del canone mensile di manutenzione. Sembrava una cosa permanente, almeno nell'ottica dell'immediato futuro. Dopotutto, nessuno avrebbe pagato così tanti soldi, per poi decidere di trasferirsi da *lui* qualche mese dopo.

Il solo pensiero che potesse farlo era pazzesco, vero? Se lo avesse chiesto a Brain o a *chiunque* dei ragazzi, avrebbero detto di no, ma sapeva che praticamente qualsiasi altra persona non sarebbe stata d'accordo con loro.

Ma erano *davvero* perfetti insieme. Non riusciva a immaginare di vivere separato da lei per mesi, figuriamoci anni. Non gli piaceva l'idea di accompagnarla a casa e lasciarla ogni sera.

«Ehi, terra chiama Craig!» lo prese in giro Ember mentre andava verso di lui.

Era rimasto appoggiato alla macchina a guardare l'appartamento per così tanto tempo, che era riuscita ad avvicinarsi di soppiatto senza che lui se ne accorgesse.

«Ehi» la salutò, raddrizzandosi e aprendo le braccia. Fu una bella sensazione quando si abbandonò contro di lui senza esitare, e Doc inspirò profondamente. «Hai un buon profumo.»

«Grazie. Succede quando fai la doccia» scherzò.

Si scostò e la osservò. Indossava una canotta viola, un paio di pantaloncini cargo color cachi e le stesse scarpe che aveva quando erano andati a correre. I suoi capelli erano raccolti in una coda di cavallo bassa e aveva agganciato un berretto a uno dei passanti della cintura. Era pronta per lavorare... e un'ondata di desiderio lo travolse all'improvviso. Voleva farla sua. In modo duro, veloce, lento. Subito.

Ember lo fissò con i suoi enormi occhi castani e deglutì. Era come se sapesse esattamente a cosa stava pensando. Si leccò le labbra e lei imitò il movimento. Prolungando la trepidazione, si chinò lentamente verso di lei.

«Il camion non è ancora arrivato?» gridò una voce.

Doc si bloccò, fissandole la bocca con frustrazione e desiderio.

Gli sorrise. «Interrotto sul più bello dai tuoi amici» disse con dolcezza.

«Cazzo» borbottò.

Lei fece una risatina spensierata e felice, e Doc pensò che avrebbe voluto ascoltarla ogni giorno per il resto della vita. Con un sospiro, si voltò per salutare Trigger.

«Ehi» disse, sollevando il mento.

«Ciao. È bello rivederti, Ember. Benvenuta in Texas.»

«Grazie.»

«Mi dispiace che Gillian non sia potuta venire stamattina. Ha un incontro con un nuovo cliente che non poteva rimandare.»

«Nessun problema. Non vedo l'ora di incontrarla domani.»

«Anche lei. È al settimo cielo per la festa, ma ti avviso che le donne ti faranno il terzo grado. L'ho sentita parlare al telefono con Kinley, hanno fatto una lista di personaggi famosi e vogliono sapere se li hai incontrati.» Le fece l'occhiolino e sorrise.

Doc, invece, si irrigidì... ma quando Ember si limitò a ridacchiare, si rilassò.

«Temo che rimarranno deluse. Voglio dire, ho passato la maggior parte del mio tempo ad allenarmi, non a partecipare alle feste di Hollywood.»

«Non rimarranno deluse. Credimi, sono entusiaste di

conoscerti. Spero che non ti dispiaccia, ma Doc ci ha parlato un po' di cos'hai programmato per la nostra piccola città e l'ho detto a Gillian. È già tutta eccitata di pianificare raccolte fondi e spargere la voce per aiutarti a trovare i bambini che potrebbero essere adatti a partecipare.»

«Oh! Ringraziala da parte mia.»

«Puoi ringraziarla tu stessa domani» ribatté con un sorriso.

«Ehi! Allora, iniziamo o no?» chiese Lefty avvicinandosi. Era accompagnato da Brain e Aspen, che teneva Chance contro il petto, avvolto in un dispositivo dall'aspetto complicato con cinghie che giravano intorno al suo corpo.

«Ciao! Sono Aspen. È così bello conoscerti!» disse, porgendo la mano a Ember.

Doc lasciò cadere il braccio dalla sua vita e guardò le due donne incontrarsi.

«Ho sentito molto parlare di te» replicò lei.

«Non credere a una parola di ciò che dicono questi ragazzi, sparano un sacco di stronzate.»

«Linguaggio, Aspen» la rimproverò Brain.

La donna alzò gli occhi al cielo. «Chance è praticamente nato da due secondi, non credo che inizierà a ripetere le mie parolacce» borbottò a suo marito. Poi si voltò chinandosi verso Ember per dirle in un finto sussurro: «Mio marito è più intelligente della media e teme che Chance inizi a parlare tra tre mesi. So che spera di avergli trasmesso la sua prodigiosa abilità nelle lingue, ma mi sembra un po' esagerato.»

Doc sorrise. Brain era paranoico sul fatto che la prima parola di suo figlio sarebbe stata una parolaccia, ma lui pensava che sarebbe stato un oscuro termine russo o qualcosa che avrebbe appreso da suo padre.

«Sono in ritardo?» domandò Lefty. «È bello rivederti, Ember.»

«Non sei in ritardo, stiamo aspettando il camion. E grazie» gli rispose.

«Kins non è potuta venire perché lavora stamattina, ma ha detto che nemmeno degli ippopotami randagi rabbiosi potrebbero tenerla lontana domani.»

Ember rise.

Oz, Lucky e Grover arrivarono e si unirono al gruppo. Logan camminava accanto allo zio e c'era anche Devyn.

«Spero non sia un problema se ho portato Slugger con me. Riley, Bria e Amalia stanno trascorrendo una mattinata tra ragazze. Senza contare che mia moglie vuole iniziare a revisionare il nuovo libro che ha ricevuto ieri sera» disse Oz.

«Più mani ci sono, meglio è» rispose Ember. Si accucciò e salutò il ragazzino. «Ho sentito che sei un ottimo giocatore di baseball.»

Logan arrossì e si guardò i piedi, poi sembrò trovare il coraggio, la guardò per una frazione di secondo e praticamente si gettò su di lei.

Lo prese al volo spalancando gli occhi e ricambiò l'abbraccio sorridendo.

«Grazie per avermi fatto inviare quella scatola da Shin-Soo! È stato stupefacente! Hai reso la mia giornata speciale! Tutti i miei amici sono gelosi e non posso credere di avere un guanto *usato* davvero da lui! È troppo grande per me in questo momento, ma lo zio Oz dice che le mie mani cresceranno e mi andrà bene. Non vedo l'ora! Ho attaccato le foto e il poster sulle pareti della mia stanza, e metterò una delle palle autografate in una di quelle custodie di plastica, così non si rovinerà mai.»

Il sorriso di Ember si allargò mentre Logan si allontanava da lei. «Prego. Mi ha fatto piacere parlare con il mio amico e chiedergli di inviartela.»

«Un giorno diventerò famoso e invierò scatole del genere ai *miei* fan. Perché so quanto ha significato per me, quindi voglio farlo per qualcun altro.»

«Buon per te. Amo la tua sicurezza. Sai che quello è il primo passo per diventare un campione, giusto? Cioè credere in te stesso.»

Logan annuì. «È quello che dice anche zio Oz.»

«Tuo zio è un uomo molto intelligente» concordò.

«Non intelligente come Brain, ma va bene lo stesso» disse il ragazzino completamente serio, facendo ridere tutti.

Ember si alzò e Devyn si fece avanti. «Ciao. Sono Devyn. È bello conoscerti. Congratulazioni per la partecipazione alle Olimpiadi. È stato impressionante!»

Le sorrise. «Grazie.»

Quella era un'altra cosa di lei che a Doc piaceva. Non ignorò le congratulazioni. Non si mise sulla difensiva dicendo di non aver gareggiato come avrebbe voluto, o che era arrivata "solo" quindicesima. Alla fine era riuscita a entrare nella squadra e ciò la diceva lunga sulle sue capacità.

«Ciao, Ember» la salutò Lucky, porgendole la mano.

Lei strinse la sua e quella di Grover. «Grazie per essere venuti ad aiutarmi. Avevo detto a Craig che non era necessario, che non ho tantissima roba, ma lui ha insistito.»

«E ha fatto bene. Questa è un po' una nostra tradizione, aiutiamo le persone a fare il trasloco, per poi aiutarle, non troppo tempo dopo, a trasferire tutta la loro roba in un'altra casa» scherzò Trigger.

Doc lanciò un'occhiataccia al suo amico, mentre tutti gli altri fecero dei sorrisetti compiaciuti.

«Non capisco» mormorò perplessa, lanciandogli uno sguardo interrogativo.

«Sta scherzando» le disse.

«In realtà, no» sostenne Aspen con un sorrisetto. «Sembra che ogni volta che aiutiamo qualcuno a traslocare in un nuovo posto, non facciamo in tempo a girarci che lo stiamo già aiutando a trasferirsi di nuovo. In una casa più grande, a casa del suo uomo... qualcosa del genere.»

Doc gemette. «Possiamo cambiare argomento, per favore?»

Proprio in quel momento un grosso camion si fermò nel parcheggio e ne fu sollevato perché avrebbero terminato quella conversazione.

«Poca roba?» chiese Grover, alzando un sopracciglio. «Mi sembra qualcosa di più.»

«Non è tutta mia» li rassicurò. «Se non riescono a riempire un camion con le cose di una sola persona mettono dentro anche quelle di altre. Così si risparmia in denaro e viaggi. Sono rimasta scioccata quando il camion è entrato nel mio vialetto in California, dal momento che non avevo cose sufficienti a riempirlo tutto, ma poi mi hanno spiegato che ero l'ultima cliente e la mia roba sarebbe stata la prima a essere scaricata.»

Mentre tutti guardavano il camionista fare manovra per avvicinarsi il più possibile all'ingresso dove avrebbero portato gli effetti personali di Ember, Doc si chinò. «Tutto bene?»

«Certo. Perché non dovrebbe?»

«Stavo solo controllando.»

«Quindi... pensi che lo rifaremo presto?» gli chiese con un piccolo sorriso.

Lui gemette. «Ignorali.»

«Ma ora sono curiosa. Immagino che far progredire

velocemente una relazione non sia raro per te e i tuoi amici.»

«Devi capire che... vediamo un sacco di cose orribili nel nostro lavoro. Abbiamo visto morire degli amici lasciandosi alle spalle una famiglia. Abbiamo visto soldati, uomini e donne, tradire mogli o mariti fregandosene se qualcuno lo sapeva. Accidenti, abbiamo visto soldati venire traditi, soprattutto nelle forze speciali. Abbiamo visto morte e distruzione a un livello tale da far sembrare un gioco da ragazzi ciò che è successo in Corea del Sud. Quindi, quando troviamo qualcuno che può sopportare il nostro lavoro, le nostre idiosincrasie, e vuole *comunque* stare con noi... ci teniamo aggrappati a quella persona con entrambe le mani.

Non sto dicendo che ci sposeremo e avremo un sacco di bambini, ma di norma non cazzeggiamo quando si tratta di vivere la nostra vita, perché sappiamo quanto *quella vita* possa essere *fugace*. E se ciò significa chiedere alla donna che amiamo di venire a vivere con noi più in fretta di quanto sia considerato "normale", in modo da poter trascorrere più tempo possibile con lei, lo facciamo.» Trattenne il respiro mentre aspettava la sua reazione.

Ember posò una mano sulla sua guancia. «Capisco» disse con dolcezza.

«So che non vedi l'ora di stare da sola e ti ammiro per questo. Non ti metterò fretta per qualcosa per cui non sei pronta, ma *spero* che tu sia pronta per avermi intorno... molto spesso.»

«Sono pronta» ribatté senza esitazione. «Non sarei qui in Texas se non vedessi un futuro per noi. Non ho mai fatto una cosa del genere prima d'ora. Non mi sono mai trasferita dall'altra parte del Paese, pianificando di mettere radici in una città in cui non ho mai vissuto. Sono entusiasta di avere un posto tutto mio, ma ciò non significa che non voglia che tu sia coinvolto.»

«Grazie, cazzo» mormorò Doc.

Ember sorrise.

«Ehi, voi, volete venire ad aiutarci a capire dove dobbiamo andare e dove mettere la roba?» gridò Lucky.

Doc guardò dietro di lei e vide che la sua squadra aveva già aiutato l'autista e i traslocatori ad aprire il retro del camion. «Vai di sopra con Devyn e Aspen» le disse.

«Posso aiutare qui» protestò.

«So che puoi, ma ci siamo noi, più gli uomini che hai assunto. Lo faremo in men che non si dica e so che le ragazze non vedono l'ora di parlare con te.»

«So che è troppo presto per bere vino, ma potrei avere gli ingredienti per preparare dei Mimosa.»

«Perfetto» disse Doc con un sorriso. Si chinò e la baciò. Fu un bacio breve, ma amò che fosse restia a lasciare le sue labbra mentre si tirava indietro. «Quando avremo finito di portare su la roba, ti va di andare a pranzo con tutti?»

«Assolutamente sì.»

Si voltò per andarsene, ma Ember gli mise una mano sul braccio. «Craig?»

«Sì?»

«Grover sta bene? È stato molto tranquillo.»

«È in ansia per Sierra.» Doc era preoccupato per il suo amico, non era il solito Grover. Era chiaro che tutta la situazione che coinvolgeva la collaboratrice scomparsa gli pesava molto.

«Ho fatto delle ricerche ieri sera per capire da dove mi seguono i miei follower e da quello che ho visto, ne ho circa quarantamila che vivono in Medio Oriente. So che è un po' un azzardo, ma voglio comunque fare un post su Sierra. Avete una sua foto da poter usare?»

«Te ne trovo una» rispose, pensando ancora una volta che Ember non era nemmeno lontanamente la stronza ricca, viziata ed egocentrica che molti l'accusavano di essere.

«Diamoci una mossa!» gridò loro Lefty.

Doc non riuscì a trattenersi dal baciarle la tempia prima di dirigersi verso il camion.

———

Tre ore più tardi, Ember si ritrovò seduta nel mezzo di un lungo tavolo rettangolare in una steakhouse. Logan aveva il viso, le mani e metà delle braccia sporche di salsa barbecue, ma a nessuno sembrava importare.

Inoltre, non aveva visto nessuno farle foto o video di nascosto. Era un sollievo passare inosservata. Sapeva che una volta che si fosse diffusa la voce sulle sue attività, probabilmente l'avrebbero riconosciuta, ma per il momento le sembrava di essere in paradiso.

La mattinata era stata impegnativa e spassosa. Non avrebbe mai pensato che trasferirsi *potesse* essere così divertente. I ragazzi erano esilaranti e gentili, e adorava come incoraggiavano Logan, facendolo sentire uno del gruppo.

Le ragazze erano aperte e accoglienti. Aspen le aveva persino permesso di tenere in braccio il suo bambino, e quando Craig era entrato e l'aveva vista cullare il piccolo Chance, il suo sguardo le aveva fatto quasi scoppiare le ovaie. Era stato un misto di desiderio, bisogno e gentilezza. Non aveva detto niente, ma sapeva che non avrebbe mai dimenticato quello sguardo.

Una volta pranzato sarebbero tutti tornati al lavoro. Ember doveva incontrare di nuovo l'avvocato per firmare altri documenti, e ricontrollare che fosse tutto sistemato per l'arrivo di Julio e Marie.

Poi si sarebbe data un pizzicotto per assicurarsi che tutto ciò stesse realmente accadendo.

Non era passato molto da quando era depressa e si chiedeva cosa fare della sua vita. E ora eccola lì, in Texas, con un appartamento tutto suo, un uomo a cui teneva moltissimo, e stava per avviare un'attività in proprio.

Mentre si riprometteva di esaminare l'opportunità di frequentare dei corsi universitari online in modo da poter ottenere la laurea, guardò Craig dall'altra parte del tavolo.

Ember era seduta tra Logan, che aveva insistito per mettersi accanto a lei, e Devyn. Di fronte aveva Craig, Trigger e Lefty. Grover non si era unito a loro, perché era tornato alla base per vedere se quella mattina fossero arrivate nuove notizie.

Aspen e Brain erano seduti a un'estremità del tavolo, e lui teneva il figlio contro il petto mentre mangiava con l'altra mano. Tutti sorridevano e ridevano, e non si preoccupavano di quante calorie stessero consumando o di chi avrebbe potuto guardare. Lì era diverso come il giorno e la notte rispetto alla sua vecchia vita in California, ed era più felice di quanto non fosse stata da molto tempo.

«Quando verrai a vedermi giocare, Em?» le chiese il bambino.

«Logan, è scortese» lo ammonì Oz.

«Non c'è problema» disse subito. Adorava che avesse colto il soprannome che le aveva dato Craig. Amava essere Em, e non Ember Maxwell. «Quando hai la prossima partita? Perché voglio assolutamente venire a vederla.»

Logan guardò lo zio, che ridacchiò. «Penso che sia il prossimo fine settimana, Slugger, ma non sono il professionista dei calendari e delle programmazioni. Quella è Ri.»

«Ci tiene tutti in riga» concordò il ragazzino annuendo. «Dal programma di alimentazione di Amalia e gli appuntamenti dal dottore, alle date, orari e attività di gioco di Bria, a quelle del baseball. Senza di lei saremmo sempre in ritardo e probabilmente ci perderemmo tutto.»

Oz scoppiò a ridere. «Non ha torto. Ri ci mantiene tutti organizzati. Non so cosa farei senza di lei.» Si rivolse a Logan. «Ma a prescindere da ciò che ha detto Em, è comunque scortese esigere che qualcuno venga a vederti giocare. È più educato dire che ti diverte giocare a baseball, e poi invitare a vedere una partita.»

«È quello che ho fatto!» insistette, con un'espressione confusa.

«Non è molto discreto» sussurrò Devyn accanto a lei.

«Inoltre, quando diventerò famoso, Em potrebbe vantarsi dicendo che mi ha visto giocare. Scommetto che se mi scattasse una foto oggi, varrà milioni quando sarò grande e di successo.»

«Non gli manca nemmeno la fiducia in se stesso» scherzò la donna.

Ember non poté fare a meno di ridere. «Sarei onorata di venire a vederti giocare, Logan. E farò un sacco di foto, così quando sarò vecchia e grigia, potranno finanziare la mia pensione. Ok?»

«Grande!» esclamò felice. «Mostrerai le foto anche a me? Posso averne una?»

«Assolutamente.»

Quando il ragazzino si voltò per dire a suo zio che Ember gli avrebbe fatto delle foto, anche se Oz aveva ascoltato tutta la conversazione, Devyn si chinò di nuovo. «Non ha foto di quando era più piccolo. Forse sua madre non ne ha mai fatte o non le ha conservate e ora che tutti ne fanno un sacco alla sorella appena nata, Riley pensa che Logan si senta escluso.»

Le si spezzò il cuore per lui e Bria. «Farò così tante foto che si stancherà di me» promise.

L'altra la guardò per un momento, poi disse: «Sai, all'inizio non sapevo cosa pensare di te. Quando abbiamo sentito che Doc era preso da te, sono andata a controllare il tuo profilo Instagram... per assicurarmi che fossi abbastanza in gamba per lui.»

Ember fece un sorrisetto, e lei continuò. «Ammetto di essere stata scettica. C'erano molte cose lì che mi sembravano superficiali, ma poi ho capito che il tuo profilo era fondamentalmente un modo per guadagnare usando il tuo nome, che è una mossa piuttosto intelligente. Solo perché non mi piace molto truccarmi o farmi i selfie, non significa che quello sia un pessimo modo di ottenere un profitto. Poi, più leggevo del pentathlon moderno, di quanto sia difficile e di quanto devono allenarsi gli atleti per essere bravi in tutti e cinque gli sport, più rimanevo impressionata. Ora che ti ho incontrata, mi dispiace di aver avuto dei pregiudizi su di te. Ho anche pianto quando ho letto quel post. Ho capito che *quella* era la vera te. Sii sempre te stessa, Em. Sei molto più simpatica della falsa Ember Maxwell.»

«Grazie. Mi piace essere Em.»

Le due donne si sorrisero.

«Ho una domanda però» disse Ember.

«Spara.»

«Quanto tempo hai impiegato per andare a vivere con Lucky?»

Tutti scoppiarono a ridere, mentre lui appoggiò i gomiti sul tavolo e sorrise, lasciando che fosse Devyn a gestire la conversazione.

«Più tempo di tutte le altre, ma solo perché ero la sorellina ribelle del suo amico. In realtà, sembra che ci mettiamo più tempo di tutti su *tutto*.»

«Cosa intendi?» le chiese.

Lei indicò Oz e Chance. «Matrimonio. Bambini. Quel genere di cose.»

«Oh, non siete sposati?» Aveva pensato lo fossero.

«No. Ci amiamo e stiamo pianificando di passare il resto della nostra vita insieme, ma la mia famiglia non approverebbe mai un matrimonio veloce in tribunale o a Las Vegas. Quindi, dato che nessuno di noi è pronto per affrontare l'enorme festa in Missouri che mia madre e mio padre vogliono, per ora continuiamo solo a vivere insieme.»

Ember guardò lei, poi Lucky e poi di nuovo lei. «Ehm... allora perché quando i ragazzi parlano delle loro donne, tutti dicono "mogli" e non "mogli e fidanzata"?»

Con sua sorpresa Devyn diventò rosso fuoco. «Ehm...» Guardò il suo uomo, come se sperasse di venire salvata.

«Mi dispiace, è stato maleducato da parte mia» si scusò, mortificata per averla in qualche modo turbata.

«Non è stato maleducato» disse Craig con un piccolo sorriso. Lanciò un'occhiata al suo compagno di squadra. «Te l'avevo detto che sarebbe stato impossibile mantenere il segreto.»

Lucky sospirò. «Già. Allora... la verità è che io e Devyn *siamo* sposati. Volevo che potesse usufruire dei benefici di cui ho diritto lavorando nell'esercito e che avesse un supporto nel caso dovesse succedere qualcosa, ma non l'abbiamo ancora detto alla sua famiglia. In realtà non lo sa nessuno al di fuori della squadra. Non abbiamo fretta di organizzare la festa esagerata che desiderano i suoi genitori, quindi per ora facciamo solo finta di vivere nel peccato.»

Logan aggrottò la fronte e chiese a suo zio: «Cosa significa vivere nel peccato?»

«Te lo spiegherò più avanti» gli rispose Oz.

Ember si voltò verso Devyn. «Oh. Be', mi dispiace di non aver lasciato perdere...»

«Non preoccuparti. Ho detto a Lucky che sono pessima a mantenere i segreti.»

«Quindi, non è vero che ci mettete più tempo degli altri a fare le cose» affermò con un sorriso.

Tutti risero, e fu un altro momento surreale per lei. Amava quell'atmosfera.

«Ok, non è vero, ma ti assicuro che non sono ancora incinta. Abbiamo deciso di aspettare.»

Chance scelse quel momento per lanciare un urlo spacca timpani. Ember sobbalzò e Devyn ridacchiò.

«Quel piccolo ha due polmoni incredibili, questo è certo» disse.

Un attimo dopo iniziarono a prepararsi per andare via e rimase sorpresa quando l'altra donna la abbracciò.

Aspen si avvicinò e le diede una stretta veloce. Era ovvio che volesse andare in macchina per occuparsi di ciò che aveva fatto piangere Chance. «È stato bello conoscerti. Ci vediamo domani a casa di Riley e Oz!»

Logan la abbracciò a lungo. «Non dimenticarlo! Hai promesso di venire alla partita e fare molte foto! Devo averle per quando sarò grande e farò le presentazioni di diapositive del passato e cose del genere.»

Ember non poté fare a meno di ridere. «D'accordo. Non ti deluderò.»

Il ragazzino la guardò dritto negli occhi e sostenne: «Lo so. Perché sei la ragazza di Doc.» Poi si voltò e corse verso la porta, dove lo zio lo stava aspettando.

«Ha ragione, sai» disse Craig, mentre le circondava la vita con un braccio e la conduceva verso la porta.

Adorava che quando erano insieme sembrava volesse sempre toccarla: le teneva la mano, le metteva la mano sul ginocchio o sulla schiena. A prescindere da dove si trovassero o chi fosse presente, in qualche modo manteneva sempre un contatto.

Fu lì che si rese conto di quanto poco contatto umano avesse avuto in passato. I suoi genitori non erano tipi da gesti affettuosi, e di certo non aveva amici che l'abbracciassero come avevano fatto Aspen, Devyn e il piccolo Logan. Quella era un'altra cosa che le piaceva molto.

Salutò gli altri ragazzi e poi si ritrovò da sola con Craig nella Durango. La stava riportando all'appartamento, così avrebbe finito le commissioni della sua lista per quella giornata, mentre lui sarebbe andato alla base.

«Scusami se non ti ho parlato di Devyn e Lucky.»

«Perché? Se era un segreto tra loro e la squadra, non avevi motivo di dirmelo.»

«Mi dispiace comunque. Ma mi fa piacere che tu sia abbastanza intelligente da averlo capito. Però mi rincresce se Devyn ti ha offesa.»

«Non l'ha fatto. È vero che tutta la roba postata sul mio profilo era superficiale e falsa, ma ora lo sto modificando, e se perderò dei follower, pazienza. È bello avere il controllo di quella parte della mia vita e poter usare la mia piattaforma per qualcosa di significativo.»

Craig sorrise.

«Che c'è?»

«Mi riferivo alla sua osservazione sul fatto che tu fossi abbastanza in gamba per me.»

«Be', penso che ci siano buone possibilità che non lo sia.»

«Ti sbagli» ribatté subito con un tono basso. Fece un respiro profondo e continuò. «Scusa. È solo che non voglio che tu pensi una cosa del genere di te stessa. Stiamo bene insieme. Penso che le nostre differenze ci aiutino a completarci. Inoltre, abbiamo molto più in comune di quanto chiunque possa pensare guardandoci.»

«Sono d'accordo» ammise con dolcezza. Quando si erano conosciuti, lei era stata tra quelli che pensavano che loro due fossero completamente diversi, ma *ogni persona* era più del suo aspetto esteriore.

Fecero il resto del viaggio in un confortevole silenzio, e non poté fare a meno di sentirsi delusa quando Craig si fermò vicino all'ingresso del suo condominio.

«Mi dispiace che non ci fosse Gillian per poterle chiedere cosa portare domani» disse Ember.

«Non c'è problema, lo scopriremo.»

«Mi piacciono i tuoi amici. Sono davvero simpatici.»

«È vero» concordò. «E ora sono i *nostri* amici. Quando ti sarai sistemata, ti aiuteranno anche con tutto ciò di cui hai bisogno per la palestra.»

Annuì. Ci sarebbe voluto un bel po' di tempo per abituarsi ad avere delle persone su cui fare affidamento e con cui condividere la sua passione.

«Non cucinare stasera. Mi fermerò a prendere qualcosa lungo la strada... se per te va bene. Ho pensato di venire da te e di festeggiare la tua prima notte nell'appartamento.»

«Mi piacerebbe» ammise, pensando a tutti i modi in cui avrebbe potuto festeggiare con lui.

«E non guardarmi così» la avvertì ridendo. «Devi sapere che non sono quel tipo d'uomo.»

Fu il turno di Ember di scoppiare a ridere. «Non credo di aver mai riso così tanto come da quando ti ho incontrato.»

«Bene.» Si chinò e la baciò sulla tempia. «Vai. Mettiti al lavoro. So che hai una lista di almeno due pagine per oggi.»

Gli sorrise. «Mi conosci così bene.»

«Ci provo» replicò serio. «Forza. Scendi. Ti mando un messaggio quando lascio la base.»

Ember annuì e scese dall'auto. Si fermò prima di chiudere la portiera. «Craig?»

«Sì, Em?»

«Sono felice.»

Il sorriso che si aprì sul suo volto fu così bello che le venne voglia di piangere.

«Lo sono anch'io. A più tardi.»

«A dopo» replicò, e chiuse la portiera. Craig le fece un cenno con il mento prima di allontanarsi.

———

Dieci ore più tardi, Ember era seduta sul divano nel suo appartamento, con la pancia piena del delizioso cibo messicano che aveva portato Craig. Aveva comprato anche una torta al doppio cioccolato, la sua preferita. Non si era permessa di indulgere in qualcosa di così goloso da molto tempo, e di conseguenza aveva un sapore ancora più paradisiaco.

Aveva la scritta "Buon Compleanno" sopra, e lui era arrossito dicendo che era l'unica rimasta. Non le importava cosa diceva o che la glassa fosse rovinata da un lato dove era stata schiacciata contro la scatola, contava solo che lui avesse voluto rendere speciale la sua prima notte nel nuovo appartamento.

Aveva anche portato una confezione di birra Ziegenbock da sei. A quanto sembrava, veniva prodotta a Houston e venduta solo in Texas. Non era un tipo da birra, ma doveva ammettere che aveva un sapore delizioso dopo una giornata impegnativa e faticosa.

Ember aveva riflettuto a lungo su cosa pubblicare sui social, sapendo di dover stare attenta a non mettere nulla che indicasse dove si era trasferita. Si stava godendo l'anonimato in quel momento. Si era accontentata di scattare una foto artistica del parcheggio della nuova palestra. C'erano erbacce che spuntavano tra le crepe nel cemento e aveva un aspetto desolato, ma sapeva che molto presto sarebbero scomparse e il parcheggio sarebbe stato pieno di auto. O almeno lo sperava. La didascalia che aveva scritto diceva: *C'è bellezza in ogni cosa... soprattutto sapendo che stai per fare la differenza.*

«C'è la possibilità che nelle prossime settimana veniamo inviati in missione» disse Craig di punto in bianco.

Lo guardò. Era seduto accanto a lei sul divano, c'erano scatole tutt'intorno e non aveva ancora avuto il tempo di collegare la TV. Il posto era un disastro, ma non si sentiva in colpa. La sua giornata era stata produttiva e aveva preferito di gran lunga stare seduta con lui piuttosto che mettere in ordine.

«È... un bene, non è vero?»

«Un bene?» le chiese, con un sopracciglio alzato.

«Ok. So che non puoi dirmi dove andrai o cosa farai, ma ultimamente hai accennato piuttosto spesso a Sierra e a quanto siano tutti preoccupati per la situazione in Afghanistan a causa dei lavoratori scomparsi. Posso anche non avere una laurea, ma so fare due più due. A proposito, grazie per avermi inviato la sua foto. La pubblicherò domani prima che andiamo a casa di Riley e Oz.»

«Scusa, sono troppo abituato a glissare qualsiasi domanda su ciò che facciamo. Hai ragione, la tensione durante le riunioni è palpabile e Grover è al limite della pazienza. Nessuno di noi lo biasima. Siamo solo preoccupati che faccia qualcosa di avventato.»

«Tipo cosa?»

«Non ne ho idea. Ma ti dico solo questo...» La fissò negli occhi e lei non riuscì a distogliere lo sguardo. «Se sapessi che *tu* sei nei guai, farei tutto il necessario per aiutarti. Anche se dovesse mettermi in pericolo.»

«Craig» sussurrò.

«Non posso spiegare come faccio a sapere che sei quella giusta per me» continuò. «La gente non crede nell'amore a prima vista, ma nel momento in cui ti ho guardata, mi è scattato qualcosa dentro.»

Ember deglutì a fatica.

«Ti amo? Non lo so. Sembra stupido, ma è così. In passato ho pensato di essere innamorato, ma non ho mai provato per nessun'altra ciò che provo per te. Quindi, forse *questo* è amore, mentre quello del passato non era altro che un grande affetto. So solo che ti penso sempre. Sono orgoglioso di te e voglio dire a tutti quelli che incontro quanto sei straordinaria. Non vedo l'ora di parlarti, e anche ricevere un tuo messaggio mi fa sorridere come uno psicopatico squilibrato. Non riesco a smettere di pensare a tutte le cose che voglio fare con te. Portarti a ballare, anche se non so affatto farlo. Portarti al poligono di tiro. Al cinema. Anche correre stamattina è sembrato più facile con te al mio fianco. E ogni giorno che passa, sento un legame sempre più forte tra noi. Mi spaventa da morire, se proprio vuoi saperlo.»

Gli rivolse un sorriso tremante. «Lo so.»

«Mi va bene fare le cose un passo alla volta, ma sappi che non passa giorno in cui non ti penso, in cui non spero di non rovinare tutto dicendo o facendo la cosa sbagliata.

Ero pronto a prendere le distanze prima che tu arrivassi qui. Sapevo che mi avrebbe ucciso rimanere solo amici, parlare solo al telefono e vederti di tanto in tanto, e il pensiero che avresti potuto incontrare qualcun altro mi ha quasi distrutto. Mi rendo conto che è assurdo, dato che *eravamo* davvero solo amici.»

«Non credo che siamo mai stati solo amici.»

«Lo senti anche tu.» Non era una domanda.

Ma lei confermò lo stesso. «Lo sento anch'io. È per questo che mi sono trasferita qui. Non volevo nemmeno io una relazione a distanza. Mi sono sentita costretta a venire qui, per essere vicina a te. Penso che dietro la palestra disponibile, questo appartamento e Julio e Marie che hanno accettato di venire ad aiutarmi, ci sia più che semplice fortuna. Le cose si sono incastrate perfettamente per una ragione, Craig. Ci credo davvero.»

«Anch'io.»

«Bene, quindi... come funziona quando vieni mandato in missione? Un giorno ti alzi e te ne vai o ricevi un preavviso?»

«Non succederà mai con te che mi alzi e scompaia» rispose Craig serio. «A volte riceviamo un preavviso di poche ore, ma abbiamo sempre il tempo di tornare a casa e assicurarci che le nostre famiglie siano a posto. Altre volte può essere di qualche giorno fino a una settimana. Spero che questa volta avremo almeno un paio di giorni per sistemare tutto prima di partire.»

Ember annuì. «Bene. Possiamo parlare mentre sei via? Per esempio, potrai ricevere mail e cose del genere?»

«Di solito no.»

«Fa schifo, ma capisco.»

«Non sarà facile stare con me» le ricordò.

«Be', non sarà facile nemmeno stare con me. Aspetta

che venga riconosciuta quando andremo da qualche parte. A volte diventa un po' folle. Inoltre, trascorrerò molto tempo in palestra. Ho bisogno che sia un successo e il modo migliore per assicurarmene è essere lì di persona a supervisionare, aiutare e allenare i bambini. Quest'ultima è la cosa che sono più impaziente di fare. Quindi sì, farà schifo quando sarai via, ma ci saranno un sacco di serate in cui sarò troppo occupata per stare seduta sul divano a parlare come ora. Riuscirai a gestirlo?»

«Sì» rispose subito. «Io...»

Quando si interruppe e non continuò, Ember gli chiese: «Tu cosa?»

«Sono solo sopraffatto. Non so come siamo arrivati qui. Non fraintendermi, ne sono felice, solo che a volte ho paura sia un'illusione e che svanisca tutto in una nuvola di fumo.»

«È così anche per me» ammise con un sospiro. Era contenta di non essere l'unica a provare quella sensazione.

Craig guardò l'orologio e trasalì. «Sono le dieci e mezza. Sono sicuro che hai un sacco di cose in programma per domani, prima che passi a prenderti per andare da Oz.»

Ember annuì. «Sì. Per prima cosa andrò a fare una nuotata, poi verificherò che gli appartamenti di Julio e Marie siano pronti la prossima settimana come promesso, e devo pagare anche le caparre. Dopo ho un incontro con un tizio che dice di avere delle attrezzature per la scherma che potrei comprare, e devo fermarmi al supermercato dopo che avremo scoperto cosa portare alla festa.»

«Vengo anch'io all'incontro con quell'uomo, non è sicuro andarci da sola. E posso passare al supermercato, così puoi toglierlo dalla tua lista. Mi inviterei a venire in piscina, ma non voglio rischiare troppo la fortuna.» Ridacchiò.

«Uno di questi giorni avrò il coraggio di invitarti a passare la notte da me» sbottò Ember.

«Quando lo farai, accetterò» ribatté Craig con un tenero sorriso. «Anche se quell'invito dovesse implicare che io dorma sul divano mentre tu sei nel tuo letto. Non fraintendermi, ti voglio, ma il mio desiderio non prevale sul bisogno di stare semplicemente in tua compagnia. Di starti vicino. Capisci cosa voglio dire?»

«Sì.»

«Bene.» Craig si alzò, le porse la mano e quando la prese la tirò in piedi. Non la lasciò andare mentre si dirigevano verso la porta d'ingresso. «Appena possibile ti aiuterò a sostituire queste serrature» disse, osservando la fragile catena. «Aggiungeremo anche un chiavistello. Non terrà fuori qualcuno se è davvero intenzionato a entrare, ma lo rallenterà.»

Ember non obiettò. Era stato un po' deprimente passare dal sistema di sicurezza all'avanguardia della casa dei suoi genitori, alla semplice serratura sul pomello e una catena di quell'appartamento. Aveva comprato uno di quei fermaporta con l'allarme che avrebbe emesso un rumore forte e fastidioso se qualcuno avesse provato a entrare, ma con serrature più solide si sarebbe sentita meglio.

Craig si voltò, e lei senza dire nulla si alzò in punta di piedi e lo baciò con passione, lasciando vagare le mani. Quando alla fine lui si tirò indietro con un gemito, si rese conto che gli aveva afferrato il sedere come se non volesse lasciarlo andare.

«Buona prima notte nella tua nuova casa» le disse con dolcezza.

«Grazie.»

«Chiama se hai bisogno di qualcosa.»

«Lo farò.»

«Fammi sapere quando ti devi incontrare con quell'uomo domani, così vengo a prenderti e ci andiamo insieme. Va bene?»

«L'appuntamento è alle nove e mezza. Ho cercato l'indirizzo e non è troppo lontano da qui.»

«Ok. Quanto pensi ci vorrà? Avremo tempo per tornare a casa e cambiarci prima di andare da Oz?»

Di nuovo quel plurale; lo adorava da morire. «Credo di sì.»

«Ottimo» replicò, stringendole la mano. «Ci vediamo domani mattina allora. Dormi bene.»

«Anche tu.»

«Impossibile» ribatté con un sorriso, prima di aprire la porta.

Ember sorrise a sua volta mentre lo guardava avviarsi lungo il corridoio. Neanche lei avrebbe dormito bene, e sarebbe stata tutta colpa di Craig. Lo desiderava. Disperatamente. Ma era ovvio che lui comprendesse che aveva bisogno di passare quella prima notte da sola. Aveva bisogno di apprezzare davvero il fatto di essere indipendente per la prima volta in assoluto.

Ma il giorno successivo sarebbe stata pronta a far progredire la loro relazione che già si muoveva alla velocità della luce. Voleva vedere intimamente il cazzo lungo e duro che aveva sentito contro la pancia pochi minuti prima. Sentire le sue mani callose contro la pelle. Voleva passare la notte nel suo letto o averlo nel proprio. Non le importava quale. Sapeva solo che se non avesse fatto l'amore con Craig presto, sarebbe esplosa.

Ember chiuse a chiave la porta sorridendo e vi inserì sotto il cuneo con l'allarme. Spense le luci e andò verso la camera. Devyn e Aspen l'avevano aiutata a fare il letto in modo che fosse pronto per quando sarebbe andata a dormire. Aveva ancora molte cose da comprare, tipo un tappeto per il bagno e una tenda da doccia. Quello era in parte il motivo per cui aveva deciso di andare a nuotare l'indomani mattina, così avrebbe potuto fare la doccia al centro dell'associazione giovanile. Non vedeva l'ora di sistemare l'appartamento, e non poté fare a meno di pensare alla casa di Craig che aveva ancora bisogno di molte rifiniture, come tappeti, quadri, cuscini.

Si cambiò e si infilò sotto il lenzuolo e la trapunta. Prese il telefono e aprì il suo profilo Instagram. Ora che stava pubblicando da sola le sue foto, doveva controllare più spesso cosa pensavano i suoi follower. I post erano più personali, più significativi per lei e voleva che gli altri vedessero la bellezza del suo nuovo mondo.

La maggior parte dei commenti erano positivi, le auguravano buona fortuna e dicevano quanto amassero il concetto dietro la foto del parcheggio vuoto che aveva pubblicato, ma ovviamente c'erano anche quelli arrabbiati e pieni di odio, che dicevano che speravano fallisse clamorosamente e che la sua nuova e amata palestra andasse a fuoco.

Fallirai, stronza. E rideremo quando succederà.

Potevi scegliere un edificio peggiore?

Hai calpestato tutti per arrivare dove sei. Non meriti di essere felice.

Vederti ostentare la tua ricchezza è disgustoso.

L'unico buon negro è un negro morto.

Vedere quella parola che iniziava con la "n" le faceva ancora trattenere il respiro per la sorpresa e la paura. Era difficile credere che al giorno d'oggi le persone ancora odiassero qualcuno a causa del colore della sua pelle, ma d'altronde, non era passato molto tempo da quando i neri non avevano alcun diritto ed erano considerati delle proprietà.

Cercando di cancellare dalla mente quella parola denigratoria, continuò a leggere i commenti positivi, cercando di ignorare quelli meschini.

Amo ciò che stai facendo.
Stai davvero facendo la differenza nel mondo.
Non vedo l'ora di vedere quando tutto sarà finito.
Bellissima foto.
Mi piace conoscere la vera *te.*

Sorrise a quell'ultimo commento. Anche a lei piaceva conoscere la vera Ember. Fino a quel momento era soddisfatta di quello che aveva imparato su di lei. Spense il telefono e lo posò sul comodino accanto al letto. Voleva concentrarsi sul bene invece che sull'odio, anche se di certo era difficile farlo mentre navigavi sui social.

Si ripromise di non guardare più i commenti sul suo account prima di mettersi a dormire. Si mise a pensare ai nuovi amici che si era fatta quel giorno e non vedeva l'ora di conoscere tutti gli altri l'indomani.

E poi la sera… be', sperava di non dover salutare Craig alla porta. Magari sarebbe rimasto o l'avrebbe invitata a dormire a casa sua. L'ultima cosa a cui pensò prima di addormentarsi fu di assicurarsi di preparare una borsa per la notte, per ogni evenienza.

———

Alex fissò la nuova foto sul profilo di Ember. Non stava nemmeno rispondendo a nessun commento. Il che dimostrava quanto fosse concentrata solo su se stessa. La stronza stava fingendo di interessarsi agli altri, quando in realtà stava solo usando quella nuova avventura in palestra come un qualsiasi altro servizio fotografico.

Era ovvio che sarebbe andata fino in fondo, comprando un edificio, assumendo persone che lavorassero per lei, ma la motivazione dietro a quell'improvviso bisogno di aiutare gli svantaggiati sembrava, nella migliore delle ipotesi, falsa.

Era stata un enorme fallimento alle Olimpiadi e tutta quell'improvvisa beneficenza era solo il suo modo per far dimenticare a tutti che era una perdente.

Inoltre, non era sbagliato che fosse riuscita a far partire la sua nuova attività così rapidamente? Le bastava solo ostentare i suoi soldi in giro e *sbam*! tutti eseguivano i suoi ordini. Era disgustoso, e un altro motivo per odiarla.

Alex avrebbe fatto in modo che non sfruttasse più nessuno. Non come aveva fatto con tantissime persone a Los Angeles. Tutti quelli che avevano lavorato per lei erano stati solo un trampolino di lancio per ottenere ciò che voleva; gli allenatori, i parrucchieri, i truccatori, i fotografi, gli atleti con cui si era allenata, lo staff dei social... anche i suoi genitori. Aveva semplicemente preso e preso, senza dare nulla in cambio, per poi scaricare quelli di cui non aveva più bisogno.

Disgustoso!

Ember Maxwell usa le persone, e non può semplicemente trasferirsi lasciandosi dietro una scia di distruzione.

Non può lasciarsi la gente alle spalle senza pensarci. Non va bene.

Non è giusto!

Alex aggrottò la fronte facendo diversi respiri profondi, cercando di far tacere tutte le voci. Stavano peggiorando, parlavano tutte insieme, facevano confusione deliberatamente.

Fece un ultimo respiro profondo e si concentrò sul suo piano.

Era il momento di occuparsi della stronza.

Ember non aveva idea di cosa l'aspettava. Non ci sarebbero stati preavvisi. Non avrebbe avuto motivo di insospettirsi o assumere delle guardie del corpo. No. Alex l'avrebbe fermata e nel giro di una settimana non sarebbe stata altro che un ricordo.

Basta grandi piani per sfruttare i bambini. Basta usare le persone per apparire migliore. Basta ostentare il suo privilegio.

Alex avrebbe fatto ciò che doveva essere fatto.

Poi tutti si sarebbero dimenticati di Ember Maxwell, perché non era altro che una stronza in cerca di fama, era falsa, egoista e avida di denaro.

Sorridendo, si rilassò. Presto. Entro una settimana tutto sarebbe finito. Ember sarebbe morta e tutto sarebbe tornato alla normalità.

CAPITOLO UNDICI

EMBER ERA nervosa ma eccitata per la festa. Come al solito quella mattina si era svegliata presto ed era andata a nuotare. La sua spalla era guarita bene e sentiva solo una fitta di tanto in tanto. I bagnini erano stati amichevoli e le poche altre persone che aveva visto l'avevano praticamente ignorata, il che era stata una bella novità.

In seguito aveva avuto un po' di tempo libero, così aveva fatto dei muffin ai mirtilli. Erano quelli dei preparati in scatola, ma voleva portare qualcosa all'incontro con gli amici di Craig. Era ansiosa. Voleva piacere alle altre donne, anche se sospettava che avrebbero dovuto superare eventuali pregiudizi prima di accettare Ember Maxwell nella loro cerchia ristretta. A ruoli invertiti, sarebbe stata altrettanto cauta.

Craig si era presentato a casa sua alle nove e un quarto ed erano andati a incontrare l'uomo che aveva delle attrezzature da scherma usate e che alla fine si erano rivelate perfette, almeno per il momento. In ogni caso, avrebbe dovuto prendere delle uniformi più piccole e altre spade, l'arma usata nel pentathlon moderno, ma quello era un buon inizio. L'uomo aveva gestito una scuola di scherma, ma si era ritirato ed era stato felice di venderle ciò che aveva.

Poi si erano fermati a casa di Craig, perché lui doveva cambiarsi e prendere quello che sembrava un'infinità di cibo. Quando aveva detto che si sarebbe occupato della roba da portare, Ember non aveva pensato che avrebbe comprato metà negozio. Ora, la ventina di muffin sul retro della Durango le sembravano un po' patetici.

«Cosa c'è che non va?» le chiese, mentre stavano per partire diretti alla casa di Riley e Oz.

«Niente.»

«Em, dimmelo» ordinò con fermezza.

«È solo che non sapevo che avresti comprato così tanta roba, altrimenti non mi sarei presa la briga di fare i muffin. Hanno un aspetto un po' patetico. Sono asimmetrici e di dimensioni diverse. Sono sicura che alcuni saranno crudi dentro. Li lascerò in macchina e li getterò via quando tornerò a casa.»

«Guardami.»

Ember sospirò e lo guardò. Era così bello quel giorno, come sempre d'altronde. Aveva indossato un paio di bermuda cargo marrone chiaro, una maglietta blu che metteva in risalto il colore dei suoi occhi e le infradito. Era strano, e in certo senso intimo, vedere i suoi piedi nudi. Si era abituata a vederlo con anfibi, pantaloni e magliette a maniche lunghe, in apparenza insensibile al caldo del Texas, ma vederlo vestito casual era... bello, come se avesse abbassato la guardia per mostrarle il vero Craig.

«Ho rubato uno dei tuoi muffin mentre non stavi guardando. Era delizioso, e non lo dico per dire. Se credi che permetterei che ti senta in imbarazzo la prima volta che incontri persone con cui spero intreccerai relazioni durature, la risposta è no. Quindi, anche se non è bello che io l'abbia fatto, ho rubato un muffin perché uno, avevo fame e sembravano buoni, e due, perché volevo assicurarmi che avessero un buon sapore, ma solo perché hai detto che non avevi mai avuto la possibilità di imparare a cucinare. Sei arrabbiata?»

«No.» La risposta fu immediata e sincera. Ne aveva mangiato uno anche lei, esattamente per lo stesso motivo. Se avesse sbagliato ad aggiungere gli ingredienti, l'ultima cosa che voleva era che qualcuno lo sputasse dopo averlo assaggiato. Si sarebbe sentita mortificata. Quindi no, non era arrabbiata che Craig avesse pensato ai suoi sentimenti. Che avesse voluto risparmiarle l'imbarazzo. «Grazie per avermelo detto.»

«Niente segreti» affermò. Poi arricciò il naso. «Sembra sciocco dirlo visto il mio lavoro, ma non voglio che ci siano segreti tra di noi. Se non ti andasse di fare qualcosa che suggerisco, dimmelo. Questo vale per qualsiasi cosa, che sia dentro o fuori casa. Programmi alla TV, posizioni sessuali, opportunità di volontariato, attività alla base... tutto.»

Ember non poté fare a meno di sorridere. «Posizioni sessuali?»

Craig sorrise a sua volta. «Sì, be', non si sa mai, potremmo avere idee molto diverse su cosa ci piace in camera da letto.»

Ciò la fece tornare seria. «E se non fossimo compatibili?»

«Lo siamo» ribatté senza esitazione.

«Non puoi saperlo» insistette, non sapendo perché ne stesse discutendo.

«Em, non importa cosa vuoi o non vuoi fare, mi va bene tutto.»

Lei aggrottò la fronte. «Quindi, se ti dicessi che sono una dominatrice e che voglio prendere il controllo completo a letto, me lo lasceresti fare? E se volessi legarti e frustarti?»

Craig ridacchiò. «Non lo sei e non lo faresti.»

«Ma non puoi saperlo» ripeté.

«Em, lo so. E comunque non stavo parlando di fare qualcosa che possa ferirci. Se vuoi sperimentare un po' di bondage leggero e qualche sculacciata, mi va bene. Non ho problemi se mi leghi o se io lego te. Se vuoi guardare un film erotico o porno insieme, ribadisco, non ho problemi. Sperimentare con il sesso è eccitante. Può anche essere imbarazzante e strano, ma sono disposto a sopportarlo perché so che qualunque cosa accada, saremo entrambi consapevoli.»

«Non posso credere che ne stiamo parlando quando non ci siamo ancora nemmeno visti nudi» mormorò Ember. Lo guardò e lo vide sorridere. «Che c'è?»

«Mi piace tutto questo» rispose, incontrando il suo sguardo per un secondo prima di riportare la sua attenzione sulla strada. «Essere aperti e onesti. Non ho mai avuto una relazione del genere. È sempre stato un terno al lotto cercare di leggere la mente delle mie ragazze riguardo a cosa volevano o stavano pensando. Con te non devo mai indovinare, e non ho paura di dire ciò che penso o che voglio.»

Fu il turno di Ember di sorridere. Sapeva esattamente cosa intendeva. Aveva trascorso gran parte della sua vita a nascondersi dietro a un sorriso falso, non osando mai esprimere i suoi veri sentimenti. Stare con lui era stimolante e... facile.

«E per riportare questa conversazione all'argomento di partenza, i tuoi muffin sono veramente deliziosi. Ne avrei rubati più di uno, ma te ne saresti accorta. Alle persone con cui staremo oggi non frega un cazzo se i muffin sono sbilenchi o cotti un po' male, cosa che non sono. Anzi, è probabile che le ragazze li apprezzerebbero di più se ci fosse la pastella morbida nel mezzo. Sono brava gente, Em, e so che ti integrerai perfettamente.»

«Lo spero.»

«Ne sono certo» ribatté con fermezza.

Ember decise di rilassarsi ed essere se stessa. Aveva passato così tanti anni della sua vita a cercare di essere qualcuno che non era, e voleva che l'amicizia con quelle donne fosse autentica.

Entrarono in un vialetto e parcheggiarono dietro a una Jeep Grand Cherokee e una Chevy Blazer. Craig prese la maggior parte delle borse con il cibo che aveva comprato e lei solo il piatto dei muffin. Si avvicinarono alla porta, che si aprì prima che potessero bussare.

«Ciao!» esclamò Logan. «Hai portato la macchina fotografica, Em? Perché ho pensato che forse avresti potuto farmi delle foto nel mio giardino.»

«Logan» lo rimproverò Oz, avvicinandosi alle spalle di suo nipote. «È scortese.»

Il ragazzino guardò suo zio. «Scusa.»

«Non devi scusarti con me, ma con Ember.»

«Scusa» ripeté, guardandola diligentemente.

«Tranquillo. E per la cronaca, la fotocamera del mio telefono è fantastica. Mi piacerebbe farti qualche foto con la maglietta che Shin-Soo ti ha mandato, così posso inviargliele.»

Gli occhi del ragazzino diventarono enormi. «Sul serio? Grande! Devo andare a cambiarmi!» Poi oltrepassò lo zio e corse dentro casa.

Ember ridacchiò.

«Scusalo, è un po' troppo entusiasta quando si tratta del baseball.»

«Nessun problema. Sono felice di farlo e so che a Shin-Soo farà molto piacere ricevere le foto.»

«Non rimanete lì sulla soglia» disse una donna da dietro Oz, che sorrise e si spostò per poterla abbracciare.

«Ciao, sono Riley, e lei è Amalia.»

La piccola era adorabile, come la maggior parte dei bambini. «È un piacere conoscerti» replicò Ember con un sorriso.

«Anche per me. Ho sentito molto parlare di te e devo dire che sei ancora più bella di persona.»

Una ragazzina con i capelli rossi e due enormi occhi nocciola si avvicinò fissandola. Sembrava avere circa sette o otto anni.

«Ciao» la salutò Ember con dolcezza.

Invece di rispondere, la bambina tirò la maglietta di Riley.

L'altra donna si chinò. «Sì, tesoro?»

«Sembra la principessa Tiana.»

Si raddrizzò e sorrise. «È vero. Bria, questa è Ember, l'amica di Doc. Ember, lei è Bria. È la nipote di Oz, mia figlia e ora la sorella di Amalia.»

Aveva sentito la storia di Bria e Logan e il motivo per cui erano andati a vivere con loro, e non poté fare a meno di amare subito la bambina. Il fatto che pensasse che fosse una principessa Disney gliela fece adorare ancora di più.

Oz le prese il piatto di muffin dalle mani e lei glielo lasciò fare senza dire nulla. «Stiamo ancora aspettando l'arrivo di tutti, ma Bria, che ne dici di mostrare la casa a Ember?»

«Vuoi vedere la mia stanza?» chiese timidamente la bambina.

«Mi piacerebbe» le rispose.

Rimase scioccata quando andò subito verso di lei per prenderle la mano. Gli sguardi sorpresi sui volti di Riley e Oz confermarono che non era qualcosa che faceva di solito.

«Ho un sacco di Barbie, possiamo giocare.»

«Non ora, Bria. Magari più tardi» le disse con tenerezza Riley. «Ember è qui per stare con gli adulti. Presto arriverà Carrie e potrai giocare con lei.»

La piccola fece il broncio ed Ember cercò subito di tranquillizzarla dicendo: «Mi piacerebbe vedere le tue Barbie prima che arrivi la tua amica.»

La trascinò via dalla porta sorridendo e lei si lasciò condurre su per le scale fino alla sua camera. Trascorse dieci minuti ad ammirare la sua collezione di bambole e a farsi mostrare tutte le sue cose preferite. La stanza era ampia e luminosa e pensò che fosse stato intenzionale assicurarsi che la bambina non si sentisse intrappolata. Dopo tutto ciò che aveva passato, avevano fatto un ottimo lavoro nel renderla uno spazio sicuro per Bria.

Alla fine, lasciarono la sua camera e la piccola le mostrò brevemente le altre stanze al piano di sopra. La casa era enorme, aveva sei camere da letto. Craig le aveva detto che Riley e Oz volevano una grande famiglia, e che non sarebbe sorpreso se presto lei fosse rimasta di nuovo incinta.

Bria la abbandonò, stanca di farle da cicerone, così tornò giù da sola. Non appena Craig la vide si diresse verso di lei.

«Tutto bene?» le chiese.

«Certo. Bria è adorabile e questa casa è enorme.»

«Sì. Te l'avevo detto. Andiamo, sono arrivati tutti e Gillian ha già acceso il distributore di Margarita.»

«Un distributore di Margarita?» chiese. «Non si fa tipo con un frullatore?»

«Shhh» disse con un sorriso. «Trigger è incaricato a far sì che le bevande scorrano, così lei lo chiama distributore di Margarita.»

Non poté fare a meno di ridere.

Craig si chinò in avanti e le baciò la tempia, poi intrecciò le dita con le sue e si diresse verso la cucina. Lo spazio era enorme, con elettrodomestici top di gamma e ripiani in granito, ma con tutte quelle persone in giro, non c'era un centimetro di spazio libero.

La condusse da una donna alta come lei, con i capelli biondi e gli occhi verdi. «Gillian, questa è Ember. Ember, Gillian.»

«Ciao!» la saluto l'altra allegramente. «Sono così felice di conoscerti. Vuoi un drink?»

«Ehm... certo» rispose.

«Magnifico. Walker?»

Trigger ridacchiò, porgendole un bicchiere con dentro una cannuccia.

Gillian lo prese, si alzò per baciarlo sulle labbra, poi porse la bevanda a Ember. «Spero che ti piaccia forte.»

Non poté trattenersi dal guardare Craig e stringergli i bicipiti prima di prendere il drink. «Più forte è, meglio è.»

Gillian gettò indietro la testa e rise, poi lo spinse via. «Tu e gli altri dovete uscire. La tua ragazza è in buone mani.»

«È ciò che temo» mormorò lui.

Si chinò, e la sorprese baciandola sulle labbra. E non fu nemmeno una cosa veloce e casta. Usò la lingua e le mise la mano dietro al collo per tenerla contro di sé mentre la baciava con passione. Quando si tirò indietro, la fissò per un lungo momento prima di farle un piccolo sorriso. «Divertiti.»

Ember si leccò le labbra e lo osservò dirigersi verso un'altra stanza con il resto dei ragazzi. Non aveva idea se sarebbero andati a grigliare qualcosa, a fare una gara di tiro al bersaglio in cortile o di braccio di ferro. Con tutto quel testosterone che poteva praticamente sentire vibrare nella stanza, non sarebbe stata sorpresa se avessero fatto qualcosa del genere.

Una delle donne che non aveva ancora incontrato si sventolò le guance con la mano. «Signore, è stato eccitante.»

«Vero? Ve l'avevo detto» affermò Aspen con un sorrisetto.

«Detto cosa?» chiese Ember.

«Che voi due siete esplosivi. Mi è bastato solo starvi vicino ieri per notarlo, anche senza i baci.»

Aveva la sensazione di essere arrossita ed era felice che probabilmente non se ne sarebbero accorte.

«Sono Kinley» si presentò una donna dai capelli neri, alta pochi centimetri meno di lei, porgendole la mano.

Gliela strinse. «È un piacere conoscerti.» Nella pausa che seguì, bevve un sorso di Margarita... e quasi si strozzò. Era più tequila che altro.

«Ti avevo avvisata che era forte» sostenne Gillian con un sorriso. «Per quanto ne so, nessuna di noi è incinta e i nostri uomini se ne andranno presto, quindi dobbiamo scatenarci. Chance è con Brain, Oz si occupa di Amalia... quindi non ci sono scuse per non divertirci un po'.»

Le donne furono tutte d'accordo ed Ember si ritrovò a rilassarsi. Non era una grande bevitrice. Il suo programma di allenamento non le aveva mai dato il tempo di frequentare bar, ed esercitarsi con i postumi di una sbornia non era la sua idea di divertimento. Inoltre, non aveva mai avuto un gruppo di amici con cui uscire. Era stata impaziente che arrivasse quel giorno, di rilassarsi e divertirsi, ma si ripromise di prendersela comoda con i Margarita. Sarebbe crollata addormentata sul pavimento se avesse bevuto troppa di quella roba.

Un'ora dopo, Ember era seduta sull'enorme terrazzo sul retro insieme alle altre donne. C'era un piatto di snack sul tavolo davanti a loro e tutte avevano un drink in mano. Lucky e Grover stavano giocando a palla con Logan, e Trigger e Craig stavano guardando Bria e la sua amica giocare sull'altalena in un angolo del cortile. Lefty e Brain erano alla griglia a cucinare hamburger, hot dog per i bambini e shish kebab.

«Ragazze, sapete qualcosa di Sierra?» chiese Devyn.

«No» rispose Gillian.

«Io ho solo sentito il suo nome di sfuggita» aggiunse Riley.

Le altre scossero la testa.

«Ne ho parlato con mio fratello l'altro giorno ed è *davvero* preoccupato per lei» ammise Devyn.

«Tuo fratello?» domandò Ember.

«Sì. Grover.»

«Tu e Grover siete fratelli?» chiese sorpresa.

L'altra sorrise. «Sì. Mi sono trasferita a Killeen perché lui era qui e siamo sempre stati molto uniti e bla bla bla... ora sono sposata con Lucky e non potrei essere più felice.»

«Devyn!» esclamò Gillian.

«Che c'è?»

«Pensavo fosse un segreto.»

«Lo era. Lo è. Ma Ember in qualche modo l'ha capito. In realtà, credo sia stata colpa dei ragazzi, perché continuavano a usare "mogli", invece di dire "donne" o di riferirsi a me come fidanzata.» Scrollò le spalle. «Vabbè. Non c'è problema.»

Gillian alzò gli occhi al cielo e scosse la testa.

«Penso che sia fantastico» disse Ember con un sorriso.

«Grazie. Ma torniamo a Sierra. Fred mi ha detto che pensava che lo avesse respinto e ne era turbato. A quanto pare, è rimasto davvero colpito da lei. Sai come sono i nostri uomini... una volta che trovano una donna che li intriga, è fatta.»

Sì, Ember lo sapeva ed era più che felice per quello. Non poté fare a meno di guardare Craig. Stava spingendo Bria sull'altalena e adorava quanto fosse gentile e paziente con lei.

«Comunque, era preoccupato per via di tutte quelle sparizioni in corso in Afghanistan – che ora sembra siano rapimenti – ma non c'era niente che potesse fare al riguardo. Poi ha ricevuto quella lettera da parte sua e lo ha davvero scosso.»

«Non posso credere che sia stata persa nella posta per un anno» rifletté Kinley scuotendo la testa. «Quando si dice la sfortuna.»

«Già.»

«A proposito» disse Ember, tirando fuori il telefono. «Sono stata così impegnata che non ho ancora avuto il tempo di pubblicare la sua foto.»

«Pubblicare la sua foto?» chiese Riley.

«Sì, sul mio account Instagram. Non so se servirà a qualcosa, ma forse pubblicizzare il fatto che è scomparsa può aiutare in qualche modo» spiegò.

Aspen si sporse in avanti. «Ho visitato il tuo profilo.»

Fece il possibile per non irrigidirsi. Si stava abituando a sentirselo dire, inoltre, avrebbe fatto la stessa cosa se fosse stata nei panni di una di loro. «Ah, sì?»

«Sì. Devo dire che penso che mi piaci di più così.» Indicò il suo abbigliamento.

Aveva deciso di vestirsi in modo informale, dato che quello di quel giorno era un incontro rilassato con gli amici di Craig. Non aveva voluto avere l'aspetto di una che si era data da fare per prepararsi e aveva scelto indumenti casual. Faceva comunque troppo caldo per agghindarsi. Indossava un paio di pantaloncini di jeans, una canotta e delle graziose infradito con fiori enormi. Aveva notato quegli indumenti al Walmart mentre faceva la spesa e non aveva resistito. Sua madre sarebbe morta se l'avesse vista vestita così. Le aveva ripetuto in continuazione di indossare abiti firmati ogni volta che usciva di casa, nel caso in cui qualcuno le avesse scattato una foto.

«Anche a me» concordò Aspen con sincerità.

Ember, concentrata sul telefono, impiegò un paio di minuti a scrivere il post mentre le altre donne parlavano tra loro.

«Che cos'hai intenzione di dire?» domandò Devyn dopo un po'.

«Che ve ne pare di questo?»

Spero che stiate passando tutti un bellissimo weekend. Io lo sto trascorrendo con dei nuovi amici, sto sudando per il caldo, ascoltando i bambini che ridono e sto per mangiare del buonissimo cibo calorico. Ma non tutte le persone sono fortunate come me. Alcune hanno fame, sono spaventate o maltrattate. Oggi volevo prendermi un momento per segnalare un'amica di un mio amico che potrebbe essere nei guai. Si chiama Sierra ed è stata vista l'ultima volta in una base dell'esercito in Afghanistan, impiegata come lavoratrice a contratto.

Vi starete chiedendo perché sto condividendo questa cosa, dato che io sono in Texas e voi potreste essere in California o a New York, a Parigi o in Sud Africa, o comunque lontani dall'Afghanistan. Il motivo è che è passato molto tempo dall'ultima volta che qualcuno ha sentito Sierra, quindi potrebbe essere ovunque.

L'avete vista? Avete sentito parlare di una donna minuta dai capelli rossi e dagli occhi verdi che viene trattenuta contro la sua volontà? Questa sopra è una sua foto. Se sapete dove si trova, per favore commentate qui sotto o chiamate le autorità locali. La vita di Sierra potrebbe essere salvata grazie a una telefonata.

Le donne intorno a lei rimasero in silenzio quando finì di rileggere ciò che aveva digitato. «È troppo?»

«No!» rispose Riley con enfasi.

«Niente affatto» concordò Devyn tirando su col naso.

«Penso che il fatto che usi la tua piattaforma per aiutare gli altri sia straordinario» sostenne Kinley.

Ember scosse la testa. «A volte mi sembra troppo poco e troppo tardi. Avete visto tutte la roba superficiale che è stata pubblicata lì per anni. Mi sento disconnessa dalla maggior parte delle persone perché sono cresciuta a Beverly Hills, con tutti i soldi che potrei desiderare o che mi servono, e ho vissuto nella mia piccola bolla. Non tutti sono così fortunati. È arrivato il momento che mi sporchi le mani, per così dire. Che usi il mio privilegio per il bene invece che per guadagni egoistici. Ed è di questo che tratta The Modern Kid, la mia palestra.»

«È questo il nome? Lo adoro» disse Aspen.

«Sì. Si rifà al pentathlon moderno. Volevo che fosse incentrato sui bambini ma allo stesso tempo risultasse simpatico» ammise timidamente.

«È perfetto. E comunque, anche se le possibilità che qualcuno in Medio Oriente veda la foto di Sierra e si ricordi di averla incontrata sono basse, penso che sia meglio di niente» affermò Devyn.

«Anch'io» concordò Ember, mentre premeva il pulsante per pubblicare il post. Posò il telefono sul tavolo e bevve un grande sorso del suo drink.

«Parlando dei tuoi account sui social... perché ci sono così tanti stronzi?» chiese Riley.

«Infatti! Ad esempio, se qualcuno pubblica qualcosa di felice, perché ci devono essere così tanti pessimisti?» domandò Gillian.

«E se qualcuno scrive qualcosa sul proprio profilo, perché le persone si sentono in diritto di andare lì e dissentire, la maggior parte delle volte in modo schifoso?» aggiunse Kinley.

«Già! E perché ci sono così tante stupide foto di cazzi?» chiese Devyn.

Ember quasi si strozzò bevendo.

«Scommetto che ne riceverai un sacco» disse Aspen con un sorriso.

Annuì. «Sai, non le avevo mai viste prima perché i miei genitori avevano assunto delle persone per gestire i miei account, ma una volta che ho preso il controllo, sono rimasta scioccata da quanti ragazzi non si fanno problemi a scattare foto del loro pacco e inviarle.»

«Scommetto però che non sono i loro» sostenne Riley. «Di sicuro guardano un porno, fanno uno screenshot e lo inviano.»

«È vero» concordò Gillian. «Molto probabilmente perché i loro cazzi sono minuscoli.»

Risero tutte.

Ember si rilassò sulla sedia con un enorme sorriso stampato in faccia. Amava tutto quello. Ridere e scherzare senza dover stare attenta a ogni minima cosa che diceva per paura di venire fraintesa o di finire su internet il giorno successivo.

«Non sei preoccupata dei pazzi che pubblicano sul tuo profilo?» le domandò Riley. «Voglio dire, ho lavorato con alcune autrici a cui sono state inviate cose piuttosto strane. Ho sentito anche la storia di una donna a cui è successo che un ragazzo si è presentato a casa sua con un enorme mazzo di fiori. Lei e suo marito si sono spaventati così tanto che si sono trasferiti in un altro Stato e hanno smesso di pubblicare sui social.»

Ember bevve un altro sorso del suo drink. Era un po' brilla, ma non ubriaca. Non ancora. Le sue inibizioni si erano ridotte abbastanza da permetterle di essere sincera con loro. «Sì, a volte mi spaventano. Come vi ho detto, c'erano altre persone che gestivano i miei profili, quindi ne ero all'oscuro perché non andavo nemmeno a leggere, ma ogni tanto ricevevo delle lettere per posta molto inquietanti e quindi aumentavano un po' la sorveglianza intorno a me. Ma non posso, e non voglio, vivere la mia vita nella paura.»

«Walker perderebbe la testa se venissi minacciata online o per posta» disse Gillian.

«Infatti! Gage mi chiuderebbe in casa senza lasciarmi mai uscire finché non fosse sicuro che non c'è più alcun pericolo. Soprattutto dopo tutto quello che mi è successo. Anche quando *ero* in costante allerta, il "male" è comunque riuscito a trovarmi» sostenne Kinley.

«E hai dovuto nasconderti per sfuggirgli» aggiunse Aspen. «Entrare nel programma protezione testimoni dev'essere stato terribile.»

«Non è stato divertente» concordò Kinley. «Gage mi è mancato tantissimo.»

«Ho organizzato un sistema di sorveglianza per la palestra. Non per me, ma per i bambini. So che avere un'attività incentrata su di loro li rende vulnerabili ai predatori. Sono preoccupata più per loro che per me.»

«Ma ho letto alcuni dei commenti sui tuoi post» insistette Devyn. «Quei ragazzini non sono in pericolo, a me pare che *tu* invece lo sia.» Tirò fuori il telefono e armeggiò un attimo prima di dire: «Nel post che hai appena messo su Sierra, la maggior parte delle persone dice quanto sia orribile che sia scomparsa, ma ci sono alcuni commenti che sembrano attacchi diretti a *te*. Tipo questo... *Spero che qualcuno ti rapisca, così non dovremo più vedere i tuoi post*. O questo... *A nessuno importa, stronza*. Oh, e un certo Alex è piuttosto offensivo... *Perché fingi di interessarti agli altri? Sappiamo tutti che sei egocentrica, narcisista e che non ti importa di nessuno se non di te stessa*. Non so se sarei in grado di affrontare questo tipo di odio rivolto a me. Cosa dice Doc in proposito?»

Lei scrollò le spalle. «Purtroppo fa parte del lavoro. So che non posso piacere a tutti e non posso farci niente. Mi rifiuto di lasciarmi spaventare, altrimenti dovrei vivere in una bolla. L'ho fatto per anni e mi piace troppo stare all'esterno per tornare indietro.»

«Non riuscirei mai a sopportare un odio così manifesto» ammise Kinley.

Ember posò il bicchiere e incontrò lentamente gli sguardi delle donne intorno a lei. «Sono nera» disse senza mezzi termini. «La gente mi odia a causa del colore della mia pelle. Sono anche ricca e bella, quindi mi odiano anche per queste cose. Non devono conoscermi per odiarmi, per pensare che non merito gli stessi loro diritti. È ridicolo e assurdo. Mi preoccupano le persone che dicono che sperano che muoia? Certo. Ma se permettessi alle loro opinioni di dettare la mia vita, non vivrei affatto. Sono sicura che c'è molta gente che pensa che io e Craig non dovremmo avere una relazione, che non approva i matrimoni interrazziali. Ciò significa che dovrei rompere con lui?»

«No.»

«Assolutamente no.»

«L'amore è amore.»

Apprezzò il loro sostegno. «Esatto. Non posso vivere nella paura, ma non significa che uscirò di casa senza preoccuparmi di ciò che mi circonda. Mi guarderò le spalle e farò il possibile per proteggere me stessa e coloro che amo. Lascerò che quei leoni da tastiera si nascondano dietro ai loro account falsi e alle parole meschine. Le persone che contano per me sono i bambini per i quali spero di poter fare la differenza. I miei vicini. I miei amici. La mia famiglia. Craig e la sua famiglia dell'esercito.»

«Maledizione» disse Riley, asciugandosi una lacrima da un angolo dell'occhio. «Stupidi ormoni post-gravidanza.»

Tutte risero, spezzando la tensione.

«Mi piace che tu sia così coraggiosa, ma ciò non significa che non sia comunque preoccupata per tutto quell'odio» insistette Devyn. «E ripeto, Doc sa che sui social c'è chi minaccia di rapirti o che ti insulta e spera che tu muoia?»

Ember stava per rispondere, quando una voce profonda parlò dietro di lei.

«Qualcuno ha minacciato di rapirti?»

Merda. Si voltò e vide Craig con Trigger. «Sono le solite cose che dicono sempre» rispose, cercando di sdrammatizzare.

«Ha appena scritto un post su Sierra» lo informò Kinley, peggiorando la situazione. «E uno ha commentato che sperava che scomparisse anche *lei*.»

«E qualcuno di nome Alex ha scritto diverse volte, anche dall'ultima volta che ho guardato» disse Devyn, continuando a leggere sul suo telefono. «Era d'accordo con l'altro tizio e spera che qualcuno ti faccia sparire dalla faccia della terra. E...» s'interruppe, mentre faceva scorrere il dito sul telefono, «guardate qui, su Facebook, quell'idiota di Alex ha messo su uno dei tuoi post diverse gif di persone con una pistola puntata alla testa.»

«Dobbiamo parlare» dichiarò Craig, prendendola per il braccio.

Si lasciò aiutare ad alzarsi e lo seguì in casa senza dire una parola. Non aveva davvero voglia di affrontare ora quell'argomento, ma non sembrava avere scelta. Non era arrabbiata con le ragazze, stavano solo cercando di proteggerla, e a essere sincera le dava davvero una bella sensazione.

Trigger la seguì mentre gli altri ragazzi erano già dentro casa. Dovevano essere entrati mentre era nel bel mezzo della conversazione e non se n'era nemmeno accorta.

«Che problema c'è?» chiese Lefty quando arrivarono in salotto.

Craig la condusse sul divano e appena la fece sedere, cominciò a camminare avanti e indietro di fronte a lei. «Ember sta ricevendo minacce di morte.»

«Cosa?»

«Porca puttana!»

«Da chi?»

La preoccupazione e l'orrore degli altri uomini furono immediati e sinceri.

«Non è così» minimizzò lei, cercando di calmare tutti. Ma Craig aveva il telefono in mano e stava già scorrendo i post. Merda. Non andava bene.

«Ha pubblicato la foto di Sierra» informò i suoi amici.

«Grazie» disse Grover, con evidente gratitudine nel tono.

Si limitò a fargli un cenno con la testa.

«Sembra che a ogni post che pubblica, che non sia superficiale o non mostri un prodotto inutile, riceva commenti sempre più cattivi.»

«Forse dovresti prenderti una pausa e smettere di postare per un po'» suggerì Trigger.

«No» ribatté Ember con enfasi. «Sentite, so che siete preoccupati, ma sul serio, non è una novità. Vai a vedere quelli più vecchi, quelli prima delle Olimpiadi o di quando ho fatto quello stupido reality show. Le persone mi hanno sempre odiata e sempre mi *odieranno*. Si inventeranno qualcosa, se necessario, solo per potermi odiare ancora di più.»

Fu come se non avesse parlato.

«Forse possiamo analizzare i commenti e vedere chi pubblica ripetutamente minacce» suggerì Lefty.

«Sì, possiamo controllare se sono aumentati o sono rimasti gli stessi» aggiunse Brain.

«Potremmo rintracciare gli indirizzi IP» propose Oz.

«Non sarei sorpreso se la gente che pubblica cattiverie usasse il nome vero» sostenne Lucky.

«Accidenti, ha detto che era in Texas...non dove, ma dovremo stare all'erta» disse Trigger.

«E la posta e i regali dei fan? Hai ricevuto messaggi di odio via posta?» chiese Grover.

«Sì, e quello è considerato un crimine» concordò Craig. «Potremmo consegnare quella roba alle autorità e vedere se riusciamo a sporgere denuncia.»

«Mi chiedo se potremmo associare i regali ai post online» rifletté Brain.

Ember si alzò sollevando le mani. «Basta!» ordinò.

Tutti e sette gli uomini la fissarono sorpresi.

«Capisco che vogliate aiutare. Che siate preoccupati. Ma come ho detto alle ragazze, non posso e non *voglio* vivere nella paura. Che ci piaccia o no, sono famosa. Non è qualcosa che avrei voluto, ma non posso tornare indietro e cambiare le cose. Sono convinta che le persone a cui non piaccio alla fine si stancheranno e non mi seguiranno più. Passeranno a disprezzare qualcun altro. Se andassi fuori di testa ogni volta che qualcuno dice che mi odia, non sarei in grado di andare avanti.»

«Affermare che sperano che tu muoia e che vogliono rapirti è *più* che semplice odio» affermò Craig.

«Lo so. E per quanto non mi piaccia, quando scopriranno che ci frequentiamo, rivolgeranno frasi al vetriolo anche contro di te. Ma non mi interessa di loro. Mi interessi *tu*» disse, fissandolo.

«E io tengo a *te*, motivo per cui non posso semplicemente ignorare la cosa.»

Rimasero a fissarsi a lungo.

Poi s'intromise Trigger. «Cosa ne pensi di questo? Ci lasci indagare un po' per vedere cosa riusciamo a scoprire. Se le persone che vomitano odio contro di te fanno la stessa cosa anche con altri, la minaccia in un certo senso diminuisce. Ci metteremo in contatto con i tuoi ex gestori dei social e vedremo se hanno notato eventuali schemi di comportamento. Parleremo anche con i tuoi genitori della posta che hai ricevuto dai fan. Se qualcuno ha inviato regali un po' sopra le righe o messaggi di odio, possiamo esaminarli e consegnare tutto all'FBI. Permettici di aiutarti a tenerti al sicuro, Ember.»

Guardò gli uomini intorno a lei. Li aveva appena incontrati, praticamente non la conoscevano, perché erano così preoccupati? «Perché?» chiese sommessamente.

«Perché stai con Doc» rispose Trigger.

«E sei tosta» aggiunse Lefty.

«E non meriti tutto questo. In realtà nessuno lo meriterebbe» sostenne Brain.

«Sei una di noi ora» affermò Oz.

«E *nessuno* deve permettersi di molestare la nostra famiglia» concordò Lucky.

«Hai un cuore enorme» disse Grover. «Non molte persone si preoccuperebbero di una sconosciuta scomparsa dall'altra parte del mondo.»

Ember avrebbe voluto piangere. Era mai stata accettata così prima?

La risposta era semplice: no.

«Va bene» sussurrò. «Ma iniziate da Samer. È stato il più solidale tra i gestori dei social quando ho preso il controllo dei i miei account. Alexis era il più incazzato, quindi non credo sarebbe una buona idea contattarlo.»

«Alexis?» chiese Trigger con interesse. «Potrebbe essere lui quell'Alex, e magari commenta perché è incazzato per essere rimasto senza lavoro. Controlleremo.» Poi si rivolse ai suoi amici, dando loro l'incarico di scoprire maggiori informazioni sulle persone che erano state così crudeli online.

Craig la prese tra le braccia e la tenne stretta. Nessuno dei due disse niente, e lei si lasciò avvolgere dal suo affetto.

Grover prese il suo drink e glielo porse. «Ti consiglio vivamente di berne altri» le suggerì con un piccolo sorriso. «Ti renderà molto più facile sopportare il fatto che ci occuperemo della tua sicurezza e protezione.»

Ember fece una risatina e prese il bicchiere. «Grazie. Ho la sensazione che voi ragazzi farete sembrare i miei genitori dei dilettanti.»

«Puoi giurarci» ribatté Grover, facendole l'occhiolino.

«Ragazzi, avete finito di prendere il controllo della vita di Ember?» chiese Devyn, infilando la testa nella stanza.

«Per ora» rispose Lucky con una risata.

«Bene, perché abbiamo fame, Logan si annoia, Bria vuole mangiare prima il dolce, Riley e Aspen devono allattare e abbiamo finito i Margarita.»

Tutti scoppiarono a ridere.

«Be', per carità, venite dentro!» disse Oz.

Pochi secondi dopo, Ember fu circondata dalle sue nuove amiche, che la abbracciarono dicendole di fidarsi dei ragazzi e che tutto sarebbe andato bene. Logan le chiese per la milionesima volta se avrebbe scattato delle foto dopo mangiato, e Bria le regalò un dente di leone che aveva raccolto in giardino.

Le minacce online non erano una novità ed era determinata a non lasciarsi spaventare dalla preoccupazione di tutti. Si sarebbe goduta quella festa e i suoi nuovi amici, a prescindere.

Finì il resto del suo drink e fece una smorfia al forte gusto della tequila, poi sorrise mentre Craig le baciava la tempia e le toglieva il bicchiere di mano.

Sì, poteva affermare con certezza che era più felice di quanto non fosse mai stata in vita sua.

Lo osservò dirigersi verso la cucina, probabilmente per riempirle il bicchiere dopo che il "distributore di Margarita" di Gillian, cioè suo marito, ne aveva preparato dell'altro. Il suo sedere si contraeva mentre camminava, e non poté fare a meno di sentirsi travolgere da una nuova ondata di desiderio.

Voleva Craig, e quella sera quando l'avrebbe accompagnata a casa, lo avrebbe invitato a entrare e sedotto. Non sapeva come, ma lo avrebbe capito. Craig Wagner era destinato a essere suo e lei si sarebbe aggrappata a quel profondo desiderio e non l'avrebbe mai lasciato andare.

«Dacci dentro ragazza» mormorò Gillian accanto a lei, ovviamente notando come se lo stava mangiando con gli occhi.

Ember si limitò a sorridere. «Lo farò.»

Avvolse il braccio attorno al suo e rise. «Per la cronaca, sei esattamente ciò di cui Doc ha bisogno e sono felice per entrambi.»

«Non abbiamo intenzione di scappare stasera e sposarci, quindi non sperarci troppo.»

Gillian sbuffò. «Va bene, adesso dici così, ma se il modo in cui guardi il suo culo è un'indicazione, tra un altro paio di drink lo trascinerai in municipio più in fretta di un battito di ciglia.»

«No, non in municipio. In camera da letto» ribatté lei.

L'altra scoppiò a ridere. «Mi sembra un buon piano.»

«Anche a me.»

«Mi piaci, Ember Maxwell.»

«Anche tu mi piaci, Gillian Nelson.»

Si scambiarono uno sguardo sincero.

«Dai, andiamo a ubriacarci così più tardi possiamo scopare i nostri uomini come si deve» disse Gillian con un sorriso.

Era totalmente d'accordo.

Aveva in programma di sconvolgere il mondo di Craig quando l'avrebbe accompagnata a casa.

CAPITOLO DODICI

Doc guardò Ember e sapeva di avere uno stupido sorriso in faccia. Già pensava che fosse infaticabile, appassionata, determinata, bella, intelligente e fortissima, ma ora poteva aggiungere adorabile a quella lista.

Era sbronza.

Ubriaca fradicia.

Le donne avevano deciso di uscire dopo aver finito tutta la tequila. Brain e Oz erano rimasti a casa a guardare i bambini, Grover era tornato a casa sua e Trigger, Lefty, Lucky e Doc le avevano accompagnate in un bar, continuando a vegliare su di loro mentre conoscevano meglio Ember e si divertivano come pazze.

Doc non riusciva a smettere di sorridere. Nell'ultima ora l'aveva obbligata a bere acqua, nella speranza di aiutarla a combattere un po' i postumi della sbornia che avrebbe sicuramente avuto al risveglio, ma era ancora ubriaca.

All'inizio gli uomini si erano seduti a un altro tavolo per volere delle donne, ma mentre l'alcol scorreva a fiumi li avevano invitati a unirsi a loro. Aspen e Riley erano state le prime a desistere, probabilmente perché erano dispiaciute che i loro mariti non fossero lì e sentivano la mancanza dei figli, e Trigger e Gillian le avevano riportate a casa di Oz. Lefty e Kinley erano stati i successivi ad andarsene, seguiti da Lucky e Devyn, così erano rimasti da soli al bar.

Quando lei gli si sedette in braccio e gli infilò la mano sotto la maglietta, decise che era l'ora di finire la serata. Per quanto amasse avere le sue mani addosso, quello non era il momento né il luogo. Dovette praticamente trasportarla al SUV, ma era felice di vedere che, per il momento, non sembrava ci fosse il rischio che potesse vomitare in macchina.

«Craig?» disse con un piccolo sorriso.

«Sì, Em?»

«Mi piacciono *davvero* molto i tuoi amici.»

«Mi fa piacere.»

«No, sul serio. Sono così carini.»

Doc ridacchiò. «È vero.»

«Quando quel tipo mi ha fatto una foto... Aspen si è avvicinata e gli ha chiesto di darle il telefono. Lui ha pensato che ci stesse provando! Invece ha cancellato la foto e gli ha puntato un dito in faccia, dicendogli quanto fosse stato maleducato e che se voleva che qualche ragazza lo degnasse di uno sguardo, doveva smetterla di comportarsi così.» Ember ridacchiò. «È stato *fantastico*!»

La lasciò blaterare. Era lì, aveva visto ciò che aveva fatto Aspen, e lui e Lucky erano rimasti dietro di lei, assicurandosi che il tipo sapesse che gli conveniva non fare niente di stupido. Non l'aveva fatto, e lei era tornata dalle altre ragazze con un sorriso che andava da un orecchio all'altro.

Avevano ballato, riso e, se non l'avesse saputo, avrebbe pensato che fossero amiche da una vita.

«Sono contento che ti sia divertita, tesoro.»

«È così. E tanto anche, e nessuno ha sparato.»

Doc si acciglò, confuso. «Che cosa? Perché dici una cosa del genere?»

«Perché siamo in Texas. *Tutti* hanno una pistola. Mi aspettavo che ci fosse una sparatoria.»

Lui ridacchiò. «Immagino che qui ci siano più armi rispetto a molti altri paesi degli Stati Uniti, ma non succedono sparatorie nei bar pubblici.»

Fece il broncio. «Non mi sembra giusto. Scommetto che potrei battere tutti.»

«È probabile» concordò. Aveva visto la sua abilità nel tiro in Corea. «Ma probabilmente non è una buona idea incoraggiare gente ubriaca a estrarre armi in un bar affollato.»

«È vero» borbottò. «Craig?»

Il sorriso di Doc si allargò. «Sono sempre qui, Em.»

«Pensi che piacerò alla tua famiglia? Saranno sorpresi dal fatto che stai frequentando una donna di colore?»

«Ti ameranno. Come potrebbe essere diversamente? In tutta onestà, Mamma Luisa sarà solo entusiasta che io frequenti *qualcuno*. Penso che avessero perso le speranze di vedermi sistemato.»

«Ti stai sistemando?» gli chiese.

«Già.»

«Con me?»

Doc rise. «Sì, piccola, con te.»

«Bene. Perché non ho intenzione di andarmene. Ti dispiacerà se i miei genitori non saranno felici che io ti frequenti?»

«Perché sono bianco?» chiese, sinceramente curioso.

Scosse la testa. «Penso che sia più perché sono snob. Vivono a Beverly Hills da troppo tempo. Volevano che sposassi una persona ricca, qualcuno del loro country club.»

«Ti dà fastidio il fatto che avrai sempre più soldi di me?»

Ember agitò la mano in modo goffo. «Pfui. No. Preferirei vivere in una casa diroccata in una zona malfamata della città e stare con qualcuno che amo e che mi ricambia, piuttosto che essere intrappolata in un'enorme villa, avere un'auto di lusso e un milione di dollari in banca, con qualcuno che è con me solo per quello che posso dargli.»

«Hai già un'auto di lusso e un milione di dollari in banca» non poté fare a meno di sottolineare.

«Sì, ma non ho la parte dell'amore» borbottò con il broncio.

Doc si fermò nel suo vialetto e aspettò che la porta del garage si alzasse. Parcheggiò dentro e spense il motore. Non sapeva se si era accorta che non l'aveva riportata nel suo appartamento. Per niente al mondo l'avrebbe lasciata da sola quando era così ubriaca. La serata non era finita esattamente come aveva immaginato, ma non poteva lamentarsi dato che era ancora con lei.

Le mise una mano sul lato del collo ed Ember inclinò subito la testa posandovi tutto il suo peso. «Ce l'hai la parte dell'amore» le disse con dolcezza.

Sembrò confusa per un momento, poi chiuse gli occhi e curvò le labbra in un piccolo sorriso.

«Dai, andiamo dentro prima che ti addormenti in macchina.» Le fece scorrere il pollice lungo la parte inferiore della mascella. «Stai ferma, vengo di là.»

«Ok. La tua macchina sta girando troppo velocemente perché riesca a mettermi in piedi» borbottò, con gli occhi ancora chiusi.

Doc saltò fuori e corse al suo fianco. Aprì la portiera e scoppiò a ridere quando Ember sussultò per la sorpresa. «Dai, bella addormentata, andiamo dentro. Riesci a camminare?»

«Certo che ci riesco!» rispose indignata, poi ovviamente inciampò. Se Doc non fosse stato lì si sarebbe ritrovata distesa sul pavimento del garage. Decise di non provare a lasciarla camminare, le mise un braccio sotto le ginocchia e l'altro intorno alla schiena e la sollevò.

Ember gli circondò subito il collo con le braccia. «Mi piace così» mormorò.

«Anche a me» ammise lui. Fece un po' fatica ad aprire la porta di casa, ma alla fine riuscì a girare la maniglia e a entrare senza farla cadere.

Era arrivato in fondo alle scale quando sentì le sue labbra chiudersi attorno al lobo, e rabbrividì.

Cazzo... le sue orecchie erano così sensibili! Non se n'era mai reso conto, dato che nessun'altra donna si era presa il tempo di baciarlo lì, ma gli stava stuzzicando l'orecchio come se fosse il suo uccello, mordicchiando e succhiando il piccolo pezzo di carne in modo quasi aggressivo.

«Em?»

«*Mmm?*»

«Devi smetterla.» Il suo cazzo era duro come l'acciaio e si contraeva nei pantaloni. In meno di due secondi era passato dall'essere lievemente eccitato – era sempre così con lei – all'essere pronto a scopare. Era bastato sentire solo la sua bocca su di lui ed era stato spacciato.

«No» ribatté, poi gli leccò un lato del collo prima di attaccarsi di nuovo al lobo.

Doc gemette mentre saliva le scale, e strinse la presa su di lei, che aveva portato una mano sul suo petto per accarezzarglielo. Cazzo, amava che lo toccasse.

Praticamente corse in camera e si chinò sul letto, sdraiandola sulle lenzuola. Ma lei non perse un colpo, si raddrizzò a sedere e infilò le mani sotto la sua maglietta prima che potesse fermarla. Le sue unghie gli graffiarono leggermente lo stomaco, facendo contrarre il suo cazzo che era impaziente di averla.

Poi lo sorprese di nuovo alzandosi in ginocchio e sfilandosi la canotta dalla testa. I suoi capelli erano scompigliati e persino più ricci del solito. Li aveva tenuti sciolti quella sera e adorava quanto fossero folti. Il reggiseno bianco che indossava contrastava magnificamente con la sua pelle color rame scuro, e anche se era molto più in forma rispetto alla maggior parte delle donne, aveva comunque una lievissima pancetta. Le sue braccia erano muscolose e sode... ma Doc faticò a distogliere gli occhi dal suo stomaco. Gli prudevano le mani dalla voglia di toccarla lì, di sentire com'era morbida e setosa la sua pelle e poi trascinare il naso fino alla sua fica, vedere se il suo sapore era dolce come aveva immaginato nei suoi sogni.

«Scopami» gli disse sommessamente.

Non aveva ancora finito di pronunciare quella parola che Doc era già pronto a slacciarsi la cintura dei pantaloni, ma quando lei ondeggiò e quasi cadde, si bloccò.

Ember cercò di spingere via le sue mani per occuparsene, ma lui resistette. Per quanto la volesse, la desiderasse, non avrebbe fatto l'amore per la prima volta con lei quando era ubriaca fradicia. Non era quel tipo d'uomo. Fu doloroso farlo, ma deglutì a fatica e si allontanò.

Mentre si avvicinava al cassettone, fece dei respiri profondi, cercando di contenere il proprio desiderio. Tirò fuori una delle magliette dell'esercito che usava per allenarsi e si voltò a guardarla. Era riuscita ad abbassarsi i pantaloni e stava facendo del suo meglio per slacciarsi il reggiseno, ma era scoordinata e goffa. L'alcol aveva distrutto le sue capacità motorie.

Cazzo, era così bella.

Fece il possibile per ignorare tutta quella pelle setosa e tornò da lei.

«Non riesco a raggiungere il gancio» disse Ember con il broncio. «Mi aiuti?» chiese timidamente.

Doc sapeva che avrebbe dovuto prima infilarle la maglietta e poi slacciarle il reggiseno, ma non riuscì a resistere alla tentazione di intravedere i suoi seni sodi che lo stuzzicavano da dietro le coppe. Si stava sforzando di essere un gentiluomo, ma la cosa era troppo allettante persino per *lui* per rinunciarci. Voleva comportarsi bene, ma aveva raggiunto il suo limite.

Doc le circondò il busto con le braccia per raggiungere il gancio e sussultò sorpreso quando Ember gli si attaccò al collo, succhiando forte.

«Cazzo, mi stai facendo un succhiotto?» borbottò, ma invece di allontanarsi di scatto, la prese per la nuca tenendola contro di sé.

Lei mormorò in risposta ma non alzò la testa. Gli mise una mano sul cazzo, conficcandogli l'altra sul sedere e facendolo irrigidire. Non era mai stato così eccitato come in quel momento e avrebbe solo voluto spingerla sul letto e scoparla. Forte.

Ember inclinò la testa e gli sorrise, come se fosse orgogliosa del segno che gli aveva lasciato sul collo. Non aveva spostato le mani dal suo corpo, ma continuò ad accarezzargli il cazzo ondeggiando davanti a lui.

Fu quello che alla fine rimise in funzione il cervello di Doc; anche l'odore della tequila lo aiutò a tornare nel presente. Non avrebbe approfittato di lei. Assolutamente. La prima volta che avrebbero fatto sesso sarebbe stata sobria e totalmente sicura che fosse ciò che voleva. Perché quando l'avrebbe presa sarebbe stata la fine, non avrebbe mai più potuto provare interesse per un'altra donna. Ne aveva l'assoluta certezza.

Cercando di ignorare il modo in cui gli massaggiava il cazzo, le slacciò rapidamente il reggiseno. Lei dovette spostare le mani per sfilarsi le spalline e Doc riuscì solo a fissarle le tette. Maledizione. Era assolutamente perfetta. Le sue areole erano più scure rispetto alla pelle, della sfumatura di una notte senza stelle. I capezzoli erano dello stesso colore scuro e puntavano dritti verso di lui.

Gli venne l'acquolina in bocca. Avrebbe voluto chinarsi e assaporarli, ma sapeva che se avesse iniziato gli sarebbe stato quasi impossibile fermarsi. Soprattutto perché Ember non lo stava esattamente allontanando, anzi, inarcò la schiena e appoggiò le mani dietro di sé, sorridendo mentre si metteva in mostra per lui. «Ti piace quello che vedi?»

«Da morire, cazzo» rispose, mentre prendeva la maglietta. «Siediti, Em.»

Quando lo fece, gliela infilò subito dalla testa.

«Braccio» le ordinò.

Lei si accigliò e aveva un'espressione molto confusa mentre la vestiva. Doc ignorò il suo sguardo interrogativo e sollevò le coperte. «Vai sotto.»

«Ma... pensavo che avremmo fatto sesso.»

La aiutò a sistemarsi e vederla nel suo letto era eccitante quasi quanto vederla nuda. Quasi.

«Sì» le disse. «Ma non stasera.»

«Perché? Pensavo... oh, merda... non mi vuoi?»

«Sì che ti voglio» si affrettò a rassicurarla. «Ma non faremo l'amore per la prima volta quando sei ubriaca. Voglio che ne ricordi ogni singolo secondo. Avremo solo una prima volta, Em, e voglio che tu sia completamente sobria. Voglio che siano gli orgasmi che ti procuro a farti girare la testa, non l'alcol che ti scorre nelle vene.»

«Orgasmi? Al plurale?» chiese senza fiato.

Doc ridacchiò. «Sì, tesoro. Pensi che uno sarà sufficiente?»

«Ehm... sì?»

«Assolutamente no, cazzo. Voglio vederti venire mentre ho la bocca su di te. Voglio guardarti procurarti un orgasmo da sola, così posso imparare cosa ti piace. Poi ti scoperò così forte e profondamente che non riuscirai più a pensare di avere un altro uomo dentro di te. E voglio sentirti venire sul mio cazzo, mandando nell'estasi anche me.»

«Sì. Ti prego» lo implorò, con evidente desiderio negli occhi.

Scosse la testa. Era così dannatamente adorabile. Ed era sua. Tutta sua.

«Dovrei andare a casa» disse lei con un sospiro.

Il suo cuore quasi smise di battere per un secondo. Voleva andarsene? Ma poi vide le sue palpebre abbassarsi e sembrò abbandonarsi ancora di più contro le lenzuola.

Non voleva andarsene, stava cercando di essere rispettosa.

«È tardi, e sei già a letto. Rimani.» Se l'avesse davvero voluto, l'avrebbe portata a casa.

«Va bene.»

«Vado a prenderti un bicchiere d'acqua e degli antidolorifici. Ho la sensazione che starai male domani mattina. Rimarrai qui tranquilla?»

Lei annuì.

«Bene.»

«Craig?»

«Sì?»

«La maggior parte degli altri uomini si sarebbero presi quello che stavo offrendo.»

Pensò che avesse ragione. «È probabile.»

«Sei sicuro di non voler fare sesso? Non mi dispiace. E ti voglio davvero.»

«Ti voglio anch'io, ma non sarebbe giusto prenderti quando sei così ubriaca.»

«Non volevo farlo. Ero nervosa per stasera e ho pensato di bere qualche drink per rilassarmi.»

«Lo so. È giusto così. Ti è permesso divertirti, Em.»

«Ma volevo davvero vedere il tuo pene.»

Doc scoppiò a ridere. «Pene? Dio, donna. Non chiamarlo così. Mi riporta alla mente troppi ricordi delle lezioni di educazione alla salute alle medie, quando ci mostravano gli schemi di peni e vagine.»

Ember sorrise. «Scusa. Il tuo cazzo. Uccello. Quel mostro grande e grosso che hai nei pantaloni.»

Amò che scherzasse così. «Ecco. Meglio.»

Sospirò di nuovo, poi sussurrò: «Non farmi del male, Craig. Per favore.»

«Non lo farò. Come potrei far del male alla cosa migliore che mi sia mai capitata?»

Fece un gran sorriso, poi si girò su un fianco e si raggomitolò.

Doc sapeva che se non fosse andato subito a prenderle l'acqua e le pillole, non l'avrebbe più fatto. Così si chinò e le baciò dolcemente la tempia. «Torno subito.»

«Sarò qui» mormorò.

Quando fu di ritorno con l'acqua, riuscì a scuoterla un po' dal sonno e a sollevarla a sedere per farle bere metà bicchiere. Ember ingoiò le pillole, poi si sdraiò e chiuse gli occhi.

Doc rimase seduto accanto a lei per venti minuti, a osservarla dormire. Era sciocco e probabilmente un po' inquietante, ma non riusciva a distogliere gli occhi. Avevano passato una bella giornata. Era andata subito d'accordo con le donne della loro cerchia e tutti l'amavano. Non aveva avuto dubbi in proposito, ma era un sollievo sapere di non essere stato abbagliato da tutto ciò che era Ember Maxwell.

Avrebbe voluto restare lì, infilarsi sotto le coperte e rannicchiarsi dietro di lei. Sentire le sue gambe nude intrecciarsi con le sue, ma sapeva che sarebbe stato più sicuro dormire altrove.

Si chinò e le baciò di nuovo la tempia. Lei sospirò nel sonno e sorrise.

«Dormi bene, amore» sussurrò, prima di alzarsi e dirigersi verso il bagno adiacente. Si sarebbe cambiato e avrebbe passato la notte nella camera dall'altra parte del corridoio, così da essere sufficientemente vicino da sentire se fosse stata male o avesse avuto bisogno di lui, ma abbastanza lontano da darle un po' di privacy e, sperava, da tenere il proprio desiderio sotto controllo.

———

Ember si svegliò la mattina seguente e gemette. La testa le martellava e si sentiva da schifo. Ripensò alla sera prima: alcune cose erano un po' confuse, ma ricordava tutto ciò che era successo una volta tornata a casa di Craig.

Gli si era gettata addosso praticamente nuda, e lui era stato un vero gentiluomo, l'aveva sistemata a letto – nel *suo* letto – e non si era approfittato di lei.

Ricordava anche ciò che aveva detto di volerle fare, e

solo il pensiero le fece stringere le cosce e dimenarsi sotto il lenzuolo.

Voleva che lo facesse. Tutto. Non si era mai toccata davanti a nessuno prima, ma aveva la sensazione che per Craig avrebbe fatto qualunque cosa le avesse chiesto.

Guardò l'orologio e vide che erano le sette e mezza. Era passato molto tempo dall'ultima volta che aveva dormito fino a così tardi. Non sapeva a che ora erano tornati a casa, ma pensava un paio d'ore dopo la mezzanotte.

Allungandosi, si alzò a sedere e rifletté sul da farsi. Aveva messo in macchina la borsa che aveva preparato, ma poi non l'aveva portata dentro la notte prima. Guardandosi intorno nella stanza di Craig, rimase sorpresa quando la vide posata accanto alla porta del bagno. Doveva essere uscito a prenderla a un certo punto e gliel'aveva portata di sopra.

Dio. Era straordinario. Sempre premuroso, attento e gentile. Inoltre, aveva un corpo meraviglioso. Ricordava la sensazione del suo cazzo duro sotto la mano. Ripensare a com'era rimasto sconvolto quando lo aveva chiamato pene la fece sorridere.

Ember non poteva negare di sentirsi un po' imbarazzata per come erano finite le cose la notte precedente, ma sapere che Craig non era il tipo d'uomo che si approfittava di lei quando non era lucida, era davvero fantastico. Vivere a Hollywood l'aveva resa cinica, quello era certo.

Si alzò dal letto e andò in bagno, prese la borsa prima di entrare e decise che Craig aveva commesso un errore dandole la sua maglietta per dormire. Non gliel'avrebbe più restituita. Era vecchia e morbida, e chiaramente molto usata. E ora era sua.

Venti minuti dopo, scese le scale con indosso un paio di

jeans, una maglietta scollata verde chiaro e la testa che le martellava ancora. Craig le aveva detto di essere una persona mattiniera e non aveva mentito. Era seduto al tavolo della cucina con accanto una tazza di caffè e un piatto vuoto.

Non appena la vide si alzò e le andò incontro. Le mise le mani ai lati della testa, la inclinò verso l'alto e la studiò con attenzione. «Come ti senti?» le chiese con calma.

Ember scrollò le spalle e gli afferrò i polsi. «Sto bene. Ho mal di testa e un po' di nausea, ma stando a quanto ho bevuto, penso di essermela cavata con poco.»

«Scusa se ho già mangiato, ma ho pensato che sarebbe stato meglio cucinare prima che ti alzassi, nel caso avessi la nausea. Te la senti di mangiare qualcosa? Che ne dici di un po' di pane tostato per iniziare?»

Alcune donne avrebbero potuto irritarsi che il loro uomo non avesse aspettato per mangiare insieme, ma il ragionamento dietro alla sua decisione era premuroso e amorevole. «Il pane tostato mi sembra una buona idea. Mi piacerebbe avere anche un po' di caffè.»

«Siediti che te lo porto.» La baciò brevemente sulle labbra prima di accompagnarla alla sedia da cui si era appena alzato. Mentre Ember aspettava che tostasse del pane, Craig le portò un bicchiere d'acqua e altri antidolorifici. «Meglio se rimani idratata oggi, ti aiuterà a riprenderti più in fretta. Se riesci, bevi prima quella e poi il caffè. Ok?»

Era stata servita per tutta la vita. I suoi genitori avevano una cuoca che le aveva portato i pasti tre volte al giorno, ma non si era mai sentita così coccolata come quando Craig le porse due semplici fette di pane tostato e una tazza di caffè.

Mangiucchiò quella colazione leggera, felice che sembrasse non darle problemi di stomaco.

«Mi dispiace per ieri sera» disse dopo un momento.

«Per cosa?»

«Ehm... be'... per essermi ubriacata. Non l'avevo pianificato.»

«Lo so, me l'hai detto.»

«Giusto. Be', mi dispiace che tu abbia dovuto occuparti di me. Sono sicura che sarebbe stato meglio se mi avessi lasciata a casa mia, così non avresti dovuto farmi da babysitter.»

«Em, non ti avrei mai lasciata da sola in quello stato. Avresti potuto vomitare nel sonno e soffocarti o smettere di respirare.»

«Grazie, allora, per esserti preso cura di me. Mi dispiace anche di essere stata così... aggressiva. Sessualmente.»

Craig sorrise. «A me no.» Inclinò la testa e si portò una mano al collo per indicare una macchia scura. «Non riesco a ricordare l'ultima volta che ho avuto un succhiotto. I ragazzi mi daranno il tormento.»

Ember posò la fronte nella mano. «Merda. Sono così dispiaciuta.»

«Non esserlo. Se ripenso a come mi hai succhiato... mi eccita da morire, Em. Tanto perché tu lo sappia, chi la fa, l'aspetti. Quando mi sono visto il collo stamattina, ho cominciato a pensare a tutti i posti in cui voglio lasciarti un segno.»

Non sapeva cosa dire. Alcune persone credevano che i succhiotti non si vedessero sulla pelle dei neri, ma si sbagliavano. Magari non erano così evidenti, ma si notavano di sicuro.

E ora non riusciva a smettere di pensare a dove Craig avrebbe potuto volerla succhiare.

«Allora, grazie per essere stato così... rispettoso ieri sera. Sono stata un po' fastidiosa.»

«Ricordi cosa ho detto su ciò che vorrei farti la prima volta?»

Le sue guance si infiammarono. «Sì.»

«Ottimo. Ero preoccupato che potessi essertelo perso nell'intorpidimento alcolico. La cosa più difficile che abbia mai fatto in vita mia è stata lasciarti mezza nuda nel mio letto, ma ascoltami con attenzione, non mi approfitterò *mai* di te, della tua ricchezza o della tua fama o quando sei ubriaca o non ti senti bene. Ti proteggerò da tutti, anche da me stesso e dal mio desiderio se necessario. Quando sei con me, sei al sicuro. Punto.»

Avrebbe voluto piangere, ma riuscì a trattenersi. «Grazie.»

«E per la cronaca, le tue tette... maledizione, donna, mi hai quasi fatto andare fuori di testa quando hai inarcato la schiena.»

Ember ridacchiò. «Ehm... scusa?»

«No, non scusarti. Le ho sognate la scorsa notte, ed è stato un sogno bellissimo» disse sorridendo.

«Vorrei non dover andare a prendere Julio e Marie all'aeroporto oggi. Ora che sono sobria, vorrei tornare nel tuo letto e farti fare tutte quelle cose che mi hai promesso ieri sera.»

«A che ora arriva il loro volo?»

«A mezzogiorno, ad Austin. Ho pagato la caparra degli appartamenti, ma la loro roba non dovrebbe arrivare prima della fine di questa settimana. Volevo portarli a pranzo, fare un giro per mostrare loro Killeen e la palestra, e poi accompagnarli al loro hotel.»

«Dovete essere piuttosto legati» rifletté Craig.

Ember fece il possibile per distogliere la mente dal

sesso, in modo da poter avere una normale conversazione con lui. «Sì e no. Voglio dire, conosco Julio da circa quattro anni, da quando ha iniziato ad allenarsi nella mia stessa palestra in California. Era lo specialista nella scherma e mi ha aiutato a migliorare molto. Ha poco più di vent'anni e...»

«E cosa?»

Scrollò le spalle. «E basta, non so molto di lui. Voglio dire, l'ho visto almeno due volte alla settimana per quattro anni e tutto quello che so è quanti anni ha, e solo perché in alcune competizioni si viene raggruppati per età.»

«Vuoi che esegua un controllo su di lui?» le chiese

«Puoi farlo?»

«Be', non io, ma conosco persone che possono» rispose, con un alone di mistero.

Ember scosse la testa. «No, sono sicura che sia una brava persona. Presumo che sia single, perché non credo che avrebbe accettato di venire in Texas ad aiutarmi se così non fosse. Penso che sia nato e cresciuto in California, quindi non so come mai abbia accettato di venire qui. Ero così entusiasta di avere trovato un aiuto che non mi è passato per la mente di chiedergli la motivazione.»

«Forse dovresti farlo» le suggerì.

«Lo farò.»

«E Marie?»

«La conosco solo da due anni, ma quando ho accennato a ciò che volevo fare e che mi sarei trasferita qui in Texas dopo le Olimpiadi, è stata lei a chiedermi se avevo bisogno di aiuto. Non ero ancora arrivata a pensare di assumere qualcuno, ma aveva senso. Coinvolgere chi conoscevo già era molto meglio che dover andare in cerca di persone che conoscessero il pentathlon. Almeno per cominciare.»

«E nessuno dei due sembra che abbia del rancore verso il tuo successo, la ricchezza o la fama?»

«No, certo che no.»

«Hmmm.»

«Cosa significa *hmmm*?»

«Solo che mi sembra un po' strano che entrambi fossero così disposti a rinunciare a tutto per trasferirsi qui con te, in un posto in cui non sono mai stati. Mi chiedo solo quale sia il loro scopo.»

«Devono per forza averne uno? Non possono semplicemente desiderare un cambio di ritmo e scenario, e magari fare del bene nel mondo?» chiese, un po' frustrata.

«Certo che possono. Non volevo turbarti. Ma il mio lavoro è coprirti le spalle. Assicurarmi che nessuno si approfitti o faccia qualcosa che potrebbe ritorcersi contro di te. Quindi sospetterò di *tutti* e non mi scuserò per questo. L'esperienza acquisita con il mio lavoro mi ha fatto capire che anche la persona dall'aspetto più innocente può pianificare segretamente la tua morte.»

Lo fissò per un lungo momento. Non poteva negare che le sue domande la facessero sentire un po' stupida. Forse avrebbe dovuto informarsi di più prima di assumere Julio e Marie. I suoi genitori l'avevano definita ingenua prima che si trasferisse e probabilmente avevano ragione, ma doveva ammettere che le piaceva anche il fatto che Craig stesse cercando di proteggerla. Non aveva mai avuto nessuno che mettesse il suo benessere prima di tutto il resto.

«Mi dispiace che tu l'abbia dovuto imparare a tue spese» disse infine Ember. «Per quanto mi abbia fatta sentire a disagio ciò che hai detto, hai comunque fornito delle buone osservazioni, ma conosco Julio e Marie. Mi sono allenata e ho sudato fianco a fianco con loro per anni.

Erano rimasti delusi di non essere entrati nella squadra olimpica, ma penso che sapessero che era molto difficile, dato che potevano qualificarsi solo due uomini e due donne. Inoltre, entrambi hanno dei punti deboli. Quello di Julio è il nuoto e quello di Marie è il tiro a segno. Penso che abbiano colto al volo l'opportunità di venire qui ad aiutarmi perché sono molti quattro anni per arrivare alle prossime Olimpiadi e stanno invecchiando, come me. Quindi, forse, anche loro hanno pensato che dobbiamo andare avanti con la nostra vita e capire cosa fare in futuro.»

Craig annuì. «Ha senso. Ma con il tuo permesso, mi piacerebbe comunque fare un controllo su entrambi. Vedere chi frequentavano in California, se hanno dei precedenti penali, la loro situazione finanziaria, quel genere di cose. So che vuoi essere solo una semplice donna d'affari, ma resta il fatto che sei Ember Maxwell. Sei famosa, ricca e bella, e ci sarà sempre chi vorrà approfittare della situazione. Di te.»

«Non mi piace l'idea di ficcanasare nella loro vita.»

«Se non hanno niente da nascondere, non lo sapranno nemmeno» ribatté Craig.

«Ma lo saprò *io*» disse. Poi sospirò. «Però capisco. Voglio essere normale, ma ho avuto il privilegio di crescere in quel modo e devo affrontarlo. Ok. Fai i tuoi controlli, ma se trovi qualcosa voglio saperlo subito.»

«Ci sto» replicò subito. «Quindi pensi di tornare qui per le cinque?»

Ember impiegò un momento per riportare la mente alla conversazione originale. «Sì, esatto.»

«Che programmi hai per lunedì?»

«Più o meno gli stessi. Allenamento, alcuni colloqui, sistemare Julio e Marie, e devo parlare con una donna che possiede un terreno fuori Killeen che penso sarà perfetto per allestire un percorso di corsa. Se andrà bene, organizzerò di andare a dare un'occhiata con loro questo fine settimana, per vedere cosa ne pensano. A seconda di come andrà l'incontro con il Club Boys & Girls di martedì, forse potrei fare la mia prima lezione già mercoledì.»

«Mercoledì? Sul serio? Così presto?»

Scrollò le spalle un po' imbarazzata. «A cosa serve avere soldi se non li usi, giusto? Sto pagando un occhio della testa per far muovere le cose il più velocemente possibile. L'edificio è in buone condizioni, i lavori non saranno finiti del tutto, ma abbastanza perché lo spazio sia utilizzabile.»

«Tutto si sta mettendo a posto per te, vero?» chiese Craig con un sorriso.

«Sorprendentemente, sì. Non avrei mai immaginato che potesse succedere così in fretta.»

«Be', quando hai un CEO motivato ed entusiasta, può succedere.»

Era vero. Sapeva di essere stata un po' pazza nei suoi programmi e per organizzare e avviare il tutto, ma era importante per lei. Non vedeva l'ora di condividere il suo amore per il pentathlon moderno con quei bambini che altrimenti non avrebbero mai avuto la possibilità di sperimentarlo.

«Che ne dici se stasera preparo la cena?»

«Non devi servirmi costantemente, Craig» lo rimproverò accigliata. «Non morirò di fame se dovrò arrangiarmi.»

«Lo so, ma desidero farlo. E ti voglio ancora qui stasera. Voglio che passi di nuovo la notte da me, così posso mostrarti quanto sei meravigliosa e fare tutte le cose che ti ho promesso ieri.»

Ember deglutì a fatica. «Stai fissando un appuntamento per fare sesso?»

Sorrise. «Se vuoi metterla in questo modo, sì. Ho la sensazione che tra i tuoi impegni e i miei dovremo spesso programmare in anticipo per fare l'amore, più di quanto ci piacerebbe.»

Era vero. «Quindi, dovrò pensare tutto il giorno a te che mi fai venire tre volte?» chiese con un sorriso.

«Sì. E io dovrò pensare a quanto sarà bellissimo sentire la tua fica intorno al mio cazzo. E a quanto posso fare diventare turgidi quei capezzoli che mi hai mostrato ieri notte.»

«Maledizione» mormorò lei. «Non è giusto.»

Craig si mosse così in fretta che non ebbe la possibilità di sfuggirgli. La tirò su dalla sedia, se la mise sulle ginocchia e le catturò le labbra prima che potesse dire un'altra parola.

Sapeva di caffè e bacon, ed Ember gemette mentre le divorava la bocca. A differenza delle altre volte in cui l'aveva baciata, le sue mani vagarono sul suo corpo; la tenne stretta a lui con un braccio in modo che non cadesse e infilò l'altra mano sotto la sua maglietta, posandola su un seno.

Lei si dimenò sulle sue ginocchia, sentendo il cazzo duro sotto il sedere. Era bello sapere che poteva eccitarlo così tanto, e così in fretta, perché lei stessa era come se fosse passata da zero a cento in un millisecondo.

«Craig» gemette, quando alzò la testa per prendere fiato.

Lui non rispose, si limitò ad abbassare la scollatura della sua maglietta e ad attaccare la bocca sulla parte carnosa sopra il suo seno. Lo sentì succhiare la pelle e non poté fare a meno di gemere di nuovo.

Dopo un minuto alzò la testa e le fece un sorriso incontrando il suo sguardo.

«Mi hai fatto un succhiotto?» gli chiese.

«Sì» rispose, senza scusarsi. «Ma è in un posto che posso vedere solo io. Non voglio che nessuno ti guardi e pensi al sesso. Be', non più di quanto non facciano già grazie alla tua bellezza. Stasera troverò altri posti da marchiare.»

«Sei letale, lo sai?»

«Non mi sono mai sentito così disperato di fare l'amore» replicò serio. «Ma giuro che se presto non entrerò in te, morirò. Letteralmente.»

Ember non poté fare a meno di sorridere. «È un po' drammatico, non credi?»

«No.»

«Devo fermarmi a comprare i preservativi?» gli chiese un po' timidamente. Sapeva che gli adulti parlavano di quel genere di cose, ma era più difficile di quanto avesse pensato.

Craig le rivolse un tenero sorriso. «No. Me ne occuperò io.»

«Grazie.»

Lui scosse la testa. «Non devi ringraziarmi perché mi prendo cura di te. Il piacere è tutto mio.»

«Cosa farai oggi mentre sarò impegnata con Julio e Marie?»

«Andrò al supermercato, sentirò i ragazzi per accertarmi che siano rincasati e che in famiglia stiano tutti bene, mi assicurerò che Grover non abbia deciso di andare in Afghanistan da solo, comprerò dei preservativi e laverò le lenzuola.»

Era confusa. «Laverai le lenzuola?» gli chiese.

«Sì. Voglio che la nostra prima volta sia perfetta, e non riesco a pensare a niente di meglio che prenderti su lenzuola fresche e pulite.»

«Ok.» Le piaceva che avesse pensato a quel piccolo dettaglio.

No, lo adorava.

«C'è la possibilità che Grover parta senza di voi?»

Craig sospirò. «Vorrei dire di no, ma non l'ho mai visto così agitato per una missione.»

«Oggi controllerò l'account e vedrò se qualcuno ha menzionato di aver visto Sierra.»

«So che eri felice di avere il controllo dei tuoi profili, ma forse dovresti pensare di assumere di nuovo qualcuno.»

Ember stava per dissentire, ma lui continuò a parlare prima che potesse farlo.

«Non sto dicendo qualcuno che prenda il controllo totale, ma che potrebbe rispondere ai commenti e tenerti aggiornata se c'è qualcosa di cui dovresti essere preoccupata o informata. Non avrai tempo per continuare una volta che la palestra sarà attiva. Sceglieresti tu cosa e come pubblicare, ma così non dovresti leggere tutti quei commenti orribili e meschini.»

Rifletté un attimo sul suo suggerimento. In realtà era buono. Non amava tutto ciò che comportava possedere degli account social. Aveva pensato che le sarebbe piaciuto, ma una volta che li aveva rilevati, si è resa conto che potevano portarle via un sacco di tempo. Samer era stato estremamente d'aiuto nel rispondere a qualsiasi domanda, anche dopo che lei lo aveva praticamente fatto licenziare. Forse sarebbe stata una buona idea chiedergli se avrebbe preso in considerazione di lavorare per *lei*, non per i suoi genitori. «Ci penserò» gli disse.

«Bene.» Le diede un bacio rapido e deciso e si alzò, portandola con sé.

Quando i piedi di Ember toccarono il pavimento, lui la sorresse. «Abbiamo un po' di tempo prima che tu debba andare ad Austin. Vuoi andare a comprare qualcosa per il tuo appartamento? Potrei venire con te e poi aiutarti a sballare gli scatoloni e a riporre le cose... se vuoi.»

«Mi piacerebbe» rispose con un enorme sorriso. Non aveva avuto il tempo di prendere alcune delle cose di cui aveva bisogno, come i tappeti per il bagno, i cuscini e altre cianfrusaglie. Averlo al suo fianco avrebbe reso tutto più divertente. Apprezzò il fatto che anche se era ovvio che avrebbe passato la notte a casa sua quella sera, lui non le stesse già facendo pressioni per rinunciare al suo appartamento.

Era sciocco, ma anche se trascorreva molto del suo tempo libero a casa di Craig, le piaceva comunque l'idea di avere un posto tutto suo. Di essere indipendente. Poteva avere un ragazzo ed essere comunque autonoma. In realtà non vedeva l'ora. Lui sarebbe partito in missione, probabilmente molto presto, e in ogni caso ci sarebbero stati dei giorni in cui avrebbe voluto avere un po' di tempo per se stessa. Non stava ipotizzando che avrebbe avuto bisogno del suo appartamento per sempre, e di certo voleva che le cose continuassero a progredire con Craig... ma per il momento aveva bisogno del suo spazio. Non voleva passare da una forma di dipendenza – stare con i suoi genitori – a un'altra, andando a vivere con un uomo.

«Perché non vai a preparare le tue cose? Lascia qui tutto ciò che ti può servire lunedì. Dopo che avremo fatto acquisti e sistemato casa tua, potrai prendere ciò di cui hai bisogno per stasera. Intanto io lavo i piatti e poi usciamo.»

«Lavi i piatti?» lo prese in giro.

«Sì. E passo anche l'aspirapolvere, lavo per terra e faccio il bucato.»

«Il mio cuore ha appena perso un battito» scherzò lei, ma non del tutto.

«Sei adorabile» mormorò Craig, poi le diede una piccola spinta verso le scale. «Vai ora, prima che decida di non voler aspettare stasera.»

Ember si fermò e si portò una mano sul mento, come se ci stesse riflettendo.

Lui rise. «Vai. Abbi pietà di me.»

Obbedì, e lo fece sorridendo.

CAPITOLO TREDICI

LA GIORNATA SEMBRAVA ETERNA. Doc continuava a guardare l'orologio sperando che il tempo passasse più velocemente. Almeno aveva ricevuto messaggi di aggiornamento da Ember che lo avevano fatto sorridere.

Porca miseria, questo aeroporto è minuscolo rispetto all'internazionale di Los Angeles!

Ho trovato un posto proprio vicino alle scale. Che miracolo!

Ho preso Julio e Marie, sto tornando a Killeen.

Amano la palestra! Sono così sollevata.

Grazie per aver consigliato il ristorante messicano. Il cibo è delizioso!

Ho parlato un po' con loro del motivo per cui hanno voluto trasferirsi in Texas, più tardi ti racconto.

Gli appartamenti erano a posto, il trasloco è previsto per venerdì.

Questa giornata non finisce più o è solo una mia impressione? :)

Ho appena lasciato J e M in hotel. J ha intenzione di noleggiare un'auto finché le loro non arriveranno dalla California.

Abbiamo bisogno di qualcosa dal supermercato? Se serve posso fermarmi.

Sono più che pronta, Craig. Ci vediamo presto.

Era elettrizzato che anche lei fosse in trepidante attesa di quella serata. Doc aveva rifatto il letto, pulito i bagni, passato l'aspirapolvere e nascosto tre scatole di preservativi in giro per la casa... sapeva che era eccessivo, ma non voleva doversi fermare per cercare se le cose fossero proseguite da qualche altra parte oltre che in camera da letto.

Aveva deciso di preparare dei peperoni verdi ripieni per cena; erano facili da fare e li aveva già messi in forno. Sarebbero stati pronti giusto all'arrivo di Ember, se fosse riuscito a trattenersi dal saltarle addosso nell'istante in cui fosse entrata.

Sorridendo, non poté fare a meno di chiedersi se sarebbe stata *Ember* a saltargli addosso. Amava che non fosse timida e gli dicesse ciò che voleva. Che fosse indipendente. Che stesse lavorando duramente per trasformare il suo sogno in realtà. Una volta pensava che avrebbe voluto una donna a cui non sarebbe dispiaciuto stare a casa... ma era stato un idiota.

Ember era perfetta. Era ambiziosa e non gli permetteva di prendere tutte le decisioni. Le piaceva prenderle da sola, almeno quando si trattava della sua vita, e gli andava benissimo. Avrebbe lasciato volentieri che prendesse il controllo anche in camera da letto. Ma quella sera no, avrebbe avuto *lui* il comando. Le avrebbe mostrato quanto significava per lui e quanto l'adorava.

«Tesoro! Sono a casa!» scherzò Ember entrando in casa.

Doc aveva lasciato la porta d'ingresso aperta dopo aver ricevuto l'ultimo messaggio, rispondendole di entrare non appena fosse arrivata. Il suo cuore desiderava ardentemente che quelle parole fossero reali, che quella fosse anche casa *sua*, ma avrebbe preso le cose un giorno alla volta. Una donna come lei non voleva che le si mettesse fretta. Stava assaporando il piacere di poter fare le proprie scelte riguardo alla sua vita per la prima volta in assoluto. Doc aveva messo in chiaro che era la benvenuta in qualsiasi momento, e che quando avrebbe capito fino in fondo che era lì che era destino che fosse, avrebbe potuto prendere quella decisione.

Non significava che non avrebbe cercato di convincerla, aveva già pensato di darle una chiave.

Le andò incontro a braccia aperte sorridendo, e con sua sorpresa, lei gli saltò addosso non appena fu abbastanza vicino.

La afferrò ridendo e la fece girare in cerchio. «Hai passato una bella giornata?» le chiese.

«Sì. Anche se è stata mooolto lunga. La prossima volta che vorrai stuzzicarmi con la promessa di una notte di dissolutezza... non farlo.»

«È stato un giorno lungo e *duro* anche per me» scherzò Doc.

Ember alzò gli occhi al cielo. «Oh, amico, pessima battuta.»

«Hai fame?» le chiese, non desiderando altro che toglierle la maglietta e darsi da fare proprio lì dov'erano.

«Di cibo, non proprio, ma c'è un profumo delizioso e mi dispiacerebbe che la cena che hai preparato andasse sprecata.»

Doc pensò seriamente di entrare in cucina, spegnere il forno e portarla su per le scale come aveva fatto la notte precedente, ma poi si costrinse a lasciarla andare. Per quanto la desiderasse, voleva regalarle una serata perfetta, che sperava avrebbe ricordato per il resto della vita.

«Mi sembra quasi che si siano invertiti i ruoli tradizionali» le disse, mentre le prendeva la mano e la conduceva in cucina. «Tu sei quella che guadagna il pane e torna a casa dopo una lunga giornata di lavoro e io sono il coniuge che sgobba tutto il giorno con le faccende domestiche, che si assicura che quando varchi la porta ci sia la cena pronta e calda per te.»

Ember gli mise una mano sul braccio. «Non ti aspetti che io sia quel tipo di donna, vero?»

«Accidenti, no! Voglio che tu sia esattamente ciò che sei. Se questo significa che devo occuparmi di cucinare e pulire, va benissimo. Voglio solo che tu sia felice, Em.»

«Lo sono. So che la mia vita è stata sconvolta ultimamente e che i miei genitori – e probabilmente gran parte del mondo – pensano che abbia avuto troppa fretta a gettarmi in questa attività, ma era tantissimo tempo che volevo fare qualcosa del genere. Volevo ricambiare, essere più che una bella faccia su un computer. Faccio schifo nelle pulizie di casa e sono sicura che lavorerò molte ore e dovrai costringermi a prendermi del tempo libero, ma mi impegnerò a fare la mia parte.»

Doc la baciò. «È tutto ciò che chiedo. Ho fatto i peperoni ripieni stasera. Se ti piacciono, posso insegnarti come farli.»

«Grande.»

«Ti va di aiutarmi a preparare un'insalata?»

«Certo. Dimmi solo cosa devo fare.»

«Perché non iniziamo con la lattuga. Io taglio, tu spezzetti.»

«Sì, signore!» lo prese in giro.

Lavorarono fianco a fianco e Doc ne adorò ogni

secondo. Ember gli raccontò altri dettagli sulla sua giornata e che Julio e Marie sembravano felici di essere in Texas.

«Ho chiesto loro perché avevano accettato la mia offerta e Julio mi ha detto che sua sorella si era ritrovata invischiata in una gang ed è stata uccisa. Non lo sapevo nemmeno. Pensavo fosse cresciuto in una normale famiglia di ceto medio. A ogni modo, ha detto che era davvero entusiasta di fare qualcosa per aiutare i bambini a stare lontani da quel tipo di vita. Quando era alle elementari, un insegnante lo ha fatto interessare alla scherma, cosa che nel tempo si è trasformata in un coinvolgimento nel pentathlon. Ha detto che gli ha letteralmente salvato la vita.»

«È fantastico» disse Doc. Ed era così, ma non poté comunque fare a meno di chiedersi se ci fosse dell'altro. Doveva parlare con Trigger per vedere di contattare il loro vecchio amico Tex, per fargli fare un controllo. Se non fosse stato disponibile, c'era una donna a San Antonio a cui Ghost e il suo team Delta erano legati, e che a volte lavorava con Tex. Forse avrebbe potuto farlo tranquillamente lei. Se necessario, Doc avrebbe chiesto favori per proteggere Ember. «E Marie?»

Lei scrollò le spalle. «Non aveva nessuna storia. Ha solo detto che non le dispiaceva allontanarsi dalla California e vedere un po' del mondo. A quanto pare non va d'accordo con la sua famiglia. Penso che sia solo inquieta e un po' persa. Non è stata più la stessa da quando sono tornata dalla Corea del Sud, e penso sia perché si è resa conto che le sue possibilità di entrare in squadra sono piuttosto scarse. Credo sia un bene per lei uscire dalla routine in cui si trovava in California. Tra i due, penso che Julio sia quello che rimarrà qui più a lungo, ma va bene così. Non mi aspetto che lavorino per me per sempre.»

«È un buon atteggiamento» concordò Doc. «Anche se il fatto che paghi il loro affitto è un bell'impegno.»

«Non lo pago io. Ho solo trovato gli appartamenti e depositato la caparra. Sanno che dopo essersi trasferiti saranno responsabili di tutto.»

«Bene. Allora avevo frainteso.»

«Ci avevo pensato, ma mi sembrava di comprare la loro fedeltà. Voglio che rimangano perché credono in ciò che fanno e per passione. Non voglio essere quella di cui si approfittano.»

«È un pensiero intelligente.»

«Per qualcuno senza una laurea» ribatté con ironia.

«No, è intelligente per una donna d'affari» la corresse. «Ho conosciuto molti ufficiali laureati che sono più stupidi di una capra, e un sacco di soldati semplici che sono dei fottuti geni e non hanno altro che un diploma di scuola superiore o la certificazione di esame equivalente GED. Non sminuirti, Em. Farai funzionare la tua idea, e grazie a te i ragazzi di quest'area saranno migliori.»

«Grazie» mormorò.

«Prego. Ora, vuoi che tagli via i semi dai cetrioli?»

«Lasciali. Hai dei crostini?»

«Secondo te? Un'insalata senza crostini non si può chiamare insalata.»

Lei rise. «Penso che mi vizierà averti come chef.»

«Bene» disse Doc, sporgendosi per baciarla brevemente. Se avesse fatto qualcosa di più non sarebbe stato in grado di controllarsi. Aveva già una mezza erezione, ed era stato così tutto il giorno sapendo cosa sarebbe successo quella sera.

«Ho anche riflettuto sul tuo suggerimento e sto pensando di chiedere a Samer se vuole tornare a lavorare per me. Non mi ero resa conto di quanto tempo portassero via i social. Inoltre, non mi piace proprio leggere i commenti. Se riuscirò a convincerlo ad occuparsene, avrò più tempo per fare molte altre cose. Che ne pensi?»

«Penso che sia un'ottima idea» rispose con sincerità. «Basta che ti assicuri che capisca che non deve pubblicare nulla senza la tua previa approvazione. Non vuoi che metta di nuovo foto che riguardano te, vero?»

«Oh cavoli, no. E non credo che lo farà. Alexis, invece... probabilmente tornerebbe a fare quello che faceva prima.»

Doc si ripromise di dire a Tex di fare un controllo anche su quel tizio. La similarità dei nomi era una strana coincidenza che non andava trascurata. Se quell'Alex che faceva commenti così pieni di odio sugli account di Ember era in realtà Alexis, Tex sarebbe andato fino in fondo assicurandosi che l'uomo smettesse di molestarla.

La cena si svolse in un'atmosfera rilassata, nonostante il palpabile senso di trepidazione che aleggiava, cosa che lui adorò. Dopo aver mangiato, misero i piatti in lavastoviglie e riordinarono la cucina. Era troppo presto per andare a letto, ma Doc non riusciva a pensare ad altro.

Si voltò verso di lei per suggerirle di fare qualcosa per ammazzare il tempo fino a quando non avrebbe potuto portarla di sopra, ma si lasciò sfuggire un *uff* quando sbatté contro di lei perché se la ritrovò proprio di fianco.

«Merda, scusa» le disse.

Ember gli mise le braccia intorno al collo e si premette contro di lui. «Mi hai fatto mangiare, Craig, ma ora non posso più aspettare. Potrebbe farmi sembrare una facile, ma non riesco a pensare a nient'altro che ad averti dentro di me.»

E a quello, Doc perse la battaglia contro l'erezione con cui aveva combattuto per tutta la sera. «Non sei una facile» replicò con fermezza. «Ho pensato di fare l'amore con te per tutto il giorno.» Tenendola attaccata a sé, si avviò verso le scale. Non poteva sopportare di lasciarla andare. Abbassò la testa e la baciò. Sbatterono contro il muro, poi contro una sedia, e lui quasi inciampò sul primo gradino, ma si rifiutò di staccare la bocca dalla sua. Mentre salivano, il loro bacio diventò sempre più disperato. Quando lei armeggiò con la sua maglietta, Doc si fermò solo il tempo necessario per sfilarsela dalla testa.

Le mani di Ember andarono subito al suo petto, per massaggiargli e accarezzargli i muscoli. Ringhiò piano quando gli stuzzicò i capezzoli. Cazzo, non si era mai reso conto di essere così sensibile lì. Forse perché nessuna donna si era presa la briga di farglielo scoprire.

I loro denti sbattevano mentre si baciavano, nessuno dei due si preoccupò di essere delicato. Doc andò con le mani sui jeans di Ember, facendola quasi cadere quando glieli spinse giù dai fianchi. Erano arrivati a metà del corridoio che portava alla sua camera, ma se ne accorse a malapena. Tutta la sua attenzione era concentrata su quel punto bagnato nelle sue mutandine, e gli venne l'acquolina in bocca.

Lei si tolse la maglietta da sola e portò le mani all'allacciatura dei suoi pantaloni. Doc sapeva che se gli avesse toccato il cazzo, avrebbe perso completamente il controllo... quel poco che ancora gli era rimasto.

Così, stando attento a non farle del male, si chinò rapidamente e se la sollevò sulla spalla.

Sentì le sue mani sulla schiena mentre si teneva aggrappata ridacchiando. Sapeva che non era comodo per lei, ma ci vollero pochi secondi per arrivare al letto. Si chinò di nuovo e la lasciò cadere sul materasso, e la sentì ridere mentre rimbalzava.

Doc smaniava per mettere la bocca su di lei. Si inginocchiò sul pavimento e le afferrò i fianchi, tirandola fino al bordo le allargò le gambe e si abbassò, inspirando il profumo della sua eccitazione.

«Maledizione, Em, sei maledettamente irresistibile.»

«Craig...»

Fu tutto ciò che riuscì a dire prima che Doc spostasse di lato le mutandine e si desse da fare. Fece scorrere la lingua sulle sue pieghe, amando il suo sapore pungente prima di attaccare la bocca al clitoride.

Non poteva andare piano. Aveva bisogno che lei fosse disperata di averlo quando lo era lui; l'ultima cosa che voleva era farle del male quando l'avrebbe penetrata. Voleva che fosse bagnata fradicia, perché non appena si fosse tolto i pantaloni, non avrebbe più potuto aspettare.

«Merda, Craig» mormorò Ember.

Sentì le sue mani accarezzargli la testa, ma tutta la sua attenzione era tra le sue gambe. Usò un dito per stuzzicarla tra le pieghe, ma mantenne la bocca sul clitoride. Si dimenò sotto di lui, e gli ci volle tutta la sua forza di volontà per tenere le labbra su quel piccolo punto sensibile.

Gli strinse le gambe intorno alla testa, ma lui premette la mano contro una coscia per tenerla aperta. Aveva un unico obiettivo in mente: farla venire. Doveva farlo per lei, per farle provare il massimo dell'estasi.

Doc avrebbe voluto avere la pazienza di toglierle le mutandine prima di buttarsi su di lei, ma ormai era troppo tardi, non avrebbe staccato la bocca dal suo premio. Per niente al mondo.

Il rumore del dito che si muoveva dentro e fuori il suo sesso bagnato stava diventando più forte, e gli diede un piacere infinito. Non era mai stato così disperato per una donna. Il suo cazzo continuava a gocciolare liquido preseminale nei pantaloni ed era ovvio che sarebbe esploso non appena fosse entrato nel suo corpo.

Sollevò lo sguardo mentre la leccava. La sua adorabile piccola pancia tremava ad ogni respiro, e le sue tette ondeggiavano mentre si contorceva contro di lui. Non era riuscito a toglierle il reggiseno prima di saltarle addosso, ma non poteva essere dispiaciuto, era sexy da morire anche così. Si perse nel piacere di ciò che le stava facendo, mentre Ember si aggrappava a lui come se non volesse mai lasciarlo andare.

«Proprio lì. Di più! Merda, Craig, sì!»

Doc chiuse gli occhi e si perse nel sapore, nell'odore e nella sensazione della donna sotto di lui che spingeva i fianchi contro il suo dito e la sua lingua, cercando l'orgasmo.

«Ti prego, Craig!»

Ecco. Era giunto il momento, e non esisteva proprio che la sua donna dovesse implorarlo per ottenere qualcosa.

Si concentrò sul clitoride, usando la lingua come un pistone, facendola guizzare senza sosta. Girò la mano e infilò un altro dito dentro di lei, che ansimò e si bloccò quando le toccò quel punto speciale nel profondo. Sorridendo, incurvò le dita e lo sfregò, mentre continuava il suo assalto al clitoride.

Dopo pochi secondi, Ember stava urlando, dimenandosi in modo incontrollabile. Si stava contorcendo così tanto che non riuscì più a tenere la bocca su di lei, quindi la sostituì con la mano mentre continuava ad accarezzarle il punto G.

Ember persa nell'orgasmo era la cosa più sexy che avesse mai visto in vita sua. Con la schiena inarcata, gli strinse le spalle come se avrebbe potuto andare in mille pezzi se non lo avesse fatto, e l'immagine della sua eccitazione che fuoriusciva dal suo corpo e gli copriva le dita, era qualcosa che non avrebbe mai dimenticato finché fosse vissuto.

Mentre il suo orgasmo scemava, Doc si alzò e le sfilò le mutandine. «Siediti» le ordinò brusco.

Non si mosse e lui non riuscì a trattenere un sorriso soddisfatto. La aiutò a mettersi seduta e le slacciò il reggiseno prima di sistemarla al centro del letto. Non poté fare a meno di rimanere lì ad ammirarla per un momento.

Poi Ember mandò all'aria il suo autocontrollo quando aprì lentamente le gambe e portò una mano tra di loro, toccandosi piano.

Quello bastò a farlo crollare.

———

Ember riusciva a malapena a muoversi o a pensare. Craig l'aveva letteralmente fatta impazzire. Aveva avuto molti orgasmi in passato, e anche quello che aveva pensato fosse del buon sesso, ma ciò che le aveva appena fatto lui era totalmente nuovo.

L'aveva assalita come se fosse stato un uomo affamato e lei il banchetto della festa del Ringraziamento. E non era nemmeno stato timido. Amava la sua sicurezza, e sapeva decisamente come soddisfare una donna. Non aveva mai avuto un orgasmo provocato stimolando il punto G, e si sentiva spompata e languida.

Ma quando guardò Craig in piedi accanto al letto, che la fissava come se fosse il suo regalo di Natale e di compleanno tutto insieme, era già pronta a fare di più.

Non ci fu imbarazzo o esitazione quando per stuzzicarlo allargò le gambe, e notò l'istante in cui il suo autocontrollo si spezzò. Un attimo prima era un amante che ammirava la sua donna e quello dopo un predatore in agguato. Lo osservò togliersi i jeans e i boxer contemporaneamente.

Riuscì a malapena a intravedere il suo cazzo lungo e grosso prima che si mettesse a cavalcioni su di lei, e non riuscì a trattenere un gemito. Quell'uomo voleva *lei*. La sua Em. Non per quello che poteva offrirgli o fare per la sua carriera, ma per il legame che avevano creato.

«Non riuscirò a essere gentile» disse con voce roca.

«Non voglio che tu lo sia.»

Craig si chinò e armeggiò con il cassetto del comodino. Ember si sollevò quel tanto che bastò per attaccare la bocca alla pelle vicino al suo capezzolo, e succhiò forte. Non era colpa sua; quando si era chinato, si era ritrovata il suo petto in faccia e non era riuscita a resistere. Sentì una mano posarsi sulla nuca per tenerla contro di sé mentre lei marchiava il suo uomo.

Non staccò la bocca nemmeno quando la spostò in mezzo al letto. Non ne aveva mai abbastanza.

Quando finalmente lo lasciò andare e si sdraiò, notò con piacere di aver fatto ciò che si era prefissata, un bel livido sul petto, e non era nemmeno dispiaciuta.

«Sei felice, ora?» strascicò.

Ember sollevò lo sguardo per incontrare il suo e sorrise. «Sì.»

Si guardò il petto, poi di nuovo lei. «Ci metterà un po' a scomparire.»

«Esatto. E ogni volta che lo vedrai ti ricorderai di questo momento. Di *me*.»

«Cazzo, sì» disse Craig con forza. Poi l'afferrò per i fianchi ancora una volta e la attirò più vicino. Adorava come la maneggiava. Non le faceva male, nemmeno lontanamente, e non voleva essere trattata come una bambola di porcellana. Voleva tutto di Craig. La sua passione, l'entusiasmo e l'impazienza.

Allargò ancora di più le gambe come un invito. Abbassando lo sguardo, lo vide prenderselo in mano. Si era già messo il preservativo, probabilmente quando gli stava facendo il succhiotto. Le colpì la fica con il cazzo e lei ansimò. Poi fece scorrere tutta la lunghezza su e giù sulle sue pieghe bagnate.

«Smettila di tormentarmi e scopami» si lamentò.

«Volevo che ti masturbassi per me, che mi mostrassi cosa ti piace, ma non credo di poterlo gestire in questo momento. Ho troppo bisogno di te.»

«Per me va bene» mormorò con un sorriso.

«Quindi ci siamo» le disse Craig serio. «Quando entrerò in quella fica calda e bagnata, sarai mia. Capito?»

«Sì! E tu sarai mio. Non ci sarà nessun'altra donna, Craig. Dico sul serio. Se dovessi anche solo pensare che stai scopando qualcun'altra, credo che perderei la testa.»

«Perché cazzo dovrei volere un'altra quando ho questo?» chiese, facendo scorrere una mano sul suo corpo. Le afferrò un seno, strinse il capezzolo e continuò a scendere. Le accarezzò la pancia e sorrise. «Adoro questa parte morbida.»

Ember alzò gli occhi al cielo e ansimò: «Non dovresti parlare dei difetti di una donna mentre stai facendo sesso.»

«Difetti? Buon Dio, Em, questo non è un difetto. È sexy da morire. Hai muscoli su muscoli, probabilmente potresti rovesciarmi tranquillamente sul letto, ma questa? È morbida e sexy. Mi ricorda che sei completamente donna, e non posso fare a meno di immaginare una piccola Ember accoccolata dentro, che cresce e viene nutrita dal tuo corpo.»

Lei gemette. Cazzo, stava parlando di bambini. Non ci

aveva mai pensato molto, essendo troppo impegnata con la carriera sportiva. Ma ora, l'idea di avere i figli di Craig la riempì di un bisogno improvviso e opprimente.

Era pazzesco. Non era pronta per essere madre. Assolutamente no, aveva troppe cose da fare con la sua vita. Ma un giorno? Sì... li avrebbe voluti.

«Scopami» gli ordinò.

«Sì, signora» ribatté con un sorriso, che scomparve subito quando la guardò tra le gambe. Per quanto aggressivo fosse stato prima, Ember rimase sorpresa quando posò delicatamente la punta del cazzo contro la sua fica bagnata e si spinse dentro di pochi centimetri.

«Craig!» lo ammonì, esasperata.

«Dammi un secondo» la pregò a denti stretti, mentre si abbassava su di lei. Aveva le mani appoggiate sul materasso vicino alle sue spalle e la testa chinata. L'aveva a malapena penetrata ed Ember aveva bisogno che le desse di più. Aveva bisogno che glielo desse tutto.

Si dimenò e sollevò i fianchi, riuscendo a farlo scivolare un po' più avanti.

«Cazzo» imprecò, prima di sprofondare in lei con una forte spinta.

Ember chiuse gli occhi e gridò.

«Merda, ti ho fatto male?» le chiese, suonando come se stesse andando nel panico.

«No» lo rassicurò. «È passato un po' di tempo per me, è solo un po' di disagio, ma è comunque una bellissima sensazione.»

Craig rimase completamente immobile per farla abituare. Quando il lieve dolore svanì, aprì gli occhi e lo guardò. Aveva la mascella serrata mentre la fissava con preoccupazione e desiderio, così gli accarezzò la guancia.

«Sto bene» sussurrò.

«Sei sicura?»

«Molto sicura.»

«Non durerò» la informò. «Sono quasi venuto nel momento in cui sono sprofondato in te. Una volta che comincerò a muovermi, finirà tutto rapidamente.»

«Perfetto» ribatté con un sorriso soddisfatto.

«Ti piace questa cosa.»

«Come può non piacermi? Il mio uomo è così sopraffatto dal piacere che non riesce a trattenersi. È il miglior complimento di sempre.»

«Pensavo che le donne preferissero un uomo che dura a lungo.»

«Non io.» Non le sembrava nemmeno strano che stessero conversando mentre lui era nel profondo del suo corpo. Si sentiva connessa a Craig in un modo che non aveva mai sperimentato con nessun altro. «Spingere dentro e fuori per trenta minuti? È un disagio. Preferisco di gran lunga una scopata dura e veloce che ci faccia venire tutti e due in fretta.»

«Lo terrò a mente» disse con una risatina. «È un'ottima cosa, perché ho la sensazione che ogni volta che sarò dentro di te esploderò praticamente subito. Comunque farò sempre in modo che sia bello per te, Em. Prima e dopo.»

«*Hai* affermato che avresti potuto procurarmi tre orgasmi... potrei aver contato male, ma penso di averne avuto solo uno fino a questo momento» scherzò.

«Uno? Credo che tu ne abbia avuti almeno due prima, uno di seguito all'altro» si vantò.

Forse aveva ragione, ma non lo avrebbe ammesso.

Fu sorpresa di rendersi conto che si stava *divertendo*, e il sesso non era mai stato divertente per lei. Intenso, soddisfacente, noioso, deludente, sì, ma non divertente.

«Sei pronta?» le chiese.

Annuì.

«Afferrati.»

«A cosa?»

«A me» le disse, senza perdere un colpo.

Ember gli strinse forte i bicipiti e lui iniziò a muoversi. Si tirò indietro lentamente prima di spingersi di nuovo dentro. L'osso pubico premette contro il suo clitoride quando arrivò in fondo e lei gemette.

All'improvviso si mise a penetrarla con foga, come l'aveva avvertita. Cercò di aiutarlo, di sollevare i fianchi per incontrare le sue spinte, ma lui si muoveva in modo troppo aggressivo e non poté fare altro che rimanere sdraiata lì e prenderlo. E lo *adorò*.

Come Craig aveva previsto, non passò molto prima che fosse sul punto di venire. Ember osservò affascinata le vene sulla fronte e sul collo che sporgevano. Dopo averla penetrata ancora un paio di volte, le infilò una mano sotto il sedere e le separò le natiche. Ciò gli diede la possibilità di andare un altro po' più a fondo, facendola gemere. Ringhiò un secondo dopo, e lei giurò di poterlo sentire pulsare mentre veniva.

Gli ci vollero alcuni secondi prima che iniziasse lentamente a rilassare il corpo, ma poi la sorprese mettendosi seduto e rimanendo dentro di lei. La tirò su posandola con il sedere sulle sue cosce, così si ritrovò con la schiena inarcata, appoggiata sulle scapole contro il materasso.

Non le chiese il permesso o se era pronta, si limitò a strofinarle il clitoride già gonfio e sensibile.

«Craig!» esclamò.

Non si fermò; non che lei lo avesse davvero voluto. I muscoli interni si contrassero intorno al suo cazzo che si stava ammorbidendo, ma lui non si tirò fuori. Era bello avere qualcosa dentro di lei mentre si preparava a un altro orgasmo.

«Così, Em. Riesco a sentirti sul mio uccello... è incredibile.»

Avrebbe voluto rispondere, ma riusciva a malapena a respirare, figuriamoci parlare.

Lui aumentò la pressione sul clitoride ed Ember crollò. L'orgasmo non fu intenso come il primo, ma comunque non meno soddisfacente.

Sentì le mani di Craig accarezzarle il seno e la pancia mentre le sussurrava parole rassicuranti.

Riaprì gli occhi e guardò l'uomo che le aveva cambiato la vita. «Wow.»

Le sorrise, rendendo più profonde le piccole rughe intorno agli occhi. «Già, wow.»

Alla fine il suo cazzo scivolò fuori e lei arricciò il naso.

Craig rise. «Pensa a come mi sento io. Fa freddo qui fuori.»

Lo fissò per un attimo, poi non riuscì a fare a meno di ridacchiare. Mentre cercava di riprendere il controllo, lui si limitò a guardarla sorridendo. Si sentiva più leggera di quanto non fosse da secoli.

All'improvviso la sdraiò di nuovo sul letto, ma senza tirare su le coperte. Quando Ember fece per prenderle, lui scosse la testa. «Lasciale lì» le ordinò.

Annuì, ma lo guardò con un sopracciglio inarcato.

«Devo occuparmi di questo» disse, indicandosi l'uccello. Non poté fare a meno di fissarlo. Non era più duro, ma anche da morbido e coperto da un preservativo usato, era impressionante. «Resta lì e non muoverti.»

«Ok.»

I loro sguardi si incontrarono per un secondo e, a quanto pareva, Craig vide ciò che stava cercando, perché annuì e si diresse verso il bagno. Ember si godette la vista da dietro mentre camminava. Aveva un culo perfetto. Sapeva per esperienza quanto fosse difficile avere dei muscoli e un sedere del genere; le ore di allenamento, la dedizione a mangiare bene e a prendersi cura del proprio corpo. Era un'atleta d'élite quanto lei, e adorava quella particolarità.

Non passò molto che tornò con una salvietta in mano. Allargò inconsciamente le gambe mentre lui si avvicinava, come se sapesse che l'avrebbe usata lì, ma la sorprese facendo scorrere il panno caldo sul suo seno.

«Non voglio ancora lavare via il tuo meraviglioso profumo e i tuoi umori» la informò. «Non ho finito con te.»

Lo fissò sorpreso. «Ah, no?»

«Ho detto tre, e non mi rimangio la parola.»

«Ehm... è un po' presto per me» ammise. Le piaceva avere un orgasmo, come a tutte le donne, ma era passato un po' di tempo dall'ultima volta che era stata con un uomo. Di conseguenza, era un po' indolenzita. Pensare di fare subito l'amore le mise un po' di apprensione.

«È ancora presto» disse Craig. «Ero troppo pronto a fare l'amore per prestarti la giusta attenzione. E questi capezzoli» disse quasi con nonchalance, mentre faceva scorrere il panno sulle punte che si stavano inturgidendo, «mi stanno implorando di toccarli, leccarli e succhiarli. Credo che potrei farlo per un'ora. Poi voglio esplorare ancora un po' la tua fica. Ripeto, avevo troppa fretta per prestarti la dovuta attenzione. Direi anche che non sarebbe male un massaggio alla schiena e al collo. Una volta che avrò esaminato ogni centimetro del tuo bel corpo, vedrò se quel primo orgasmo è stato un colpo di fortuna, o se riuscirò a ritrovare quel punto G.»

«Craig» protestò Ember.

«Sì?» rispose, facendo scorrere pigramente il panno sul suo seno.

Se qualcuno un mese prima le avesse detto che sarebbe stata sdraiata nel letto di un uomo incredibile e adorata in quel modo, si sarebbe messa a ridere a crepapelle.

«Quando sarai venuta di nuovo per me, riscalderò ancora una volta questa salvietta e ti pulirò la fica, dopodiché ci stenderemo e dormiremo un po'. Ti va di correre con me e i ragazzi domani mattina?»

Avrebbe dovuto essere strano parlare dei loro programmi mattutini mentre era seduto accanto a lei, nudo, ad accarezzarle le tette con un panno e con l'aspetto di uno che sembrava non volesse far altro che divorarla. «Ehm... certo.»

«Grande. Cerca però di non inimicarti Trigger. Gli piace aggiungere peso ai nostri zaini se qualcuno dice qualcosa del tipo che la corsa sarà facile.»

Ember sorrise. Trigger sembrava proprio come alcuni degli allenatori che aveva avuto in passato.

I pensieri sugli amici di Craig e sul programma dell'indomani volarono fuori dalla sua mente quando lui si chinò e le leccò il capezzolo, che si inturgidì subito.

Le sorrise. «Cazzo, è bellissimo.» Poi abbassò di nuovo la testa...

Un'ora e mezza dopo, Ember era stesa nel letto senza forze. Era troppo soddisfatta ed esausta per muoversi. Craig aveva fatto esattamente ciò che aveva promesso. Aveva amato ogni centimetro del suo corpo e le aveva fatto cose che non si era mai nemmeno sognata. Non l'aveva presa di nuovo, ma le aveva procurato altri due orgasmi. Lei aveva ricambiato facendogli una sega fino a quando non era esploso sulle loro mani, che avevano tenuto unite per masturbarlo. Avrebbe voluto fargli un pompino, ma le aveva detto che quella sera era dedicata a lei.

Si era occupato di pulire entrambi e infine l'aveva presa tra le braccia e aveva tirato su le coperte. Era ancora abbastanza presto, ma non le importava. Era esausta... e felice.

Erano rimasti nudi. La sensazione del suo corpo contro la schiena era confortante; essere avvolta da lui la faceva sentire amata. Abbassò lo sguardo e non riuscì a staccare gli occhi dalle loro mani. Avevano le dita intrecciate, e la pelle chiara contro quella scura la fece sorridere.

A prima vista, sembrava non avessero nulla in comune. All'inizio ne era stata convinta anche lei, ma ora non riusciva a immaginare di stare con nessun altro. Mai.

«Craig?» sussurrò.

«Sì, amore?»

Rabbrividì nell'udire quel vezzeggiativo. «Sono davvero felice.»

Le baciò la nuca prima di replicare: «Anch'io.»

«Ho anche paura» aggiunse.

«Di cosa?»

«Che non durerà. Che ti criticheranno perché stai con me. Che non appena vedrai quanto può diventare assurda la mia vita quando le persone mi riconoscono, ti libererai di me. Che la mia palestra fallirà. Che deluderò le persone. Che...»

«*Shhh*» la interruppe, stringendola di più. «La nostra relazione durerà. Semmai, sarai tu quella che verrà criticata perché stai con un uomo bianco. Non ho intenzione di liberarmi di te, qualunque cosa accada. La tua palestra sarà *quella* in cui le persone vogliono mandare i loro figli, ricchi, poveri, bianchi, neri, viola o verdi. Non deluderai nessuno. Farai la differenza in questo mondo e sono felice di stare al tuo fianco e vederlo accadere.»

«Come fai a sapere sempre la cosa giusta da dire?» gli chiese sommessamente.

«Non è così, di sicuro farò casino in futuro. Dirò la cosa sbagliata. Ti farò incazzare. Farò incazzare anche gli altri. Avrai voglia di cacciarmi via e di dirmi di andare all'inferno. Probabilmente mi lancerai addosso le cose perché sei passionale, ma spero che non dimenticherai mai quanto sei importante per me. Che attraverserei letteralmente l'inferno per tenerti al sicuro da chiunque voglia farti del male. Non che tu abbia bisogno di avere me come protettore, sei tosta anche da sola.»

«Va bene, smettila di parlare.»

Craig ridacchiò dietro di lei. «Ok, vedi? Ti sto già facendo incazzare.»

«Non è vero» insistette. «Ma non posso sopportare così tanta dolcezza tutta in una volta. E hai raggiunto la tua quota massima.»

«Ok, piccola, starò zitto. Dopo aver detto un'altra cosa.»

Per fortuna si era preparata, perché le sue parole successive sconvolsero il suo mondo.

«Ti amo. So che è presto e la gente potrebbe dire che è attrazione e non amore, ma si sbaglierebbero. Ti *vedo*, Em. Vedo la donna che tieni rinchiusa e nascosta dal mondo per proteggerti. Ma non devi tenerla nascosta da me, perché la vedo. Stare con me non sarà facile. Sarò onesto con te. Il mio lavoro è duro, tende a distruggere le relazioni, ma ho visto altri uomini delle forze speciali, e i miei amici, riuscire a farle funzionare. È ciò che voglio. Voglio *te*, Em. E farò tutto ciò che è in mio potere perché tu possa ricambiare il mio amore.»

Ember deglutì a fatica. Si girò tra le sue braccia e fissò il succhiotto che gli aveva fatto. L'aveva ripagata facendogliene uno sulla parte interna della coscia, in modo che nessuno lo vedesse e lei non si vergognasse. Tutto ciò che lui aveva fatto fin da quando l'aveva incontrato era stato con l'unico proposito di farla stare bene. Si sentiva davvero amata da lui. «Posso gestire te e il tuo lavoro» sussurrò. «Posso gestire tutto perché anch'io ti amo.»

Craig strinse le braccia intorno a lei per un momento, e lo sentì baciarle la testa.

«Funzionerà» mormorò.

Ember sospirò soddisfatta. Sì, avrebbe funzionato. Avrebbe fatto tutto il necessario per assicurarsene.

CAPITOLO QUATTORDICI

IL GIORNO seguente era stato impegnativo esattamente come quelli che Ember aveva avuto in California mentre si allenava per le Olimpiadi. Il lunedì mattina era andata a correre con Craig e il suo team e si era divertita così tanto da programmare di unirsi a lui anche martedì e mercoledì. Non avrebbe dovuto essere sorpresa da quanto duramente si esercitassero i Delta, ma lo era stata comunque. Il loro allenamento l'aveva distrutta, ma in seguito si era sentita energizzata, e farlo per divertimento piuttosto che per obbligo era esaltante.

Lunedì sera, dopo che lei aveva avuto un'intensa giornata di appuntamenti, Craig era andato nel suo appartamento, le aveva insegnato a fare la parmigiana di pollo e avevano riso e parlato di ciò che avevano fatto durante il giorno. Ember aveva organizzato l'incontro con la donna che possedeva il terreno che voleva utilizzare per l'allenamento di corsa e tiro e si erano accordate per giovedì pomeriggio, dopo che Julio e Marie si fossero trasferiti nei loro nuovi appartamenti; inizialmente avrebbero dovuto entrare il venerdì, ma li avevano avvertiti che sarebbero stati pronti con un giorno di anticipo. Voleva avere le opinioni dei suoi colleghi sul posto, quindi sarebbero andati all'incontro con lei dopo aver ritirato le chiavi.

Aveva anche visto la direttrice del Club Boys & Girls e organizzato di fare la sua prima lezione il mercoledì. Era eccitata e nervosa da morire, ma decisamente pronta a far partire le cose. Ci sarebbero stati solo quattro bambini e due bambine, ma andava bene così. Era un inizio. E se si fossero divertiti, sperava che ciò avrebbe rotto il ghiaccio e si sarebbe sparsa la voce su quanto fosse fantastico frequentare la palestra The Modern Kid.

Craig si era fermato anche a dormire. Avevano fatto l'amore in modo lento e dolce, ed era stato diverso dalla prima volta come il giorno e la notte. Non riusciva a decidere quale le piacesse di più; era meraviglioso in entrambi i modi.

Il martedì mattina si era alzata presto per andare di nuovo all'allenamento con i ragazzi. Avevano iniziato con il sollevamento pesi, poi fatto brevi sprint fino a quando Ember aveva pensato che il suo cuore potesse uscirle dal petto. Aveva provato a fare uno sprint con uno dei loro zaini sulla schiena, rendendosi conto che era troppo. Il suo rispetto per quegli uomini era aumentato ancora di più. Era orgogliosa di conoscerli.

Dopo l'allenamento, mentre erano seduti a parlare di niente in particolare, Trigger sollevò l'argomento dei messaggi minacciosi che aveva ricevuto sotto i post sui social.

«Ho parlato con i tuoi genitori ieri» le disse.

Ember lo fissò sconvolta e sapeva che probabilmente assomigliava a uno di quei personaggi dei cartoni animati con gli occhi che sporgevano in modo comico. «Che cosa?»

«Ho parlato con i tuoi genitori ieri» ripeté con calma.

«Wow. Ok. Com'è andata?»

«All'inizio erano diffidenti. Tua madre sembrava indignata, ma quando ho spiegato che stavamo indagando su alcune minacce piuttosto serie fatte nei tuoi confronti sui social, si è calmata e ha detto che avrebbe fatto tutto il possibile per aiutare. Ti amano, Ember. So che le cose sono state tese tra voi, ma nel momento in cui hanno sentito che avresti potuto essere in pericolo, si sono fatti in quattro per cercare di darci le informazioni che volevamo.»

«Lo so. Li amo anch'io. Penso che le cose miglioreranno col tempo. Devono fare i conti con il fatto che il pentathlon non è più il mio sogno. Hai scoperto qualcosa?» chiese.

«Ho scoperto che non vorrò mai essere famoso» mormorò disgustato. Poi proseguì: «Ho chiesto loro se avevano mai notato una sorta di schema quando ricevevi regali o minacce da una stessa persona. Nessuno dei due ne aveva idea, perché avevano assunto qualcun altro che si occupasse della tua posta.»

«A volte selezionavo qualche lettera» gli disse Ember.

«È quello che ha detto tua madre. È mai saltato fuori qualcosa?»

Sentì Craig spostarsi un po' più vicino a lei. La coscia toccò la sua mentre erano seduti sulla panca del sollevamento pesi. Le piaceva avere il suo sostegno, e anche che non si intromettesse e cercasse di assumere il controllo della conversazione.

«Be', ricevevo sempre delle lettere da una persona in particolare. Mi pare che il ragazzo si chiami Pat e mi mandava sempre cose carine. Voglio dire, penso fosse un ragazzo, anche se Pat potrebbe essere l'abbreviazione di Patricia... ma comunque, lui o lei mi scriveva sempre e mi sosteneva.»

«Qualcun altro?» domandò Brain.

Ember chiuse gli occhi e cercò di ripensare agli ultimi mesi. «Ho ricevuto alcuni regali poco prima delle Olimpiadi. Una persona mi ha inviato biglietti scritti a mano, una coperta ricamata e una bandiera degli Stati Uniti a punto croce con il mio nome sotto. Era tutta roba molto carina. Ricevevo questo genere di cose abbastanza spesso.»

«Rispondevi ai tuoi fan?» chiese Oz.

Scosse la testa. «No. Ricevevano foto e gadget preventivamente firmati, ma mai personalizzati.»

«Questo potrebbe averne fatto arrabbiare uno, se stava cercando una sorta di riconoscimento per i doni che ha fatto» rifletté Lucky.

«E lettere offensive?» domandò Grover. «Suppongo che tu ne abbia ricevute.»

«Sì, ma non ho mai prestato molta attenzione a quelle. Quando iniziavo a leggere e mi rendevo conto che erano sgradevoli, mi fermavo e le mettevo da parte.»

«Sua madre ha detto che hanno una pila di posta accumulata da dopo le Olimpiadi e che l'avrebbe esaminata per vedere se c'è qualcosa della stessa persona, o se qualcuno si è rivelato particolarmente minaccioso» disse Trigger.

«Che sia il caso di vedere se riusciamo a convincere uno dei team SEAL della California a controllare?» chiese Craig. «Sappiamo tutti che Rocco e la sua squadra o quella di Wolf, sarebbero felici di andare fino a Beverly Hills e prendersi una giornata per dare un'occhiata alla posta.»

Ember lanciò un'occhiata a Craig. Non conosceva le persone di cui stava parlando, ma non aveva dubbi che se si fidava di loro significava che sarebbero state in grado di scovare chiunque potesse essere una minaccia.

«Penso che dovremmo aspettare di vedere cosa scopre la madre. Sa che è una cosa seria, soprattutto dopo aver guardato lei stessa alcuni commenti sui social» replicò Trigger.

«Ember, ti ricordi il nome della persona che ti ha inviato gli ultimi regali?» domandò Brain.

«Ehm... ora che mi ci fai pensare, credo si chiamasse Alex.»

«Lo stesso nome di quello che ha lasciato i commenti minacciosi su Instagram» confermò Brain guardando il telefono.

«Alex è un nome comune» osservò Oz. «Potrebbe non essere la stessa persona.»

«O forse lo è, ed è incazzato per il fatto che Ember non abbia apprezzato apertamente i suoi regali» ribatté Brain.

«Dobbiamo controllare il timbro postale e se c'era l'indirizzo del mittente o un cognome associato ai regali» disse Lucky.

«Ci penso io» dichiarò Trigger. «Devo parlare con Deborah questo pomeriggio.»

«Chiami per nome mia madre?» gli chiese, sinceramente scioccata. Di solito preferiva essere chiamata signora Maxwell da persone che non conosceva.

Lui sorrise. «Sì. E anche Cedric.»

«Porca vacca. Anche *papà* ti ha permesso di chiamarlo per nome? Credo di vivere in un universo parallelo» disse, scuotendo la testa.

«Devo ammettere che non ero rimasto molto colpito da loro dopo le Olimpiadi» ammise Trigger. «Ma ora che hanno capito che abbiamo a cuore i tuoi interessi e la tua sicurezza, hanno cambiato atteggiamento.»

Ember guardò gli uomini che la circondavano. «Perché state prendendo così seriamente questa cosa? Ho sempre avuto persone che mi odiano, e non finirà mai. Fa parte dell'essere un'influencer. Non dico che mi piaccia, ma prendo questa cosa con le pinze. Perché siete così agitati per qualche commento? Soprattutto quando il numero di persone nel mondo che si chiamano Alex deve essere astronomico.»

«Offenderti e dire che ti vogliono morta non è normale, è folle, cazzo» sostenne Lucky.

«È quel tizio che diceva che sperava che qualcuno ti rapisse e ti torturasse? Questa è una minaccia diretta» concordò Brain.

Lefty si sporse in avanti. «Nessuno minaccia qualcuno che amiamo. *Nessuno*. Sappiamo in prima persona quanto può fare schifo la vita, e se possiamo impedire che tocchi chi ci circonda, lo facciamo.»

Ember deglutì a fatica, l'emozione minacciò di sopraffarla. Sapeva cosa aveva passato sua moglie Kinley. Così annuì.

«Dopo tutto ciò che è successo ai nostri cari, non lasceremo che questa situazione sfugga al nostro controllo. Se possiamo stroncarla sul nascere, è quello che faremo» aggiunse Craig.

«Be', lo apprezzo. Ma non posso vivere sempre guardandomi alle spalle. Mi renderebbe paranoica e probabilmente mi rintanerei nel mio appartamento e non uscirei più» disse con sincerità.

«È per questo che ci siamo noi» la rassicurò Grover. «Per proteggerti, così non *devi* guardarti costantemente alle spalle.»

«Grazie. Sul serio.»

«Prego. Nel frattempo, usa la testa» aggiunse Brain. «Di' a Doc dove vai e quando pensi di finire. Se vai da qualche parte da sola, è meglio se indossi un berretto e cerchi di essere il meno appariscente possibile. Non sto dicendo che nessuno ti riconoscerà, ma non ha senso ostentare la presenza di Ember Maxwell, capisci?»

Annuì. «Certo. Avevo già deciso di non postare più selfie sul mio account Instagram. Non è necessario. È narcisistico. Preferisco di gran lunga qualcosa di intellettuale o condividere foto di altri, piuttosto che di me stessa.»

Tutti gli uomini annuirono. «Bene. Hai assunto la security per la palestra?» chiese Oz.

«Sì. Cominciano domani. Voglio assicurarmi che sia uno spazio sicuro per i bambini.»

«E per te» aggiunse Craig.

Scrollò le spalle. «Sì. Anche.»

«Gli uomini che hai assunto sanno chi sei?» chiese Lefty.

«Sì.»

«Bene. Forse domani mi fermerò a parlare con loro» disse Craig.

Avrebbe voluto alzare gli occhi al cielo per il suo essere iperprotettivo, ma segretamente un po' le piaceva.

«Quali sono i vostri programmi per oggi?» domandò Brain.

Ember ridacchiò e Craig gemette. «Sarà impegnata dal momento in cui la accompagnerò al suo appartamento fino a stasera, quando la costringerò a fermarsi e prendere fiato.»

«Non sei il tipo da stare ferma, eh?» chiese Trigger.

«Proprio per niente» rispose Craig per lei.

«C'è qualche possibilità che tu possa trovare il tempo per andare a trovare Riley?» domandò Oz.

«Perché? Va tutto bene?» chiese preoccupata. Conosceva da poco sua moglie, ma le piaceva immensamente.

«Sì, ma penso che essere una neomamma e avere Logan

e Bria a casa per le vacanze estive l'abbia sopraffatta» rispose. «Oggi abbiamo riunioni tutto il giorno, quindi non potrò tornare per farle fare una pausa.»

«Certo» affermò subito Ember. Avrebbe spostato alcuni dei suoi appuntamenti in modo da poter andarla a trovare.

«Perché non l'hai detto prima?» chiese Brain. «Posso far andare anche Aspen con Chance.»

«Gillian ha un colloquio importante con un potenziale nuovo cliente oggi, ma sono sicuro che più tardi potrebbe passare.»

«Lo apprezzo, ragazzi» disse Oz. «So che anche le altre mollerebbero tutto per andare, ma a Riley non piace approfittare.»

«Non è approfittare» sostenne Lefty scuotendo la testa. «Quelle donne sono più legate che mai. Parlerò con Kinley. Sono sicuro che sarebbe felice di organizzare dei turni per tutte, in modo che possano andare a trovarla a rotazione e darle una mano... facendolo sembrare spontaneo, nel caso in cui Riley si mettesse in testa di essere testarda.»

Ember era così grata di essere in qualche modo entrata in quel gruppo di amici che non riusciva nemmeno a descrivere quanto la facesse sentire bene. «Passerò dopo che saranno arrivate le spade e le divise da scherma. Il tizio da cui le ho comprate è stato così gentile da offrirsi di portarle. Posso chiedere a Julio di supervisionare l'impresa che inizierà i lavori di ristrutturazione degli spogliatoi, e Marie può incontrare il giardiniere. Questo mi darà un'ora e mezza per andare a far visita a Riley. Va bene?»

«È fantastico, grazie» rispose Oz, con evidente sollievo.

Craig si chinò e le baciò la tempia prima di alzarsi. «Per quanto tutto questo sia divertente, Em ha un incontro tra un'ora e deve tornare a casa per farsi una doccia prima di andare in palestra per mettersi al lavoro.»

Tutti si alzarono e uscirono dalla sala pesi. Ember si assicurò di ringraziare ognuno di loro, poi lei e Craig si diressero verso la Durango. Le tenne la portiera aperta e la richiuse non appena si fu sistemata. La riportò al suo appartamento e l'accompagnò alla porta.

«Vieni dentro?» gli chiese.

«Vorrei» ammise con dolcezza. «Mi piacerebbe leccarti la fica finché non vieni sulla mia lingua, e poi scoparti duro e veloce.»

Si sentì subito bagnare alle sue parole.

«Ma hai meno di un'ora prima di andare al lavoro, e so che se entro arriveremo entrambi in ritardo.»

Era un peccato, ma aveva ragione.

Craig portò lentamente una mano sulla sua nuca, l'attirò a sé e lei lo lasciò fare con piacere. La baciò a lungo e con lentezza, tanto che pensò che sarebbe andata a fuoco.

Alla fine si scostò, senza lasciarla andare. «Non so se scopriremo qualcosa dalla nostra indagine su quei pazzi che commentano i tuoi post, ma vedi di essere molto vigile, ok?»

«Certo.»

«Dato che non sappiamo chi siano questi bastardi, e nemmeno dove siano, apprezzerei se per un po' potessi evitare di andare in giro da sola.»

«Farò del mio meglio.»

«Non sto cercando di essere il fidanzato stronzo che vuole controllarti, ma ti amo e non sopporto il pensiero che qualcuno ti minacci. E credimi, quei commenti sui tuoi post sono minacce.»

«Lo so. Odio pensare che c'è qualcuno là fuori che vuole farmi seriamente del male, ma se continua o peggiora, non sono contraria a eliminare del tutto i miei account. Sì, voglio fare del bene per il mondo e condividere cose come la foto di Sierra per cercare di aiutare, ma se le persone mi odiano così tanto da volermi letteralmente morta... non ne vale la pena.»

Craig fece un respiro profondo e chiuse gli occhi per un momento, come se le sue parole lo avessero toccato in qualche modo.

«Craig?»

«Questo mi fa sentire meglio, ma non credo che per ora dobbiamo arrivare a quegli estremi. Lascia che tua madre esamini la posta che hai ricevuto, e Trigger continuerà a controllare i commenti. Beth, una donna contattata da Brain, gli farà sapere qualcosa sugli indirizzi IP e le posizioni, e vedremo se avremo qualcosa di cui preoccuparci. In caso positivo, ce ne occuperemo. Andremo dalla polizia e forse dall'FBI, dato che le minacce avvengono su internet. Se dovessimo scoprire che si tratta di un gruppo di ragazzi preadolescenti che pensano di essere i più fichi, o di donne gelose, penseremo a come affrontare anche quello.»

«Grazie.»

«Non serve che mi ringrazi. Mi basta che tu stia attenta.»

«Lo farò.»

«Ok, ora me ne vado davvero, se aspetto ancora non sarò in grado di farlo.»

«Ti amo» disse Ember timidamente. Quelle parole le sentiva giuste, ma ancora un po' strane all'inizio della loro relazione.

«Anch'io ti amo. Ci vediamo stasera quando torni a casa. Vieni da me o vengo qui io?»

Le piaceva che la domanda non fosse se si sarebbero visti o meno, ma solo in quale casa sarebbero stati. «Vengo io da te.»

«D'accordo. A dopo.»

«Ciao.»

Rimase a guardare finché lui sparì dalla vista, poi chiuse la porta con un sospiro. Craig l'aveva aiutata a mettere un chiavistello, e dopo aver chiuso bene tutto, si diresse verso il bagno per fare la doccia. Sarebbe stata un'altra lunga giornata, ma era entusiasta di iniziare. I piccoli lavori di ristrutturazione nella palestra sarebbero continuati, avrebbe discusso con Julio e Marie su cosa volevano fare l'indomani con il primo gruppo di bambini, e sarebbe andata da Riley. Trovare tempo sia per gli amici sia per quel lavoro impegnativo le sembrava una piccola cosa, ma Ember era più felice di quanto non fosse mai stata in vita sua.

———

Alex guardò con furia Ember Maxwell che gironzolava per la palestra. Era irritante vederla così spensierata e felice. Come poteva mostrare la sua faccia in pubblico dopo aver fallito in modo così spettacolare alle Olimpiadi? Era una disgrazia! Era ridicolo anche solo pensare che stesse per aprire una palestra per allenare i bambini nel pentathlon.

Lei era *l'ultima* persona che avrebbe dovuto allenare gli altri. Aveva avuto la sua occasione e l'aveva sprecata. Quella farsa non poteva continuare.

Stava ad Alex impedirglielo una volta per tutte e cancellarle quel sorriso falso dalla faccia compiaciuta.

Ember avrebbe dovuto prestare più attenzione. Avrebbe dovuto ringraziare per tutti i regali che aveva rice-vuto ed essere riconoscente verso chi l'aveva portata in cima. Invece, aveva usato il suo aspetto e i suoi soldi e si era approfittata di tutti. E per cosa? Per essere una grande *fallita*.

Era giunto il momento di impedirle di ingannare le persone facendo credere loro di essere speciale. E Alex sapeva esattamente come fare. La fine di Ember non poteva accadere quel giorno, ma sarebbe avvenuta. Avrebbe imparato come ci si sente a essere impotenti. A essere scaricati come delle nullità. A essere alla mercé di qualcun altro.

Solo allora, Alex avrebbe assaporato la sua vendetta.

Aveva fatto attenzione a non lasciare indizi o a farle capire ciò che le stava per succedere. Sarebbe stato terribilmente stupido, perché avrebbe reso il suo nuovo fidanzato ancora più vigile.

Quella era un'altra cosa che mandava in bestia Alex; non era giusto che Ember fosse così contenta. Avrebbe dovuto essere preoccupata per la sua ridicola piccola attività, e invece eccola lì, sorridente e più felice che mai, con uno stronzo che la trattava come una cazzo di principessa! L'ultima cosa di cui Alex aveva bisogno erano altri occhi che sorvegliavano la preziosa Ember Maxwell. Il suo ragazzo poteva rovinare *tutto*.

No, il piano avrebbe funzionato. Doveva solo essere paziente. Ancora qualche giorno e la stronza non sarebbe più esistita.

Sul suo viso spuntò un autentico sorriso. Il destino di Ember era segnato. Presto sarebbe morta, e non avrebbe più approfittato degli altri. Non vedeva l'ora.

CAPITOLO QUINDICI

Doc, frustrato, si passò una mano tra i capelli. Per quanto le cose stessero andando alla grande con Ember, non era lo stesso al lavoro. Il team SEAL che era andato a perlustrare le grotte vicino alla base in Afghanistan non aveva trovato nulla, quindi era stato inviato in un altro luogo per una missione diversa. Ottenere informazioni dal generale della base era difficilissimo. Trigger e la squadra non sapevano se temesse di finire nei guai se avesse condiviso troppe informazioni sui lavoratori scomparsi o se in realtà non gli importasse, dato che non erano soldati.

Grover non ne era felice. Trigger non ne era felice. Il comandante Robinson non ne era felice. La situazione era impossibile e, senza dati utili, avevano le mani legate. Non potevano andare in Afghanistan se nessuno avesse ammesso che c'era un problema, ma da quando Grover aveva ricevuto quella lettera da Sierra, era convinto più che mai che l'avessero fatta prigioniera.

Doc non poteva che essere d'accordo, come anche il resto della squadra, ma dovevano comunque stare in attesa fino a quando non avessero avuto prove più concrete che ci fosse Shahzada dietro alle sparizioni.

Le cose con Ember, tuttavia, stavano andando incredibilmente bene. Stare insieme sembrava giusto. Naturale. Fare l'amore non era mai stato così soddisfacente, e la desiderava sempre intensamente. Doc sapeva che avrebbe odiato non dormire con lei e temeva il momento in cui sarebbe partito in missione solo per quella ragione. Si era abituato ad averla tra le braccia e non poteva negare di provare un'enorme soddisfazione ogni volta che lei lo marchiava. I ragazzi lo avevano preso in giro quando si era tolto la maglietta quella mattina e avevano visto i succhiotti, ma non gli importava. Come aveva detto Ember, ogni volta che li vedeva pensava al momento in cui glieli aveva fatti.

Stava pianificando per lei una serata speciale, aveva comprato dei cupcake che componevano la scritta "Congratulazioni" e aveva predisposto tutto per la cena. Era il giorno dell'inaugurazione di The Modern Kid, non vedeva l'ora di festeggiare con lei. Odiava non poter essere lì, ma lo aveva rassicurato che non era un problema. Una volta completati tutti i lavori di ristrutturazione e quando avrebbe avuto una clientela più numerosa, avrebbe organizzato un'enorme festa aperta a tutti per dare ufficialmente il via alla palestra. Per il momento, era felice che il primo giorno fosse di basso profilo con un piccolo numero di bambini iscritti.

Erano le tre e il team aveva ripassato quattro volte le ultime informazioni da oltreoceano, alla ricerca di qualsiasi cosa che consentisse loro di essere mandati a dare la caccia a Shahzada. Erano stanchi, scontrosi e preoccupati per i lavoratori che erano laggiù a servire il Paese a modo loro.

Doc era più che pronto a cambiare argomento. «Hai avuto la possibilità di parlare con i genitori di Ember oggi?» chiese a Trigger.

«Sì. E non mi piace quello che ho sentito.»

Si irrigidì. «Cos'hanno scoperto?»

«Sua madre mi ha detto che diversi pacchi di corrispondenza non erano stati esaminati a causa delle Olimpiadi e per tutto ciò che è successo quando Ember ha deciso di mollare. Ha affermato che all'inizio sembrava non ci fosse nulla di strano. C'erano molte lettere di congratulazioni, oltre alle solite negative, e regali da parte dei fan, ma quando lei e Cedric le hanno suddivise, si sono resi conto che ce n'erano diverse della stessa persona. Un certo Alex. Il timbro postale era di Los Angeles.»

«Merda. Ancora Alex. Cosa dicevano?» chiese Brain.

«La prima, antecedente alle Olimpiadi, era eccessivamente entusiasta. Era piena di complimenti, ribadiva quanto Ember fosse straordinaria e quanto rendesse tutti orgogliosi. Dopo il ritorno il tono è cambiato. Le lettere erano più critiche. Arrabbiate. L'ultima che Alex ha inviato era lunga cinque pagine e piena di frasi sconclusionate e accusatorie sul fatto che non si fosse impegnata abbastanza, che aveva deluso tutti i suoi fan e...» La voce di Trigger si affievolì.

«E cosa?» chiese Doc.

«L'ha minacciata. Ha detto che sapeva che aveva lasciato Los Angeles e che non esisteva alcun posto in cui avrebbe potuto nascondersi. Che il karma l'avrebbe trovata.»

«Perché a questo tizio importa così tanto? La madre di Ember ha detto per caso se si era lasciata male con qualcuno? Magari Alex è un ex fidanzato» disse Lucky.

Trigger scosse la testa. «No. Non ha un ragazzo da un paio d'anni.»

«Quindi, tutto questo odio è dovuto al fatto che qualcuno ha deciso che la conosceva bene dai post sui social e creduto di avere un legame con lei?» domandò Brain.

«Dimentichi che le manda regali da mesi. Quindi, se pensava che avessero un legame, il fatto che Ember non sia andata bene alle Olimpiadi come lui aveva sperato e che si sia trasferita cambiando totalmente lo scopo dei suoi account sui social, potrebbe avergli fatto perdere la testa.»

«Ma sembra che il fattore scatenante sia stata la sua prestazione in Corea del Sud» rifletté Doc.

«Cos'ha trovato Beth sui controlli dei precedenti o sulla ricerca degli stronzi che hanno lasciato commenti sgradevoli sui suoi recenti post?» chiese Lefty a Brain.

«Le ho parlato ieri sera, e poi di nuovo durante la nostra ultima pausa. Vi avrei raccontato tutto quando avremmo avuto un secondo libero» disse Brain. «Non ha ancora fatto un controllo sui precedenti di Julio o Marie. Visto che la nostra priorità era rintracciare gli indirizzi IP, ha trascorso gli ultimi due giorni a farlo. Dopo che Ember ha pubblicato un post sull'apertura della palestra, ha ricevuto una nuova sfilza di commenti pieni di odio, che hanno aumentato il carico di lavoro di Beth. Si è concentrata su quelli più pesanti e ha fatto del suo meglio per rintracciare gli indirizzi, in particolare quello di Alex.» Brain scosse la testa. «Non capirò mai perché alcune persone devono essere così orribili. Perché non possono lasciare che gli altri siano felici? Comunque, ieri sera Beth ha detto che gli indirizzi IP riconducono a città di tutto il Paese. Seattle, New York, Birmingham, Dallas... ma alcuni anche qui a Killeen.»

Doc si raddrizzò sulla sedia. «Dobbiamo preoccuparci?»

«Assolutamente. Le ho chiesto di restringere il campo sulle minacce che provengono da Killeen. Di trovare luoghi e nomi reali, se possibile, in modo da indagare su quelle persone, ma ciò non mitiga le minacce provenienti al di fuori del Texas. Sappiamo tutti che se qualcuno è seriamente incazzato, può venire qui e farle del male a prescindere da dove vive.»

Doc sospirò. Capiva cosa voleva dire il suo amico. Non era sorprendente che proprio a Killeen ci fossero persone che sentivano il bisogno di sfogare la loro rabbia attraverso una tastiera, ma l'obiettivo di tutta quella cattiveria non era una persona qualunque. Era Ember. La donna che amava. «Abbiamo l'indirizzo di qualcuno che ha scritto stronzate?»

«Sì, un paio. Ne sta controllando altri. Tuttavia, per i nomi il discorso è più complicato, dato che non è necessariamente la persona che paga il servizio internet a lasciare i commenti, ma chiunque viva in quella casa.»

«Qualcuno di quelli si chiama Alex?» chiese Oz.

«No. È stata la prima cosa che ha controllato» rispose Brain.

«Qualche Alex di Los Angeles?» domandò Doc.

«Beth non è ci ancora arrivata. Ha detto che solo trovare ciò che ci ha dato finora le ha preso la maggior parte della notte, però è il prossimo della lista... insieme ai controlli dei precedenti, non solo di Julio, Marie e dei suoi ex gestori dei social, in particolare quell'Alexis, ma anche delle altre persone che lavoravano per i Maxwell in California.»

Doc strinse le labbra. Sapeva che a Ember non sarebbe piaciuto sentirlo. Avrebbe aspettato di scoprire cosa avesse trovato Beth prima di darle la notizia. Sperava di poterle dire che erano tutti puliti.

«Vuoi la mia opinione?» gli chiese Lefty.

Annuì subito. «Certo.»

«Tenete presente che è un pensiero che arriva da qualcuno la cui donna è stata rapita e quasi uccisa. Assumerei altro personale di sorveglianza per Ember. Ha vissuto a Beverly Hills dietro le mura della villa dei suoi genitori, quindi penso che sia ancora un po' ingenua. So che vuole la sua indipendenza, ma non credo capisca appieno a cosa prestare attenzione in relazione a qualcuno che potrebbe volerle fare del male.»

«Non le piacerà.»

Lefty scrollò le spalle e mantenne il suo sguardo intenso su quello di Doc. «Forse no, ma fidati, l'alternativa non è accettabile.»

«Ne parlerò con lei. Oggi è il giorno dell'inaugurazione e nonostante non abbia ancora molti bambini, so che era eccitata ma anche nervosa. Mi ha mandato dei messaggi e ha detto che sta andando tutto bene.»

«Non ci sono stati problemi?» chiese Grover.

Fu felice che il suo amico partecipasse alla conversazione. Era stato tranquillo per gran parte della giornata, tranne quando si era trattato di esprimere la sua frustrazione per ciò che stava accadendo in Afghanistan.

«Credo che Julio fosse di pessimo umore stamattina. Ember ha dovuto rimproverarlo e dirgli di darsi una regolata.»

«Come ha reagito lui?» chiese Lucky.

«Non ne è stato felice.»

«Farò in modo che Beth esegua il controllo dei precedenti questa sera» affermò Trigger.

«Grazie» disse Doc. «Ma durante l'ultima pausa ho ricevuto un altro messaggio in cui mi diceva che si era calmato, che lavorare con i bambini sembrava avesse fatto svanire tutto ciò per cui era sconvolto.» Doc guardò l'orologio. «Ha un'altra ora prima che i genitori vadano a prendere i figli. So che voleva parlare con Julio e Marie per avere la loro opinione riguardo al primo giorno di attività, poi tornerà a casa.»

«La security che ha assunto rimarrà finché non se ne sarà andata, giusto?» chiese Lucky.

«Sì. So che ha anche intenzione di mettere un sistema di allarme. Era già tutto programmato, ma per qualche motivo hanno dovuto posticipare l'installazione.»

«La sicurezza nel suo caso è particolarmente complicata perché la maggior parte degli sport, a parte la scherma, dovrà essere praticata fuori sede, giusto?» chiese Brain.

«Sì. In palestra ci saranno le attrezzature per la scherma e per il potenziamento muscolare. Sta cercando di lavorare con il comune e l'associazione cristiana dei giovani per organizzare gli orari per l'uso della piscina. Prima o poi vorrà comprare dei cavalli con cui i bambini possano allenarsi e per la corsa non c'è problema, perché possono farlo ovunque, ma comunque domani andrà con Julio e Marie a vedere un terreno dove creare un percorso per la corsa e le postazioni di tiro laser.»

«È un bene che non vada da sola» osservò Lefty.

«Le ho chiesto di non andare da nessuna parte da sola finché non abbiamo risolto la faccenda delle minacce» informò i suoi amici.

«Se hai bisogno di aiuto per qualsiasi cosa, devi solo farcelo sapere» disse Trigger.

«Lo so e lo apprezzo.»

«Sono sicuro che anche Ghost e il suo team aiuterebbero.»

Annuì. «Ho intenzione di parlargliene presto.»

«Senza offesa, ma vale la pena avere una fidanzata così famosa?» chiese Grover.

Doc non dovette nemmeno pensare alla risposta. «Decisamente sì. Lo ammetto, all'inizio non riuscivo a immaginare come diavolo avrebbe potuto funzionare una relazione tra noi. Lei viene riconosciuta subito e io ho un lavoro per cui devo tenere sempre un basso profilo, ma a essere sincero, quando siamo in pubblico nessuno mi degna di un'occhiata. Ed Ember non è ossessionata dalla sua fama o dal suo aspetto. Da quando è qui l'ho vista a malapena truccarsi. Si è concentrata al cento per cento sull'apertura della palestra.»

«Per quel che vale... è la persona famosa più straordinaria che conosca» disse Brain con un sorriso.

«Non conosci nessun'altra persona famosa» ribatté Oz, alzando gli occhi al cielo.

«Esatto, quindi ciò la rende la persona famosa più straordinaria che conosca» insistette.

«Continuerà ad allenarsi con noi?» chiese Lucky.

«Lo spero» rispose Doc. «Ha detto che le piace. Che è bello allenarsi sapendo di non dover impressionare un allenatore o preoccuparsi di un collega atleta che cerca dei punti deboli di cui approfittare.»

«È vero» confermò Lefty con un cenno del capo.

«Ringraziala da parte mia per essere andata a trovare Riley ieri» disse Oz.

«Certo. Ma penso che sia stato positivo anche per lei. Mi ha detto che si sono divertite moltissimo a farsi compagnia e a chiacchierare. Hanno già organizzato di ritrovarsi tra qualche giorno.»

«Bria ieri sera mi ha detto che vuole diventare una pentatleta. Logan è troppo impegnato e ossessionato dal baseball, ma penso che Ember abbia già convertito la piccola.»

«Bene» affermò Doc con un sorriso.

Trigger guardò l'orologio. «Non so voi ragazzi, ma io sono finito. Sono pronto a concludere e andare a vedere cos'ha combinato mia moglie oggi.»

Tutti furono d'accordo, anche se Grover fermò Doc prima che lasciasse la stanza. Così, dopo aver salutato gli altri, si rivolse all'amico. «Che succede?»

«Volevo solo che sapessi che se hai bisogno di aiuto per vegliare su Ember, devi solo chiedere. Ho bisogno di tenermi occupato in questo momento, e dato che gli altri sono indaffarati con mogli e famiglie, mi offro volentieri.»

Gli mise una mano sulla spalla. «Grazie, Grover, questo significa tutto per me.»

«È solo che non voglio che scompaia come Sierra. So che è strano che io sia così preoccupato per quella donna, ma non posso farne a meno. È scattato qualcosa tra noi quando ci siamo conosciuti ed essere ignaro di ciò che le è successo è una tortura.»

«Non devi convincermi del fatto che avete sentito una connessione» sostenne Doc con sincerità. «Sono l'ultima persona che può permettersi di giudicarti se sei attratto da qualcuno che hai visto solo poche volte. Al di fuori della nostra cerchia, pochi capirebbero come posso essere passato, nell'arco di qualche giorno, dall'essere single al voler trascorrere ogni momento libero con Ember. Forse potrebbero pensare che la stia usando per qualche assurda ragione, ma non è affatto così. È diversa da chiunque abbia mai incontrato e non riesco nemmeno a immaginare che possa scomparire senza lasciare traccia.»

Grover annuì. «So di essere stato lunatico ultimamente, ma per la cronaca, Ember mi piace. È perfetta per te.»

«Spero di essere perfetto anch'io per lei» replicò Doc con una risatina.

«Lo sei.»

«Grazie. E se necessario, accetterò di sicuro la tua offerta.»

«Bene.»

«Grover?»

«Sì?»

Doc si fermò, ponderando a fondo ciò che voleva chiedere al suo amico... ma alla fine sentì di doverlo fare. «Credi davvero che sia ancora viva?»

«Sì. So che è assurdo, perché è scomparsa da troppo tempo, ma qualcosa nel profondo mi dice che è là fuori. Che sta aspettando che qualcuno la trovi. Ed è ciò che fa più male *qui*» disse, mettendosi una mano sul cuore. «Non riesco a smettere di pensare a cosa potrebbe avere subito nell'ultimo anno. Mi fa letteralmente morire dentro.»

«Faremo tutto il possibile per trovarla. Hai ragione, la maggior parte delle persone probabilmente pensa che sia morta e sepolta in una grotta tra le montagne dell'Afghanistan, ma tutti noi abbiamo assistito a cose piuttosto miracolose. Se pensi che sia là fuori, allora lo è. Ti sosterrò come posso, e parlerò con Trigger per vedere se riesce a fare un po' di pressione sul comandante affinché ci permetta di fare più di quanto stiamo già facendo... che è solo stare seduti ad aspettare che ci arrivino informazioni da laggiù.»

«Voglio andare in Afghanistan ed esaminare le cose da solo» ammise Grover con calma.

Doc fece in modo di non mostrarsi sorpreso. «Pensavo fosse quello per cui Trigger stava spingendo.»

«Sta cercando di convincere il comandante ad acconsentire di mandarci tutti. Io voglio andarci da solo» chiarì Grover.

«Non sono sicuro che sia una buona idea. Noi lavoriamo in squadra.»

«Lo so, ma noi sette non passiamo esattamente inosservati quando ci mandano a risolvere qualche problema. Sappiamo mimetizzarci mentre diamo la caccia a qualcuno, ma quando arriviamo, capiscono tutti chi siamo e perché siamo lì. Se vado da solo, posso parlare con i soldati della base e sentire le loro impressioni riguardo a ciò che sta succedendo. Potrei parlare con i lavoratori a contratto che sono ancora sul posto e avere la loro opinione. Posso vedere se riesco a ottenere informazioni su Shahzada e capire se è veramente coinvolto come pensiamo sia. Potrei anche essere in grado di parlare faccia a faccia con il generale della base e vedere se di persona riesco a comprenderlo meglio di quanto riusciamo a fare tramite quei maledetti rapporti e le mail. Ho *bisogno* di farlo, Doc.»

«Quanto tempo stai pensando di stare?»

«Forse una settimana. Non per sempre. Vedo quali informazioni riesco a scoprire, e se penso che valga la pena avere più forze per scovare Shahzada, voi ragazzi potreste unirvi a me.»

Doc doveva ammettere che il piano di Grover aveva dei meriti. «Ne hai parlato con Trigger?»

«Non ancora, ma speravo che potessi parlargli anche tu... fargli sapere che sostieni l'idea.»

«D'accordo.»

«Lo apprezzo. Doc, sono davvero felice per voi.»

«Grazie.»

Grover in risposta gli fece un cenno con il mento, uscirono dalla sala conferenze e percorsero il corridoio. Doc tirò fuori il telefono e inviò un breve messaggio a Ember per controllare come stavano andando le cose. Doveva fermarsi a ritirare la cena, poi sperava di avere il tempo di sistemare tutto a casa prima che lei arrivasse.

Ember: Oggi è stato grandioso! Stiamo aspettando che arrivi un altro genitore, poi dovrei tornare a casa. Tu hai finito?
Doc: Sto per uscire adesso.
Ember: Ottimo. Devo fermarmi a prendere qualcosa?
Doc: No. Mandami un messaggio quando esci e assicurati che qualcuno della sicurezza ti accompagni alla macchina.
Ember: Avete scoperto qualcosa di cui dovrei preoccuparmi?
Doc: Non precisamente. Ne parliamo dopo.
Ember: Ok.
Doc: Fai attenzione. Ti amo.
Ember: Certo. Ti amo anch'io. A dopo.
Doc: A dopo.

Doc mise il telefono in tasca e cercò di ignorare il formicolio alla nuca. A volte provava la stessa sensazione quando erano in missione e qualcosa non quadrava. Di solito succedeva subito prima che scoppiasse il caos.

Ma Ember stava bene, e anche lui. Per quanto ne sapeva, era lo stesso per tutti quelli del suo team. Probabilmente era solo eccessivamente sensibile in quel momento a causa delle minacce sui post. Le parole che le rivolgevano erano velenose e piene di odio, e gli era difficile togliersele dalla testa. L'aveva appena trovata, non poteva perderla.

Scrollandosi di dosso il disagio, fece il possibile per concentrarsi sulla mini celebrazione che aveva in programma per quella sera. Era orgoglioso di tutto ciò che Ember aveva realizzato in così poco tempo. Si era fatta il culo, e lui non aveva dubbi che la palestra non solo avrebbe avuto successo, ma sarebbe stata anche un cambiamento positivo per la loro comunità. Permettere a quei bambini, che altrimenti non ne avrebbero mai avuto la possibilità, di andare a cavallo, di imparare a nuotare, a tirare di scherma e persino a sparare, era ambizioso e generoso, soprattutto dato che lei si faceva carico della maggior parte dei costi per i partecipanti. Non avevano mai parlato di soldi, ma sapeva che ne aveva più che a sufficienza per coprire eventuali spese aziendali che sarebbero potute emergere, per molti anni a venire.

Doc si sentì più leggero mentre saliva in macchina, perché sapeva che presto l'avrebbe vista. Amava il suo lavoro e il suo team, ma era incredibilmente rassicurante avere una compagna con cui parlare e condividere le sue speranze e paure senza essere giudicato. Non che la sua squadra lo facesse, nemmeno lontanamente, ma sapeva che Ember lo avrebbe sempre sostenuto senza riserve. Proprio come avrebbe fatto lui.

———

Ember non riusciva a smettere di sorridere. Non solo il giorno dell'inaugurazione era andato bene, ma Craig l'aveva sorpresa con una cena fantastica e anche una torta! Ok, erano cupcake, ma in realtà si potevano considerare piccoli bocconcini di torta.

Ora era seduta sul divano, accoccolata tra le sue braccia, e aveva appena finito di raccontargli delle ragazzine e dei ragazzini straordinari che erano andati nella sua palestra quel giorno, e di come si era svolto il tutto.

«Sai che avrai difficoltà a lasciare l'insegnamento ai tuoi dipendenti, vero?» la prese in giro Craig.

Ember rise. «Lo so. Julio e Marie sono stati meravigliosi oggi, ma non ho potuto fare a meno di unirmi a loro.»

«Hai capito che problema aveva Julio?»

Sospirò. «A essere sincera penso che abbia un po' di nostalgia di casa.»

Craig sbuffò. «Sul serio?»

«Sì. È la prima volta che si allontana dalla California, e devi ammettere che il Texas è molto diverso da qualsiasi altro luogo di questo Paese. Chiunque incontri ti saluta e tutta questa cordialità è un po' strana per quelli cresciuti come noi in California, dove la maggior parte della gente ti ignora.»

Sentì la risatina di Craig rimbombare attraverso il suo corpo. Era appoggiata a lui con la schiena, avvolta dalle sue braccia. Non si erano presi la briga di accendere la TV, perché era stata troppo eccitata di raccontargli ogni secondo della sua giornata.

«La maggior parte dei texani sono piuttosto amichevoli» concordò. «Credi che Julio provi del risentimento?»

Si voltò a guardarlo. «Cosa stai chiedendo veramente?»

Lo vide sospirare. «La donna che sta esaminando gli indirizzi IP ha detto che alcuni provengono da Killeen. Julio non è qui da molto, ma sotto l'ultima foto che hai messo c'erano diverse minacce, e fatalità lui era qui quando è successo.»

«Pensi che possa esserci lui dietro ad alcune delle orribili lettere e tutta l'altra roba che ho ricevuto?»

Craig incontrò il suo sguardo, cosa che apprezzò. «Non so chi possa esserci dietro. È semplice creare un account falso e inventarsi un nome sui social, e di conseguenza è più facile essere minacciosi. Le persone si sentono sicure di non poter essere scoperte.»

«Non è Julio» dichiarò con fermezza. «Ci siamo allenati

insieme per parecchio tempo, e penso che avrei avvertito se provasse del risentimento.»

«E perché non ci siano fraintendimenti... Beth farà dei controlli anche sui precedenti dei ragazzi che hai reclutato per la sorveglianza in palestra, oltre che di Alexis, Samer e le altre persone assunte dai tuoi genitori.»

Ember si appoggiò di nuovo contro di lui, apprezzando la sua onestà. «Pensi che sia davvero necessario?»

«Sì.»

Era certa che avrebbe risposto così.

«So che vuoi vivere una vita normale, ma *non* sei normale. Sei Ember Maxwell. Il fatto che tu sia riuscita a portare avanti tutto ciò che hai fatto qui senza che arrivasse la stampa è un piccolo miracolo. Adoro che tu voglia fare del bene, ma è ingenuo pensare che nessuno speri che tu fallisca. Che non ci siano persone a cui dà fastidio che tu sia bella e ricca.»

«E nera» aggiunse.

«Sì. Anche quello. Stare con me probabilmente non aiuta.»

Si girò di nuovo tra le sue braccia. «Cosa vorresti dire?»

«Solo che sappiamo entrambi che ci sono quelli che non credono nelle relazioni interrazziali. Pensano che i bianchi dovrebbero restare con i bianchi, i neri con i neri, gli asiatici con gli asiatici. È una cazzata, ma alcuni non riescono a capire che siamo tutti esseri umani. Purtroppo per quella gente conta più l'apparenza che come sei dentro.»

«Be', quelle persone possono andare a fanculo» disse, mentre si sistemava di nuovo contro di lui. Gli prese le braccia e se le strinse più forte intorno al corpo. «So di essere cresciuta in una famiglia privilegiata, nel mondo apparentemente perfetto di Beverly Hills, ma sono ben consapevole del razzismo e della discriminazione. Li ho sperimentati in prima persona. Ma ciò non significa che non possa vedere anche la bontà della gente. Perché esiste. Penso che ci siano più persone buone e gentili che credono veramente nella frase "l'amore è amore", di quelle che rifiutano di accettare che qualcuno diverso da loro abbia altrettanto valore. Sì, penso che ci siano problemi nella nostra società, ma credo anche che ci siano più poliziotti buoni che cattivi, più genitori che accettano che i loro figli siano gay, lesbiche e transgender, rispetto a quelli che li allontanano. Che ci siano più persone disposte a fronteggiare l'ingiustizia di quelle che si girano dall'altra parte e fingono che non esista. So che c'è chi vuole che io fallisca, che desiderava che non vincessi una medaglia alle Olimpiadi. Che dice che siccome sono nera, ho ottenuto ciò che meritavo e che non avrei nemmeno dovuto provare a competere in uno "sport da bianchi". Ma fanculo a loro!»

Consapevole del suo sproloquio, ma incapace di fermarsi, Ember si spostò mettendosi a cavalcioni su di lui. «E se vogliono perseguitarmi a causa di chi amo, lasciamoglielo fare. Mi metterei in cima ai gradini della Casa Bianca a urlare al mondo che ti amo prima di permettere a qualcuno di dirmi che è innaturale. O che sto sputando in faccia alle mie radici. Amo essere nera. Ne sono fiera. Non vorrei essere bianca.»

Prese la testa di Craig tra le mani e si chinò. «So che pensi che non prenda sul serio i commenti e le minacce, ma non è perché non sono preoccupata, sono solo diventata un po' insensibile a loro. Ci saranno sempre persone che mi odiano per un motivo o per l'altro. Non posso lasciare che i loro problemi prendano il sopravvento sulla mia vita. Devo vivere e comportarmi in un modo che mi renda possibile andare a dormire con la coscienza pulita, e aiutare i bambini svantaggiati è ciò che mi motiva. Ok, ho finito» disse, facendo un sospiro.

Craig sorrise e le prese le mani per baciarne i palmi.

Ma poi Ember continuò: «No, in realtà non ho finito. C'è un'altra cosa. Se vuoi controllare i precedenti di tutti quelli che assumo, per me va bene. Non perché penso che stiano segretamente cercando di sabotarmi, ma perché sarei stupida a ignorare completamente questa possibilità. Hai ragione, io *sono* Ember Maxwell. Magari non volevo essere famosa o un brand, ma lo sono e non posso cambiarlo. Sono d'accordo che tu faccia quei controlli perché significa che tieni a me, che mi copri le spalle... ed è una sensazione bellissima.»

«Ti copro decisamente le spalle, ma tu fai comunque il possibile per proteggerti. Presta attenzione a ciò che ti circonda. Hai ragione, ci sono persone là fuori a cui piacerebbe vederti fallire o che potrebbero voler diventare famosi... uccidendo *Ember Maxwell*.»

Lei annuì. «Lo farò.»

«È tutto ciò che ti chiedo.»

«Posso vedere le informazioni che Beth scoprirà sui miei dipendenti?»

«Certo» rispose senza esitazione. «Non è mia intenzione tenerti nascosto qualcosa. Credo che la conoscenza sia potere, e se non hanno niente da nascondere, meglio così.»

«Craig?»

«Sì?»

«Grazie per la mia mini celebrazione.»

Le sorrise. «Prego.»

«Non riesco a ricordare l'ultima volta che qualcuno si è dato così tanto da fare per me.»

«Puoi aspettartene molte di questo genere di cose. Adoro quando ti illumini e sei felice.»

Ember toccò il primo bottone della camicia che lui aveva indossato quando era tornato a casa dal lavoro. Glielo slacciò, e lo vide deglutire a fatica in risposta. Sorridendo, si sporse in avanti e gli leccò l'incavo della gola che aveva appena esposto. «La mia festa è finita o hai altre sorprese in serbo per me?» gli chiese con uno sguardo malizioso.

Senza dire nulla, Craig si alzò bruscamente, facendola urlare per la sorpresa mentre ricadeva sul divano. Poi rise quando la sollevò tra le braccia e si avviò verso le scale.

«Forse più avanti, tra dieci anni, sarò in grado di resistere alle tue provocazioni, ma in questo momento non ci riesco» le disse.

Ember gli circondò il collo con le braccia e gli prese il lobo dell'orecchio tra i denti. Sapeva che effetto gli faceva e sperava di fargli perdere il controllo. Voleva che la prendesse con forza e magari, in seguito, avrebbe avuto la possibilità di fargli un pompino. Le diceva che non poteva gestire di avere la sua bocca intorno a lui perché sarebbe venuto troppo presto, ma forse dopo il primo orgasmo, l'avrebbe lasciata giocare. Era la sua festa, dopotutto.

«Devo avere paura di sapere a cosa stai pensando?» le chiese, mentre la portava in camera.

«Oh, no» rispose con un sorriso. «Dovresti essere eccitato.»

«Signore, aiutami» disse, mettendola in piedi vicino al letto. «Spogliati, donna.»

E lei obbedì.

Ore dopo, mentre Ember chiudeva gli occhi soddisfatta, non poté fare a meno di sentirsi dispiaciuta per tutti i bigotti del mondo che potevano aver perso la loro anima gemella perché non riuscivano a guardare oltre le apparenze. «Ti amo» sussurrò contro il petto nudo di Craig.

«Ti amo anch'io. Dormi.»

Sorridendo alla sua prepotenza, ma amandolo ancora di più perché sapeva che per lui contava solo il suo benessere, fece come le aveva ordinato. Si addormentò. Profondamente e con la consapevolezza di essere amata.

CAPITOLO SEDICI

«Ehi ragazzi! Com'è andato il trasloco?» chiese Ember il giorno successivo a Julio e Marie quando arrivarono dopo pranzo. Avevano avuto la mattinata libera per sistemarsi nei loro nuovi appartamenti. I mobili e tutti i loro averi sarebbero arrivati l'indomani, ma quello era il giorno ufficiale del trasferimento.

«Bene. Sono andato al supermercato questa mattina presto e ho preso un sacco di roba di cui so che avrò bisogno. Come i prodotti per la pulizia, la carta igienica, la carta da cucina, una tenda per la doccia, cose del genere» disse Julio.

«Ottimo. Se hai bisogno di idee per arredare... non chiedere a me» scherzò Ember.

«Pensavo fossi in confidenza con quel tipo di cose. Non hai postato roba di design sul tuo profilo Instagram?» le chiese.

«Prima di tutto, non l'ho pubblicata io, ma chi gestiva gli account. Secondo, sai bene come me che la maggior parte di quella roba era fondamentalmente pubblicità a pagamento.»

Julio scosse la testa, continuando a sorridere. «Mi sconvolge ancora quanto sei diversa da come sei apparsa sui social in tutti questi anni.»

«Sì. Sono tutte stronzate. Devi conoscere qualcuno personalmente prima di giudicarlo, ma comunque, sono contenta che tutto sia a posto con il tuo appartamento. Rimarrai lì stanotte o torni in hotel?»

«Vado in hotel. Voglio godermi un'altra colazione pronta prima di dover badare a me stesso.»

Ember rise. Sapeva che Julio non era un bravo cuoco. In effetti odiava cucinare. Aveva la sensazione che nel suo futuro ci sarebbe stata molta pizza. Almeno finché non avesse trovato una ragazza. Aveva affermato di non essere pronto a sistemarsi, senza però nascondere il fatto che amava le donne... o che faceva affidamento su di loro per cucinare.

«E tu, Marie?» chiese all'altra collaboratrice.

«Alla grande!» rispose tutta allegra.

La fissò sorpresa. Non perché Marie fosse di buon umore, solo che non l'aveva mai vista così... entusiasta. «Mi fa piacere.»

«Sì. Per qualche motivo stamattina mi sono svegliata davvero di buon umore» disse con un altro sorriso smagliante.

«Magnifico.»

«Ho la sensazione che il resto della giornata sarà fantastico.»

«Lo spero» replicò Ember sorridendo. Il suo stato d'animo era contagioso ed era contenta che fosse felice. «Tutto a posto con l'appartamento?»

«Certo. Perché non dovrebbe? Li avevi controllati, quindi sapevamo che sarebbero stati perfetti.»

«Resti lì stanotte?»

«Assolutamente sì. Non vedo l'ora di avere il mio spazio.»

«Hai qualcosa su cui dormire?» le chiese, preoccupata che potesse farlo per terra.

«Non preoccuparti per me. Sono a posto.»

«Va bene, ma se hai bisogno di qualcosa, non esitare a farmelo sapere.»

«Ember Maxwell in soccorso» replicò Marie con un ampio sorriso.

Non era sicura di come prendere quell'affermazione, ma dato che la sua amica sembrava essere di ottimo umore, non volle chiederselo. «Già. Sono io. Va bene, ecco il programma di oggi. Ho un appuntamento tra mezz'ora con la direttrice di una delle scuole elementari, poi tornerò qui a prendervi e possiamo andare a controllare quel terreno per il tracciato della corsa. Ok?»

«D'accordo» disse Julio. «Cosa vuoi che facciamo qui?»

«Pensate di poter imbiancare?» chiese arricciando il naso. «So che non è la cosa più eccitante da fare, ma una volta che avremo dato la mano di fondo su quell'enorme muro laggiù, posso far venire l'artista che ho assunto per dipingere il nostro logo.»

«Nessun problema» replicò Julio.

«Perfetto!» aggiunse Marie.

«Lo apprezzo davvero tanto. E se vi stancate, nessun problema, potete testare le attrezzature da scherma. Dobbiamo assicurarci che tutte funzionino come dovrebbero e che siano sicure per i bambini.»

«Non preoccuparti per noi» la rassicurò Marie con un sorriso. «Abbiamo tutto sotto controllo. Vai alla riunione, ci vediamo presto.»

«Grazie. Dovrei stare via per circa due ore. Vi scrivo se arrivo in ritardo.»

I due annuirono, poi si voltarono per mettersi al lavoro. Ember lasciò la palestra, sollevata di avere al suo fianco persone così entusiaste e felici. Avevano ancora un sacco di lavoro da fare, ma alla fine avrebbe ripagato. Ne era sicura.

L'incontro con la direttrice andò molto bene. La donna fu contenta che i bambini avessero l'opportunità di praticare alcuni sport particolari in autunno, soprattutto quando Ember le disse che non sarebbe costato un centesimo a nessuno. Le spiegò anche che intendeva collaborare con le imprese locali, mettendo i loro nomi sulle attrezzature e facendo altra pubblicità in cambio della loro generosità. Aveva imparato molte cose dai suoi genitori e dall'essere un'influencer. Se poteva usare il suo nome e la sua fama per convincere le persone a donare soldi e altri beni necessari alla sua palestra, ne sarebbe valsa la pena.

Quando tornò a prendere Julio e Marie, erano le tre passate. In futuro ci sarebbero stati giorni in cui avrebbero dovuto lavorare fino a tardi, ma nel frattempo, finché non avevano bambini in palestra ogni pomeriggio, voleva provare a mandare tutti a casa entro le cinque. Il terreno che stavano andando a vedere era a soli dieci minuti fuori Killeen, il che era l'ideale. Non voleva dover guidare lunghe distanze con i ragazzini.

Sperava che l'area fosse perfetta per un tracciato di corsa e una postazione di tiro, ma soprattutto stava pensando a dove avrebbe ospitato i cavalli se avesse deciso di non utilizzare una fattoria già avviata. Avrebbe avuto bisogno di spazio per una stalla e un circuito per il salto a ostacoli. Era impaziente di vedere se quell'appezzamento di terra poteva essere appropriato per tutto.

«Ehi, Ember, ti dispiace se non vengo?» chiese Julio.

«Perché? È successo qualcosa?»

«No, affatto. Mi hanno telefonato per dirmi che il camion con i miei mobili arriva in anticipo. Volevano sapere se potevano consegnarli prima delle cinque. Dato che non ho tante cose, pensano di poter scaricare tutto abbastanza rapidamente.»

«Oh, mio Dio, è fantastico. Certo. Vai!»

«Grazie. Stanotte vorrei rimanere comunque in hotel, se per te va bene.»

«Perché non dovrebbe?» chiese confusa.

«Be', perché lo stai pagando tu, e ora che sono arrivate le mie cose potrei tecnicamente fermarmi nell'appartamento» rispose.

«Non è un problema. Comunque è troppo tardi per cancellare la prenotazione e mi dispiacerebbe vederti morire di fame domani perché non hai fatto colazione.»

Julio rise. «Lo apprezzo.»

«E la tua roba?» chiese a Marie. «È arrivata?»

«Non che io sappia» disse, sorridendo e scrollando le spalle. «Ma non fa niente, sono sicura che arriverà presto.»

Ember annuì. «Va bene, vai, Julio. Ci vediamo domani. I bambini torneranno e ne avremo anche due nuovi.»

«Grande. Possiamo già iniziare a introdurli alla scherma?»

«Certo. Sapevo che non vedevi l'ora di mettere quelle spade nelle mani dei ragazzini» ribatté ridendo.

«Mostrerò loro un video de *La storia fantastica* per farli entusiasmare, poi inizieremo con le basi» replicò Julio tutto euforico. «Ok, vado. Ci vediamo domani!»

«Ciao!» disse Marie, salutandolo con la mano.

Le due donne andarono insieme verso la sua BMW, salirono in macchina e dopo aver inserito l'indirizzo nel telefono, Ember le chiese: «Com'è andata oggi?»

«Benone. Non abbiamo finito di imbiancare perché

Julio era troppo eccitato per la scherma» rispose con un sorriso.

«Perché non sono sorpresa che non sia riuscito a resistere alle spade?» chiese, scuotendo la testa.

Marie rise in modo quasi isterico... ed Ember non poté fare a meno di chiedersi cosa diavolo le fosse successo. Sembrava su di giri per qualche motivo, ma almeno non era di cattivo umore com'era capitato a Julio il giorno prima.

Trovare il punto giusto in cui svoltare per arrivare alla proprietà che stavano cercando fu un po' complicato. Dovette fare due inversioni a U prima di riuscire a vedere finalmente l'entrata della strada sterrata. Anche se erano a soli dieci minuti da Killeen, le sembrava di trovarsi nel mezzo del nulla.

La sua mente era un turbinio di pensieri sui lavori che le sarebbe piaciuto fare su quell'appezzamento. Avrebbe dovuto allargare l'entrata, mettere un cartello e probabilmente una recinzione. Mentre percorreva la strada verso il centro della proprietà, ebbe la sensazione che sarebbe stato tutto perfetto.

C'erano alcune collinette, ma niente di troppo estremo. Un sacco di alberi, ma non abbastanza da doverne abbattere qualcuno per creare il percorso. Avrebbe potuto progettarlo attorno a loro. Fermò la BMW, spense il motore e scese in fretta, eccitata di guardarsi intorno.

Sentì il cinguettio degli uccelli e in quel momento le sembrò di essere l'unica persona al mondo. Chiuse gli occhi e lasciò che la pace e la tranquillità della campagna penetrasse nella sua anima. Per una come lei che aveva vissuto tutta la vita in una città affollata, avere l'opportunità di acquistare quel pezzo di terra era quasi incredibile. Aprì gli occhi e cominciò a camminare.

«Lì» disse a Marie, che era finalmente scesa dall'auto, «possiamo costruire una sorta di club dove i bambini possono ripararsi dal sole e aspettare il loro turno di correre e sparare.» Si voltò e indicò a destra. «Penso che potremmo iniziare il percorso da lì, farlo passare tra quei due grandi alberi, poi girare a sinistra intorno a quel boschetto in lontananza, per poi tornare qui. Possiamo posizionare la postazione di tiro vicino al club, così non dobbiamo trasportare i bersagli molto lontano. Cosa ne pensi?»

Ember guardò la sua amica e corrugò la fronte sorpresa. Un secondo prima Marie era felice, ora era seria, cupa e... quasi arrabbiata. «Che c'è? Cosa c'è che non va?»

«Non sono sicura che questo sia il posto migliore per l'area di tiro. Penso che starebbe meglio laggiù, più vicino a quella collina. Potremmo usarla come sfondo per allestire i bersagli laser.»

Guardò il punto che aveva indicato. «Non lo so» disse diplomaticamente. «Stavo pensando che quello potrebbe essere il luogo perfetto per costruire la stalla e l'area del salto ostacoli.»

«Potremmo provare» suggerì. «Hai dei bersagli in macchina, li ho visti sul retro. Perché non li configuriamo e proviamo?»

Scrollò le spalle. «Certo. Perché no?» Non era una brutta idea. Marie la seguì fino all'auto e si fermò di lato mentre lei prendeva due bersagli. La infastidì un po' che si limitasse a guardare invece di offrirsi di aiutarla, ma lasciò perdere.

Alla fine si avvicinò e prese due delle pistole laser, poi si diressero verso l'area che aveva indicato. Ember camminò velocemente, saltando cumuli di erba secca, che in realtà pensava potessero essere rotolacampo. Non li aveva mai visti di persona, di certo non rotolavano per le strade di Beverly Hills.

Era persa nei suoi pensieri divertenti sul fatto di vivere in un posto dove c'erano autentici rotolacampo, quando si rese conto che Marie non le stava più camminando accanto.

Si voltò per vedere dove fosse andata e la fissò sorpresa.

Era rimasta indietro di più di dieci metri, e aveva una delle pistole laser puntata verso di lei.

«Marie?» domandò confusa. Durante tutti gli anni di allenamento, i coach avevano ripetuto in continuazione che non dovevano mai essere puntate contro qualcuno. I laser non erano come i proiettili, ma se qualcuno guardava la luce quando veniva premuto il grilletto, poteva essere accecante. Era stata istruita sull'uso in sicurezza da ogni allenatore che aveva avuto, come se le pistole laser fossero vere armi mortali.

E dato che Marie aveva ricevuto la stessa formazione negli ultimi due anni, Ember era confusa dal suo comportamento.

Il rumore dello sparo fu assordante e terrificante nella campagna tranquilla.

Ember percepì subito una fitta di dolore sulla guancia e lasciò cadere i bersagli mentre il suo corpo veniva spinto all'indietro. Cadde sulla terra battuta e in mezzo alle erbacce, sbattendo la testa.

Partì un altro colpo, altrettanto forte e sorprendente, che fece alzare un po' di terra accanto a lei. Le girava la testa mentre cercava di capire cosa diavolo stesse succedendo.

Marie non aveva detto una parola, si era limitata a *spararle* con la massima calma.

Quando sentì che il dolore sul viso si faceva sempre più

bruciante, si rese conto che la pistola non era una di quelle laser che usavano loro, era più piccola e ovviamente conteneva delle munizioni vere.

Quella donna aveva deliberatamente cercato di ucciderla. Poteva *ancora* ucciderla. Non aveva idea di quanti proiettili le fossero rimasti, ma sicuramente più di due.

Quando i passi si avvicinarono, Ember chiuse gli occhi e fece del suo meglio per rallentare il respiro. Sapeva che se Marie avesse pensato che era ancora viva, avrebbe sparato di nuovo.

Avrebbe potuto farlo comunque per assicurarsi che fosse morta.

Sentì il sangue scorrerle lungo il viso e cercò disperatamente di mantenere il corpo immobile e gli occhi chiusi. Andava contro il suo istinto, perché avrebbe voluto balzare in piedi e combattere, ma l'altra aveva un vantaggio.

I passi si fermarono proprio accanto a lei, ed Ember trattenne il respiro, cercando di non far muovere il petto che avrebbe rivelato che stava respirando.

«Stronza!» la sentì borbottare prima che le arrivasse un calcio sul fianco.

Ci volle tutta la sua forza di volontà per non reagire, mentre un dolore intenso si irradiava sul suo busto... ma l'assenza di una reazione da parte sua portò al risultato sperato. Aveva convinto Marie che i suoi proiettili avevano fatto il loro lavoro.

Ember continuò a rimanere immobile e a tenere gli occhi chiusi mentre i passi si allontanavano. Dopo diversi secondi di tensione, sentì la sua auto avviarsi e partire.

Non solo le aveva sparato credendo di averla uccisa, ma le aveva anche rubato la macchina.

La situazione era grave. Doveva alzarsi per cercare aiuto, ma le faceva tanto male il viso e le pulsava il fianco.

Inoltre, non riusciva a capacitarsi del fatto che *Marie* avesse appena tentato di ammazzarla.

Si erano preoccupati per una persona senza nome e senza volto sui social, quando il pericolo era stato proprio accanto a lei per tutto il tempo.

Ember lottò per aprire gli occhi, il dolore alla guancia era quasi insopportabile. *Starò qui sdraiata solo per un momento... per raccogliere le forze.*

Fu il suo ultimo pensiero prima di perdere conoscenza.

———

Doc e il resto della squadra avevano appena terminato un corso di formazione obbligatoria che riguardava le molestie sul posto di lavoro, quando il suo telefono vibrò con una chiamata in arrivo. Non riconoscendo il numero, ma vedendo che proveniva da San Antonio, rispose.

«Doc.»

«Sono Beth, l'amica di Tex.»

«Ciao.»

Lei non si perse in convenevoli. «Ho fatto i controlli dei precedenti delle persone che volevi che esaminassi.»

Non gli piacque il suo tono. «E?»

«Gli uomini della sicurezza che ha assunto sono puliti. Non c'è niente di preoccupante. Anche Samer è a posto. Sto ancora lavorando per trovare più informazioni su Alexis, dato che ne sembravi preoccupato, ma onestamente mi pare solo un semplice idiota. Anche Julio McMillian è abbastanza pulito. Ha avuto un problema a quindici anni, effrazione, ma sembra che lo abbia spaventato a sufficienza, e a parte alcune multe per eccesso di velocità, non ha avuto altri problemi con la legge. Ha alcuni account sui social, ma non c'è nulla di allarmante.

Ho scavato tra i suoi messaggi e sembrano tutti normali per qualcuno della sua età. Sono anche andata oltre, ho controllato i suoi account di posta elettronica e ho hackerato il suo portatile, e a parte alcuni siti porno e qualche ricerca interessante su Google, sono convinta che sia innocuo.»

Doc sbatté le palpebre. «Merda, hai fatto tutto questo dall'ultima volta che hai parlato con Brain?» Si sentì un po' a disagio per quanto profondamente avesse indagato sull'amico e dipendente di Ember, ma non poteva negare di essere sollevato dai risultati.

«Sì» rispose, non dando peso alla sua incredulità. «Ma non è per questo che sto chiamando, ma per Marie Riggs.»

«Che c'è? Mettila in vivavoce» disse Trigger, vedendo l'improvvisa angoscia di Doc. I sette uomini si trovavano nel corridoio, fuori dalla stanza dove si era tenuto il corso. Tutti gli altri se n'erano andati ed erano rimasti solo loro.

Doc abbassò il telefono dall'orecchio e attivò l'altoparlante. «Siamo tutti in ascolto» informò Beth. «Cos'hai scoperto su Marie?»

«Prima di tutto, sapevi che il suo nome non è Marie? Be', non il suo primo nome. Si chiama Alexandria Marie Riggs. È nata a Los Angeles e ha avuto una pessima infanzia. Non entrerò nei dettagli perché non è importante, ma ha sicuramente avuto un inizio di vita difficile. Veniva sbalzata da un parente all'altro. Sembra che nessuno volesse tenerla per più di due o tre anni.»

«Perché?» chiese Oz.

«Secondo gli appunti di vari psicologi e medici, ha tutta una serie di problemi. Disturbo dissociativo dell'identità, che un tempo era noto come disturbo di personalità multipla, disturbo schizoaffettivo e disturbo borderline di personalità, tra le altre cose.»

«Merda» mormorò Trigger.

«Già» concordò Beth. «La conclusione è che era difficile convivere con lei anche quando aveva dieci anni. Quindi continuava a essere trasferita da un membro della famiglia all'altro, che la accoglieva a braccia aperte, ma dopo aver affrontato per alcuni anni i suoi sfoghi e cercato di darle una disciplina senza riuscirci, la mandava da qualcun altro. A diciotto anni, non aveva un posto in cui andare e uno dei suoi allenatori di nuoto l'ha accolta. L'ha introdotta al pentathlon moderno e lei si è appassionata a quello sport. Sapevate che ha trentadue anni?»

«Sul serio? Pensavo che avesse più o meno l'età di Ember, che fosse sui venticinque» disse Doc.

«Invece no. Sembra che per alcuni anni sia riuscita a tenere sotto controllo le sue malattie mentali, e in realtà stava andando abbastanza bene, ma dopo un po' il suo disturbo borderline di personalità è peggiorato. O forse ha smesso di prendere le medicine. Chi lo sa? I suoi stati d'animo sono diventati sempre più instabili e ha iniziato ad agire d'impulso. È stata sfrattata dal suo appartamento e ha dovuto trasferirsi in uno squallido campo caravan.»

«Come faceva Ember a non sapere niente di tutto questo?» domandò Doc.

«Immagino che Marie fosse piuttosto abile nel nascondere quel lato di se stessa» rispose Beth. «Ma ecco la parte allarmante. Il codice postale che mi hai dato, quello che c'era sui regali e le lettere che ha ricevuto in California, è lo stesso del campo caravan dove viveva. Ora, questo non significa che fosse lei il mittente, ma quando ho controllato l'indirizzo IP dell'Alex che stava lasciando i commenti minacciosi sui post, ho scoperto che corrisponde all'hotel dove alloggia Marie.

Non avevo controllato prima perché non sapevo dove

alloggiasse; non me l'avete detto e non ho pensato di chiedere. Ma mentre ricontrollavo gli IP di Killeen, sono entrata nel loro database per accedere al registro degli ospiti e ho scoperto che era lì che stavano Marie e Julio. Questo, aggiunto a tutto ciò che sappiamo di lei, mi rende nervosa.»

Doc scosse la testa. No, non poteva esserci Marie dietro a tutte le lettere e ai commenti pieni di odio... vero?

«Potrei fornirti altre prove che ho scoperto e che ti renderebbero estremamente diffidente nei confronti di quella donna, ma ciò che mi ha fatto alzare il telefono e chiamare è stato il commento che ha lasciato circa un'ora e mezza fa su uno dei post.»

Doc si irrigidì mentre Beth continuava a parlare.

«Era un po' sepolto in mezzo a tutti quelli che sono stati lasciati negli ultimi giorni, ma ha scritto, e cito: "Dopo oggi, non dovremo più leggere i post stupidi di Ember... perché la ucciderò".»

Gli uomini rimasero senza parole per un secondo prima che Doc dicesse: «Invia ciò che hai scovato a Trigger. Devo trovarla.»

«Certo. E pregherò per lei» replicò Beth, poi chiuse la chiamata.

Doc premette subito sul numero di Ember e aspettò con il cuore in gola che rispondesse. La chiamata passò direttamente alla segreteria telefonica.

«Cazzo» mormorò, poi si voltò e si avviò lungo il corridoio, con tutta la sua squadra al seguito.

«Dove dovrebbe essere adesso?» chiese Lucky.

«Non lo so esattamente, ma stava per portare Julio e Marie a vedere quell'appezzamento che pensava di trasformare in una struttura per correre e sparare.»

«Chiama Julio» ordinò Grover.

Lo fece mentre camminava. Il telefono squillò due volte prima che l'altro rispondesse. Doc non perse tempo con i convenevoli. «Dov'è Ember?»

«Mi scusi, chi parla?»

«Doc. Dov'è? Siete insieme?»

«No. I traslocatori sono arrivati presto e mi ha lasciato andare via per sistemare le cose nel mio appartamento. Perché? Cosa c'è che non va?»

«Marie è con lei?»

«Sì, sono andate a vedere quel terreno.»

«Quanto tempo fa?»

«Forse poco più di un'ora fa? Perché? Cosa diavolo sta succedendo?»

«Hai sentito nessuna delle due?» Doc non aveva tempo di spiegargli perché Ember poteva essere in pericolo.

«No.»

«Merda. Ok. Se le senti, puoi richiamarmi immediatamente per farmelo sapere?»

«Certo. Si sono cacciate nei guai? Cosa posso fare per aiutarvi?»

Julio gli piaceva, non lo conosceva bene, ma apprezzava la sua preoccupazione e l'immediata offerta d'aiuto. «Vado alla proprietà che dovevano controllare. Mi tengo in contatto.»

«Vuoi che venga anch'io?»

Non aveva tempo di spiegargli nulla, ma non voleva nemmeno lasciarlo vulnerabile nel caso Marie fosse stata una minaccia anche per lui. «No, rimani lì e non muoverti. E se per caso Marie dovesse passare, *non* aprire la porta e chiamami subito.»

Julio non era stupido. L'avvertimento di Doc gli bastò per capire che la donna era coinvolta in ciò che stava succedendo. «Oh, merda. Ok. Se c'è qualcosa che posso fare, per favore fammelo sapere.»

«Certo.» Chiuse la chiamata senza aggiungere altro.

«Guido io» gli disse Trigger.

Non si oppose, in quel momento non era una buona idea mettersi al volante. Mentre si dirigevano verso l'auto di Trigger nel parcheggio, Doc tentò di chiamare di nuovo Ember, e partì di nuovo la segreteria telefonica.

«Cazzo» mormorò, mentre saliva sul sedile del passeggero della Blazer. Lefty e Brain montarono dietro e gli altri andarono verso l'Expedition di Oz. Nessuno disse che Doc stava reagendo in modo eccessivo né si chiesero se avrebbero dovuto andare tutti. Era scontato che sarebbero rimasti uniti quando uno di loro era in pericolo.

Per favore, fa che stia bene, pensò, mentre Trigger guidava verso la proprietà disabitata.

———

Ember riprese conoscenza e il ricordo di ciò che aveva fatto Marie le tornò subito alla mente. Non poteva rimanere sdraiata lì per terra, sperando che qualcuno passasse. Inoltre, non voleva rischiare che l'altra tornasse per assicurarsi di averla effettivamente uccisa. Era stata molto fortunata che non le avesse sparato a bruciapelo quando le era andata accanto.

Il fianco le pulsava ancora e il viso le faceva un male cane, ma si costrinse a mettersi a sedere. Tutto girava intorno a lei mentre cercava di orientarsi. Cercò di asciugare il sangue che le gocciolava dal mento usando la spalla. Non osò toccarsi la guancia nel punto in cui l'aveva colpita. Non aveva idea se il proiettile fosse rimasto dentro o se l'avesse appena sfiorata. Al momento quella era l'ultima delle sue preoccupazioni.

Si mise in ginocchio per alzarsi in piedi, ma capì subito che non era una buona idea. Era troppo frastornata per camminare senza rischiare di cadere. Lanciò un'occhiata nel punto in cui aveva fermato l'auto, a poco più di una decina di metri da dove si trovava, e le venne quasi voglia di sdraiarsi di nuovo per terra in preda alla disperazione.

Come diavolo avrebbe fatto a raggiungere la strada principale se non riusciva nemmeno a camminare?

Poi le balenò nella mente il viso di Craig.

Non era pronta ad arrendersi. Non quando aveva un uomo così straordinario nella sua vita.

Ember non aveva mai mollato e non aveva intenzione di iniziare adesso. Immaginò i vari allenatori che aveva avuto nel corso degli anni che le urlavano contro, che le dicevano di proseguire, di smettere di fare la bambina. Di prendere il ritmo. Di completare il percorso.

Tutti i chilometri di corsa, le vasche in piscina, le flessioni e gli addominali... tutto era stato in preparazione a quel momento. Non per le Olimpiadi, ma per tirarsi fuori da quella situazione e trovare aiuto.

Centimetro dopo centimetro, Ember si allontanò da dove Marie le aveva sparato e si diresse carponi verso la strada sterrata. Una volta lì, sapeva che avrebbe dovuto percorrere almeno un chilometro e mezzo prima di raggiungere quella asfaltata... ma ce l'avrebbe fatta, anche se ci fosse voluta tutta la notte.

Mentre avanzava lentamente, si sentì pervadere dalla rabbia. Non sapeva quale cazzo di problema avesse Marie, ma si sarebbe assicurata che pagasse per aver tentato di ucciderla, anche se fosse stata l'ultima cosa che avrebbe fatto.

A un certo punto, mentre si trascinava, si imbatté nel suo cellulare completamente distrutto; quella maledetta doveva averlo fatto a pezzi prima di andarsene. Avrebbe voluto piangere, ma proseguì, ignorando i graffi sulle ginocchia e sulle mani provocati dai sassi su cui stava strisciando.

Poi sentì qualcosa che non si adattava all'atmosfera calma e serena che la circondava.

Era il rumore di un'auto, e stava andando verso di lei a tutta velocità.

Ember pensò che, dopotutto, Marie avesse deciso di tornare, e si guardò intorno in preda al panico, in cerca di un posto dove nascondersi, perché era sicura che quella volta la stronza si sarebbe assicurata di ucciderla. Purtroppo, però, la vegetazione in quella parte del Texas non si prestava a nascondere una persona. Il meglio che poteva fare era cercare di coprirsi con i rotolacampo e pregare che Marie andasse nel panico non trovandola dove l'aveva lasciata, e non perlustrasse troppo l'area prima di andarsene.

Si trascinò il più lontano possibile dalla strada, tra i piccoli arbusti, facendo del suo meglio per coprirsi con i rotolacampo taglienti.

Però non chiuse gli occhi, se Marie l'avesse trovata, Ember sarebbe stata pronta a combattere. Anche se le avesse sparato di nuovo, si sarebbe assicurata che l'altra non scappasse illesa. Se fosse riuscita a graffiarle la faccia, le mani o a ferirla in modo evidente, i poliziotti avrebbero avuto qualche sospetto. Dopotutto, era l'ultima persona che l'aveva vista. Avrebbero capito. Dovevano.

Trattenendo il respiro, ascoltò il rumore del veicolo entrare nella proprietà a una velocità estremamente pericolosa. Sentì le gomme slittare sulla terra, poi le portiere dell'auto sbattere.

Portiere? Più di una? Marie aveva portato dei rinforzi?

Erano davvero i suoi ultimi secondi sulla terra? Era così ingiusto! Voleva fare ancora tante cose!

«Ember?» gridò una profonda voce maschile.

«Ember? Sei qui?» disse un'altra.

Le ci volle un secondo prima di elaborare ciò che stava sentendo, e quando ci riuscì, le lacrime scivolarono dai suoi occhi senza che nemmeno se ne rendesse conto.

Craig era andato in suo soccorso, proprio come aveva detto che avrebbe fatto. E aveva portato la sua squadra.

Per un secondo si lasciò inondare dal sollievo di essere stata salvata, ma poi fu travolta di nuovo dal panico.

E se se ne fossero andati prima che lei riuscisse ad attirare la loro attenzione? Doveva muoversi! *Subito!*

―――――

«Em!» Doc chiamò di nuovo. Percorse il terreno con lo sguardo e il suo cuore sprofondò perché non vedeva nient'altro che erba alta che ondeggiava nella leggera brezza.

«Tracce di pneumatici» affermò Brain, indicando per terra con la testa. «Erano qui.»

«Guardate... penso che sia un telefono» disse Lefty, mentre si dirigeva verso quelli che sembravano pezzi di plastica.

«Cos'è quella roba?» chiese Grover, indicando davanti a loro. Corsero tutti per una trentina di metri e videro dei bersagli laser, quelli usati dai pentatleti. Ce n'erano due, ma non furono quelli che gli fecero mancare un battito, ma la piccola pozza di sangue lì accanto.

«Merda» sussurrò Lucky.

Doc riuscì a malapena a deglutire, scosse solo la testa come per rifiutare di credere a ciò che vedeva.

«Non è possibile che Marie abbia potuto sollevare Ember da sola» disse Trigger. «E non ci sono segni di trascinamento. Ma... c'è una traccia.» Indicò dei leggeri solchi nella terra che si allontanavano dal sangue.

Doc le guardò e iniziò subito a seguirle. Aveva fatto a malapena cinque passi che sentì qualcosa. Era concentrato sui segni, ma sollevò lo sguardo per vedere da dove provenisse il rumore.

«Ember» mormorò, e il suo corpo si paralizzò per mezzo secondo. Poi si mise a correre.

La donna che amava era carponi. Aveva dei legnetti incastrati in mezzo ai capelli e il viso era un disastro, ma i suoi bellissimi occhi castani erano vigili e concentrati su di lui.

«Craig» sussurrò, mentre lui si avvicinava.

Rallentò un attimo prima di raggiungerla. Sentì qualcuno dietro di lui parlare al telefono, chiedere di un'ambulanza e riferire la loro posizione. Grato ancora una volta che la sua squadra gli avesse coperto le spalle, permettendogli di concentrarsi al cento per cento sulla donna della sua vita, Doc si inginocchiò davanti a lei.

«Em!» disse, con evidente angoscia nel tono.

«È stata Marie» dichiarò senza esitazione. «È *sempre* stata lunatica. È per quello che non ce la farà mai a entrare nella squadra Nazionale o in quella Olimpica.»

«*Shhh*, non parlare. Lo sappiamo. Beth ci ha chiamati per darci le informazioni sul controllo dei precedenti» le disse Doc. La prese tra le braccia e si sedette per terra. I sassi gli penetrarono nel sedere, ma non li sentì nemmeno. Se la sistemò sulle gambe e le girò la testa perché lo guardasse. «Oh, Em» non poté fare a meno di dire.

La carne sulla guancia era lacerata e il sangue colava ancora dalla ferita, gocciolandole sul mento e sulla maglietta.

«Sto bene» mormorò. «È una robetta.»

Accanto a loro risuonò una risata.

«Le hanno appena sparato e cita i Monty Python. Se non fossi follemente innamorato di Kinley, potrei propormi proprio in questo momento» scherzò Lefty.

Trigger si inginocchiò accanto a loro e portò una mano sul suo mento, inclinandole delicatamente la testa per esaminare la ferita. «È un po' brutta, ma penso che non sia profonda.»

«Sei ferita da qualche altra parte?» domandò Doc con urgenza.

«No» sussurrò. «Non proprio. Mi ha tirato un calcio sul fianco, ma penso che la seconda pallottola mi abbia mancato.»

La rabbia di Doc minacciò di sopraffarlo. Avrebbe voluto trovare Marie e ucciderla a mani nude. Avrebbe potuto spezzarle il collo senza provare il minimo rimorso.

Come se Ember potesse capire a cosa stava pensando, gli posò una mano sul braccio, stringendolo leggermente.

Guardando le lievi macchie di sangue che lasciò sulla sua pelle, gli fu ancora più difficile trattenere la sua furia. Il suo palmo era lacerato per aver gattonato, ma prima che potesse perdere la testa, la sentì afflosciarsi di più contro di lui.

«Em?» chiese con urgenza.

«Sto bene» mormorò, mentre abbassava le palpebre. «Sono solo stanca. E mi gira la testa. Chiudo solo gli occhi per un po'.»

Doc guardò Trigger allarmato. Prima che potesse chiederle di rimanere sveglia e continuare a parlare, si accasciò completamente.

Brain e Oz lo aiutarono ad alzarsi in piedi con Ember tra le braccia. Camminarono accanto a lui, tenendolo stabile, mentre andavano verso i veicoli.

«Sta arrivando l'ambulanza» li informò Grover.

«Non possiamo aspettare» disse Trigger. «Le andremo incontro.»

Nessuno obiettò. Mentre Doc si infilava sul sedile posteriore del SUV di Trigger, non riusciva a toglierle lo sguardo di dosso. Voleva sapere esattamente cosa fosse successo lì fuori, ma soprattutto aveva bisogno che lei stesse bene. Alla fine avrebbero saputo tutti i dettagli e Marie avrebbe pagato per ciò che aveva cercato di fare. Per ora, era concentrato solo sulla donna tra le sue braccia.

«Ti amo» le sussurrò all'orecchio, mentre Trigger faceva inversione.

Ma lei non reagì, rimase immobile, e Doc pregò come mai aveva fatto in vita sua, mentre si dirigevano verso la civiltà e l'aiuto di cui Ember aveva bisogno.

CAPITOLO DICIASSETTE

Due giorni più tardi, Ember era pronta a urlare, ma non poteva, perché altrimenti le avrebbe fatto male la guancia, quindi dovette accontentarsi di lanciare occhiatacce all'uomo che amava.

Craig era stato meraviglioso, ma comunque la faceva impazzire. Voleva uscire dall'ospedale, ma lui aveva convinto il dottore a farla restare un'altra notte.

«Sto *bene*» gli disse. «Voglio andare a casa. Odio stare qui. C'è sempre rumore e non riesco a dormire. Anche il cibo fa schifo.»

«Rimani» replicò Craig, per niente turbato dalle sue lamentele.

«Ho un sacco di cose da fare» affermò.

«No, quello che devi fare è stare sdraiata lì e guarire» ribatté. Poi si sporse in avanti, sfiorandole la fronte con la sua. «Solo un altro giorno, Em, poi ti riporto a casa e ti preparerò qualsiasi cosa vorrai mangiare. Inoltre, oggi il chirurgo plastico tornerà a controllarti.»

Ember sospirò. Come poteva continuare a controbattere quando era ovvio quanto Craig fosse stressato?

Quando si era svegliata, aveva visto l'espressione di panico sul suo viso, e negli ultimi due giorni si era rifiutato di lasciarla. Non si era spostato dal suo fianco nemmeno quando erano arrivati i suoi genitori o quando vari membri del suo team erano venuti a parlargli.

Ciò significava che aveva sentito tutto ciò che stava succedendo per quanto riguardava la caccia a Marie. Lo apprezzava più di quanto potesse esprimere, perché aveva bisogno di sapere a che punto era la situazione e dove si trovava quella donna, che aveva addirittura pubblicato una foto di Ember sdraiata a terra sanguinante, a causa di quello che sembrava un colpo mortale alla testa.

La stampa era impazzita, ovviamente, e Craig si era occupato anche di *quello* per le prime ventiquattro ore dopo il fatto. Ora se ne era preso carico uno dei suoi amici, un tizio di nome Tex. Quando Ember aveva dato una sbirciatina al telefono di Craig mentre lui dormiva, aveva appreso che l'uomo era in qualche modo riuscito a pubblicare un post sui suoi account in cui diceva che stava bene e che la foto faceva apparire la situazione peggio di quanto fosse stata realmente.

Aveva persino chiamato Samer, che aveva fatto un lavoro impressionante nel mantenere calmi tutti i follower. Era grata di non aver dovuto affrontare anche quello, oltre a tutto il resto.

Sapeva che prima o poi avrebbe dovuto fare una dichiarazione ufficiale, ma per ora era felice di lasciare l'intera situazione nelle mani del più che capace Tex.

«Ok» disse a Craig.

Lui chiuse gli occhi e sospirò. «Grazie. So che odi stare qui, ma voglio solo assicurarmi che tu sia a posto.»

«Lo sono» gli assicurò. «Il calcio che mi ha dato non mi ha nemmeno rotto le costole, ho solo un enorme livido e la guancia guarirà. Non mi interessa se mi rimarrà una cicatrice. La parte della mia vita in cui pubblico foto ritoccate è finita. Voglio solo essere me stessa. E se ciò include avere una cicatrice che dimostra che sono più forte della malvagità che ha cercato di farmi fuori... ben venga.»

«Sei molto più clemente di me» ammise lui.

«Non sono clemente. Voglio che Marie venga trovata e che paghi per ciò che ha fatto» dichiarò con fermezza.

Proprio in quel momento, la porta si aprì ed entrarono Trigger, Oz e Lucky. Sorprendentemente, c'era anche Julio dietro di loro.

Craig si alzò, ma rimase accanto al letto.

«Ehi» li salutò.

I tre Delta non sorrisero nemmeno.

«Cosa c'è che non va?» chiese Ember.

«Hanno trovato Marie» li informò Trigger.

Inspirò bruscamente. «Quindi?»

«È morta» rispose senza mezzi termini. «È stata trovata nella stanza di un motel a sud di Fort Worth. La tua macchina era nel parcheggio. È andata in overdose. Ha ingerito una tonnellata di pillole.»

«Ha lasciato un biglietto» aggiunse Oz.

Non sapeva se essere felice che la donna che aveva cercato di ucciderla fosse morta, o delusa dal fatto che non avrebbe potuto chiederle il motivo. Perché si era comportata in quel modo dopo tutto quello che aveva fatto per lei?

«Beth ha analizzato le lettere e i regali che ha inviato e tutti i commenti che ha pubblicato, e quelli, insieme alla nota, mostrano un'immagine chiara del fatto che il disturbo della personalità di Marie alla fine aveva avuto la meglio su di lei» spiegò Lucky.

«Voglio leggere il messaggio» disse Ember, con la massima fermezza possibile.

«No» protestò Craig.

«Sì» ribatté.

«Non è una buona idea» consigliò con calma Trigger. «Sono dieci pagine di sproloqui su cose che non hanno senso.»

«Devo farlo» insistette. «Ho bisogno di sapere se ho fatto qualcosa per portarla a comportarsi così.»

«Non hai fatto niente» affermarono contemporaneamente Trigger, Craig e Oz.

Ember scosse la testa con ostinazione. «Lo apprezzo, ma voi mi avete incontrata di recente, Marie mi conosceva da *due anni*. Mi sono allenata con lei. Ne abbiamo passate tante insieme a causa dei nostri allenatori. Se c'è stato qualcosa che ho detto o fatto che l'ha portata dal presunto adorarmi all'odiarmi, ho bisogno di sapere cos'era, in modo che non si ripeta.»

«Aveva dei problemi mentali» insistette Craig. «Niente di ciò che hai fatto o detto è stato così grave da farle desiderare di ucciderti.»

«Non puoi saperlo» ribatté frustrata.

«Lo leggerò io» sbottò Julio dietro agli altri uomini.

Tutti si voltarono a fissarlo.

«Anch'io ti conosco e ho lavorato al tuo fianco per anni. Anche più a lungo di Marie. Posso leggere il biglietto e dirti se c'è un minimo di verità. In questo modo, non dovrai vedere le sue parole velenose.»

Ember avrebbe voluto continuare a protestare, insistere sul fatto che doveva essere lei a leggerlo, ma la verità era che, in fondo, *non* voleva vedere tutto l'odio che Marie aveva probabilmente vomitato nel suo biglietto d'addio.

«Ne sei sicuro?» chiese Craig, togliendole le parole di bocca.

«Sì» rispose Julio.

«Non ha mai organizzato la spedizione dei mobili, dell'auto o di qualsiasi altra cosa» aggiunse Trigger. «Penso che quando è arrivata la roba di Julio, abbia capito che il suo tempo stava per scadere, che avresti scoperto che non sarebbe arrivato nulla. Sono abbastanza sicuro che se fosse venuto con voi a dare un'occhiata a quella proprietà, avrebbe sparato anche a lui. Aveva bisogno di aiuto, Ember, un aiuto che non ha mai ricevuto dalla sua famiglia, ed era diventata piuttosto brava a nascondere a tutti quanto fosse fuori di testa. Non aveva amici e quando non si allenava trascorreva la maggior parte del tempo al computer... o a scriverti lettere.»

Oz porse a Julio il suo telefono. «Ecco. Leggilo in modo da tranquillizzarla» disse.

Non riuscì a partecipare alle chiacchiere che avvenivano intorno a lei, poteva solo guardare la faccia di Julio mentre leggeva il biglietto d'addio di Marie. Gli ci vollero dieci minuti, ma alla fine abbassò il telefono e incontrò il suo sguardo.

«Ha detto un sacco di stronzate» ringhiò. «Niente di ciò che ha farneticato è vero. Proprio *niente*. Ti conosco da anni e non ho *mai* pensato o visto nulla di ciò di cui si è lamentata. Sei sempre stata incoraggiante e generosa, e quando ti sei qualificata per le Olimpiadi hai ringraziato profusamente tutti quelli che ti hanno aiutata ad allenarti.»

Si avvicinò al letto e le prese la mano. «Aveva *davvero* bisogno di aiuto, Ember» disse con dolcezza. «Penso che tu sia stata solo il bersaglio ideale su cui sfogare le sue frustrazioni. Marie e io abbiamo parlato un po' dei nostri obiettivi e sogni nel corso degli anni. Fare le Olimpiadi ed essere famosa e riverita era ciò che desiderava di più al mondo. Era così felice di potersi allenare con te. Ma penso che sia andata in crisi quando non hai vinto una medaglia alle Olimpiadi. Se non potevi riuscirci *tu*, allora per *lei* le possibilità si sarebbero ridotte a zero. Credo che poi l'abbia fatta andare del tutto fuori di testa che tu abbia deciso di mollare lo sport e ti sia trasferita. Ma ripeto, la responsabilità è *sua*, non tua.»

Il labbro di Ember tremò. «Grazie.»

«Prego.»

Si fissarono per un momento, mentre lei faceva del suo meglio per tenere sotto controllo le emozioni. Fece un respiro profondo e disse: «Raccontami della palestra. Come stanno andando i lavori di ristrutturazione? È stato imbiancato tutto? E il murale? Il tizio che ho chiamato per dipingere il nostro logo sulla parete è passato a fare un preventivo? Stamattina te la sei cavata bene da solo con i bambini? Troverò presto qualcuno che ci dia una mano.»

«No» disse Craig, impedendogli di rispondere. «La palestra va bene. Julio sta gestendo ottimamente il lavoro in tua assenza. Tornerai lì a supervisionare tutto molto presto. Per ora, il tuo unico compito è stare sdraiata e guarire.»

Gli altri ragazzi risero e anche lei non poté fare a meno di sorridere. «Bene. Ma Julio, se hai bisogno di qualcosa non esitare a farlo sapere a Craig. Può occuparsene lui finché non mi toglie il guinzaglio» sostenne in tono sarcastico.

«In realtà, i tuoi genitori sono stati di grande aiuto» le disse Julio.

«Davvero?» chiese Ember scettica.

«Sì. C'erano anche loro stamattina e si sono divertiti un mondo.»

Le era difficile immaginare i suoi genitori giocare con i bambini, ma d'altronde, conoscevano sicuramente i pro e i contro del pentathlon moderno.

«Ok, torno in palestra per assicurarmi che sia tutto a posto prima di andare a casa.»

«Grazie.»

«Quando vuoi. Dico sul serio. Apprezzo che tu mi abbia assunto per aiutarti con la palestra. È una cosa bellissima e sono orgoglioso di farne parte. Mi dispiace per Marie, non perché sia morta, ma perché non riusciva a vedere che persona straordinaria sei, dentro e fuori.»

Poi, senza aggiungere altro, lasciò la stanza.

«A tal proposito, ce ne andiamo anche noi» disse Trigger. «Grover vuole parlare con la squadra.»

«Vuole andare in Afghanistan da solo» affermò Craig.

«Già. Te l'ha accennato?» chiese Trigger.

«Sì, brevemente. Stavo per venire a parlarne con te, ma non ne ho avuto la possibilità.»

«Cosa ne pensi?» domandò Oz.

Lui sospirò e, ancora una volta, Ember si sentì toccata dal fatto che stessero parlando liberamente davanti a lei. La faceva sentire davvero parte del gruppo. Non che Gillian, Kinley, Aspen, Riley e Devyn, che in quei giorni erano andate a trovarla, non l'avessero fatto. Erano andate a turno non appena avevano dato l'ok per le visite, almeno le ore erano trascorse molto più velocemente e sapeva che stavano già programmando di andare a casa di Craig a intervalli regolari per farle compagnia, fino a quando non si sarebbe rimessa in piedi.

«Penso che non sia una cattiva idea» rispose. «L'unica cosa di cui sono preoccupato è che faccia qualcosa di avventato se dovesse scovare qualche indicazione su dove potrebbe essere Sierra o su cosa le è successo.»

«È la cosa che preoccupa di più anche me» concordò Trigger. «Ma non arrivano le notizie di cui abbiamo bisogno su Shahzada e da qui non possiamo rintracciarlo. Tutte le informazioni sono in ritardo, e quando giungono sulle nostre scrivanie sono praticamente inutili. Avere Grover sul posto a parlare con le persone faccia a faccia e a riferire subito a noi, potrebbe davvero fare la differenza.»

«Sa che gli copriamo le spalle» disse Craig al leader del suo team. «Se le cose dovessero mettersi male, saremo lì per supportarlo... e per occuparci anche di Sierra e di tutti gli altri lavoratori scomparsi.»

«D'accordo. Ok, ti farò sapere come sono andate le cose quando avremo finito di parlare con lui e il comandante Robinson.»

«Em dovrebbe essere dimessa domani mattina. Se hai bisogno di me saremo a casa mia.»

«Ottimo. Sono contento che tu stia bene, Ember» affermò Trigger.

Gli altri due annuirono d'accordo, e poi lei e Craig si ritrovarono da soli.

«Perché non vai a casa a dormire?» gli chiese.

«Pensi che riuscirei a dormire senza tenerti tra le braccia? Assolutamente no» rispose, scuotendo la testa. Riportò la sedia sul lato del letto e le prese la mano. «Ci vorrà un po' prima che riesca a togliermi dalla testa l'immagine di quella pozza di sangue per terra.»

«Mi dispiace» sussurrò.

«Non hai niente di cui dispiacerti. In quel momento ho realizzato quanto profondamente ti amo. Voglio dire, te l'avevo già detto, ma poi mi sono reso conto di quanto avrei potuto perdere. Sei quella giusta per me, Em, e non amerò mai un'altra donna come amo te, a prescindere.»

«Ho provato le tue stesse emozioni. Ho pensato che

c'erano così tante cose che non avevo ancora fatto, incluso sposarmi, avere una famiglia e vivere la vita con te al mio fianco.»

«Sono tutto tuo» disse, baciandole il dorso della mano con riverenza.

Ember chiuse gli occhi felice. Non aveva idea di come sarebbe proseguita la sua vita, ma sapeva che avrebbe avuto Craig al suo fianco. Cos'altro avrebbe potuto chiedere?

EPILOGO

«Più forte» gemette Ember, mentre Doc faceva l'amore con lei dolcemente.

«No» ribatté a denti stretti. Sapeva che era troppo presto per farlo, ma non era riuscito a resistere quando lei lo aveva implorato dicendo di non avere dolori di alcun tipo, e quando aveva cominciato ad accarezzarsi con le dita, lui aveva ceduto. Ma l'avrebbe fatto a modo suo. Lento e gentile. Anche se lo uccideva.

Guardando il segno sulla sua guancia provò una fitta al cuore. Il chirurgo plastico aveva fatto un buon lavoro, ma serviva ancora qualche mese prima che la cicatrice svanisse. Forse non sarebbe mai scomparsa del tutto, ma a Ember sembrava non importare.

Una settimana prima, quando era stata dimessa dall'ospedale, gli aveva detto che la considerava un distintivo d'onore. Si era scontrata con la malvagità ed era sopravvissuta. Non avrebbe permesso a una cicatrice di deprimerla quando era viva per vedere un altro giorno.

Doc era riuscito a tenerla a casa per ventiquattro ore prima che lei puntasse i piedi e insistesse per andare in palestra. Era determinata come sempre a rendere The Modern Kid un successo. Gli uomini della sicurezza stavano tenendo a distanza la stampa, anche se adesso c'era un altro scandalo a Hollywood che stava diventando virale, distogliendo l'attenzione da ciò che era successo a Ember. Ma il delirio dei media aveva portato un vantaggio: aveva già raddoppiato il numero di bambini che si erano iscritti alla sua palestra e ora stava finalizzando l'acquisto del terreno su cui le avevano sparato. A Doc non piaceva l'idea che tornasse lì, ma il suo lato pratico lo aveva convinto.

I suoi genitori se n'erano andati il giorno prima e lei era rimasta sorpresa e contenta del loro incoraggiamento per ciò che stava facendo. All'inizio non erano stati molto favorevoli al suo trasferimento e all'apertura della palestra, ma dopo aver visto cosa aveva realizzato in così poco tempo ed essere stati con i bambini che partecipavano al programma, avevano cambiato idea.

Mamma Luisa e Jaime stavano programmando un viaggio in Texas per conoscerla. Ember era nervosa all'idea di incontrarli, ma lui non aveva dubbi che l'avrebbero amata... proprio come facevano la maggior parte delle persone.

Una delle migliori decisioni che lei aveva preso era stata quella di dare a Samer il compito di gestire i suoi account sui social, così non doveva preoccuparsi di leggere l'odio che le persone pubblicavano; il ragazzo, inoltre, non si faceva problemi a riferirgli eventuali minacce. Come tutti gli altri, era rimasto sconvolto da ciò che le era successo, e aveva promesso di fare il possibile per proteggerla.

Doc aveva parlato anche con il team della security di Ember. Non avrebbe dato di nuovo per scontata la sua sicurezza; aveva imparato la lezione.

«Craig, se non mi lasci venire presto, dovrò farti del male.»

Ridacchiò e riportò l'attenzione sulla donna sotto di lui. Amava che fosse esigente a letto. Che non si vergognasse di pretendere un orgasmo. Portò la mano tra di loro e iniziò a toccarle il clitoride proprio come le piaceva. Duro e veloce.

Anche lui c'era vicino, ma che fosse dannato se sarebbe venuto prima di lei. «Così, Em, piano. Non farti del male.»

Ma Ember lo ignorò, sollevando i fianchi come meglio poteva, nonostante la tenesse giù. Quando finalmente iniziò a venire, Doc non riuscì più a trattenersi. Era così bella, e tutta sua. Esplose di piacere, riempiendo il preservativo... e aspettando già con impazienza il giorno in cui avrebbe potuto riempirla con il suo seme per mettere al mondo dei bambini.

«Oh, mio Dio, Craig, sì!» gemette.

Lui non riuscì a parlare, sopraffatto dalla passione.

Dopo essersi ripreso, si sollevò da lei e andò in bagno. Avrebbe voluto leccarla, farla venire di nuovo, ma doveva andarci piano. Le avevano praticamente appena sparato ed era quasi morta. Bagnò un asciugamano con l'acqua tiepida e lo portò nell'altra stanza per pulirla. Poi si infilò sotto le coperte e la prese tra le braccia.

«Ti amo» disse piano.

«Ti amo anch'io. Mi sento come se ti conoscessi da sempre, ma se guardo il calendario, rimango scioccata quando vedo quanto poco tempo è passato dalle Olimpiadi.»

«Non sono mai stato così felice come adesso. Non mi interessa se è passato un minuto o cinquant'anni. Ti amerò sempre. Un giorno – non oggi, ma presto – ti chiederò di sposarmi.»

«E io risponderò di sì» replicò subito. «Ma sono contenta di come stanno le cose per ora. Penso che se tutti venissero a sapere che Ember Maxwell è fidanzata, due secondi dopo aver appreso che mi hanno sparato, non si riprenderebbero mai.»

Doc ridacchiò. «È probabile.»

«Sono sicura che la gente vorrà i dettagli del matrimonio» lo avvertì.

«Possono vedere una foto del tuo anello e di te il giorno delle nozze, ma niente di più.»

«Ma io voglio che tutti vedano quanto è bello l'uomo che amo» disse Ember mettendo il broncio.

«Non posso farlo» ammise con un po' di tristezza.

«Lo so. Ma vorrei comunque metterti in mostra.»

«Che ne dici di fare una foto di quando ti vedo con il vestito da sposa per la prima volta?» suggerì, cercando un compromesso. «Può essere presa da dietro le mie spalle, con te che sei la protagonista dello scatto. Ci sarò, ma nessuno vedrà il mio viso.» Avrebbe fatto tutto il necessario per renderla felice, incluso lasciarle pubblicare la sua foto sui social. Più o meno.

Lei ridacchiò. «Ci sto. È strano che stiamo parlando del nostro matrimonio quando nessuno di noi due è ancora pronto?»

«No. Perché ci arriveremo. Lo sappiamo entrambi. Non hai bisogno di sposarmi per ottenerne i benefici. Hai abbastanza soldi per cavartela da sola e se, tocchiamo ferro, mi dovesse succedere qualcosa, la mia squadra si assicurerà che tu sia protetta. Quindi non abbiamo bisogno di scappare e sposarci, ma ripeto... te lo *chiederò* uno di questi giorni.»

«E io ripeto che ti dirò di sì.»

Doc la strinse tra le braccia. Era più contento e soddisfatto di quanto non fosse mai stato in vita sua.

Erano lì, appagati e felici, a godersi l'amore che li legava, quando il telefono di Doc vibrò sul comodino.

Dato che era tardi, non esitò a rispondere.

«Doc.»

«Sono Trigger. Decolliamo domani mattina alle sei. Devi essere qui alle cinque.»

«Che succede?» chiese, allarmato dal tono del suo amico.

«Si tratta di Grover. Quel maledetto pazzo è arrivato solo da pochi giorni ed è già stato catturato. Ci sono prove video dei seguaci di Shahzada che mostrano mentre viene picchiato. L'esercito lo ha ufficialmente etichettato come prigioniero di guerra. Dobbiamo andare a cercarlo per riportarlo a casa.»

«Cazzo. Va bene. Ci sarò. Tienimi aggiornato se ricevi nuove informazioni prima di domani mattina.»

«Certo. Ci vediamo presto.»

«A domani.»

Doc chiuse la chiamata ed Ember chiese: «Cos'è successo?»

«Grover è scomparso.»

«Scomparso? Ma... non ha senso!»

«Lo so» concordò. Grover era un Delta dannatamente bravo. Se era stato fatto prigioniero, c'erano buone possibilità che si fosse *fatto* catturare di proposito... perché non riusciva a pensare a nessun altro modo in cui sarebbe potuto succedere.

«Quando parti?»

«Domani mattina.»

Invece di turbarsi, Ember annuì subito. «Cosa dobbiamo fare stasera per prepararti alla partenza?»

La sua reazione fu solo un motivo in più per cui Doc sapeva di essere stato fortunato a trovarla. Doveva assicurarsi di avere ciò che gli serviva e il borsone pronto, così gettò indietro le coperte con riluttanza, mentre lei lo seguì un po' più lentamente.

«Odio lasciarti» le disse.

Ember si limitò a scrollare le spalle. «In questo momento è Grover che ha più bisogno di te. Inoltre, ho la sensazione che facesse tutto parte del suo piano.»

«Quale piano?»

«Quello di andare laggiù, scoprire dove si trova Sierra e farsi catturare in modo che voi ragazzi possiate andare a salvare entrambi.»

Si fermò a fissare la donna che amava. Non era sorpreso che la pensasse come lui.

«Ma cercate di non farvi catturare anche voi, va bene? Perché se necessario, volerò in Afghanistan e trascinerò i *vostri* culi fuori di lì.»

Doc scoppiò a ridere. «Lo faresti davvero, eh?»

Girò intorno al letto completamente nuda e non poté fare a meno di ammirarla. Era muscolosa ma anche formosa, e sentì il cazzo contrarsi.

Ember lo abbracciò, poi incontrò il suo sguardo. «Farei di tutto per riportarti a casa. Tu *e* il tuo team. E le loro donne. Questa è la nostra tribù e, se necessario, spenderò ogni centesimo che ho per proteggerla.»

«Dio, ti amo.»

«E io amo te. Ora prepariamo la borsa in modo che tu possa dormire un po' prima di partire.»

Sì. Era perfetta. Pratica e premurosa.

Doc la baciò, a lungo e profondamente, mostrandole senza parlare quanto l'amava. Quando alzò la testa, sussurrò: «Niente mi impedirà di tornare a casa da te.»

«Bene. Trovate Grover e la sua donna, e tornate presto.»

«Lo faremo.» Non aveva alcun problema a fare quella promessa.

———

Sierra era seduta in fondo alla grotta in cui era stata gettata un mese prima... o erano due? Sembrava che non riuscisse più a tenere conto dei giorni.

I suoi rapitori avevano scavato un gran bel complesso sul fianco della montagna, creando delle cavità a cui avevano attaccato davanti delle sbarre. A volte c'erano prigionieri in tutte e quattro, ma per un po' c'era stata solo lei, almeno fino a quella mattina. Preferiva così. Le guardie per lo più la ignoravano quando era lì da sola. Solo quando catturavano qualcuno di nuovo sembravano ricordarsi quanto fosse divertente tormentarla.

Dal rumore delle percosse in corso nella piccola grotta accanto alla sua, si stavano divertendo un sacco a perfezionare le loro tecniche di tortura. Avevano trascinato dentro un nuovo prigioniero, ma non era riuscita a vederlo bene perché aveva la testa penzolante e troppi uomini intorno a lui.

Sierra temeva che una volta finito con quel poveretto avrebbero cominciato con lei, ma considerando che lo stavano picchiando da parecchio, pensò che dopotutto forse sarebbe stata risparmiata.

Rimase il più tranquilla possibile, per evitare di attirare l'attenzione su di sé, e fu estremamente sollevata quando i tre uomini − insieme allo stesso Shahzada, lo stronzo − lasciarono la grotta. Sentì il bastardo ordinare a uno dei suoi di assicurarsi che il video che avevano girato fosse inviato a quante più stazioni televisive possibili.

Era dispiaciuta per chiunque fosse stato catturato. Non pensava che fosse un lavoratore, perché in passato non erano stati abbastanza importanti da venire filmati durante un pestaggio.

Sierra si stava ancora chiedendo chi fosse quel povero diavolo quando lo sentì gemere dalla cella accanto alla sua.

Strisciò verso la parte anteriore della sua gabbia e ascoltò in silenzio. Non poteva vederlo, ma se si fosse sdraiata su un fianco e avesse fatto passare il braccio attraverso le sbarre, e la persona nella grotta accanto avesse fatto altrettanto, avrebbero potuto toccarsi le mani.

Una volta l'aveva fatto con un altro prigioniero. L'aveva tenuto per mano, cercando di confortarlo mentre era morente. Era stato un imprenditore edile che soffriva di diabete e dato che non aveva le sue medicine, e a causa delle percosse che aveva ricevuto, sapeva che sarebbe morto.

Quando alla fine era successo, Sierra si era sentita orribile per aver provato sollievo, ma almeno il poverino aveva smesso di soffrire.

Mentre lei continuava a farlo.

«C'è qualcuno?» chiese l'uomo lì accanto.

«Sì» rispose Sierra. La sua voce si incrinò, dato che era passato tanto tempo dall'ultima volta che aveva parlato.

«Conosci una donna di nome Sierra Clarkson? È scomparsa da più di un anno.»

Sbatté le palpebre sorpresa. La voce dell'uomo era leggermente distorta, come se avesse il viso e la bocca gonfi. Era probabile che lo avessero colpito in faccia a ripetizione. Gli uomini di Shahzada adoravano prendere a pugni le persone.

«Ehi? Sei ancora lì? Mi chiamo Fred Groves e sto cercando Sierra Clarkson. Hai visto se tengono altre donne prigioniere?»

«*Grover?*» ansimò.

«Sierra?» domandò l'uomo, suonando scioccato quanto lei.

Poté solo annuire. Aveva un groppo in gola e le era impossibile parlare.

«Sapevo che eri viva! Lo *sapevo*!» disse. «Presto la mia squadra verrà a prenderci. Resisti.»

Aveva un milione di domande, ma tutto ciò che riuscì a dire fu: «Ok.»

———

Cerca il prossimo libro della serie Team Delta Due, *La forza di Sierra*, è disponibile ORA!

Trovare Lexie
Trovare Kenna
Trovare Monica
Trovare Carly
Trovare Ashlyn
Trovare Jodelle (22 Luglio)

Armi & Amori: verso il futuro

Soccorrere Caite
Soccorrere Brenae
Soccorrere Sidney
Soccorrere Piper
Soccorrere Zoey
Soccorrere Avery
Soccorrere Kalee (1 Octobre)
Soccorrere Jane (1 Novembre)

Delta Force Heroes

Salvare Rayne
Salvare Emily
Salvare Harley
Il Matrimonio di Emily
Salvare Kassie
Salvare Bryn
Salvare Casey
Salvare Sadie
Salvare Wendy
Salvare Mary
Salvare Macie
Salvare Annie

Armi e Amori

Proteggere Caroline

Proteggere Alabama
Proteggere Fiona
Il Matrimonio di Caroline
Proteggere Summer
Proteggere Cheyenne
Proteggere Jessyka
Proteggere Julie
Proteggere Melody
Proteggere il Futuro
Proteggere Kiera
Proteggere i figli di Alabama
Proteggere Dakota

Mercenari di Montagna

Difendere Allye
Difendere Chloe
Difendere Morgan
Difendere Harlow
Difendere Everly
Difendere Zara
Difendere Raven

Ace Security

Il riscatto di Grace
Il riscatto di Alexis
Il riscatto di Bailey
Il riscatto di Felicity
Il riscatto di Sarah

Una raccolta di storie brevi

Un momento nel tempo

BIOGRAFIA

L'autrice best seller del *New York Times*, *USA Today,* e *Wall Street Journal*, Susan Stoker ha un cuore grande come lo stato del Texas, dove vive, ma questa tipica ragazza americana ha trascorso gli ultimi quattordici anni vivendo nel Missouri, in California, in Colorado, e nell'Indiana. È sposata con un ex militare dell'esercito, che ora la segue in tutto il Paese.

Ha debuttato con la sua prima serie nel 2014, seguita dalla serie SEAL of Protection, che ha consolidato il suo amore per la scrittura, e la creazione di storie in cui i lettori possono perdersi.

Se ti è piaciuto questo libro, o qualsiasi libro, per favore considera di lasciare una recensione. Gli autori lo apprezzano più di quanto tu possa immaginare.

www.stokeraces.com
susan@stokeraces.com